小学館文庫

タイムマシンでは、行けない明日

畑野智美

小学館

—1—

昭和三十七年、千円札の表面には聖徳太子、裏面には法隆寺夢殿が描かれていた。

偽造された千円札の一枚目は、昭和三十六年十二月に秋田県秋田市にある日本銀行秋田支店で見つかった。それから昭和三十八年十一月までの二年間で、二十二都府県から合計三四三枚見つかっている。犯人は捕まらず、昭和四十八年十一月に公訴時効が成立して、迷宮入りとなった。偽千円札が多数出回ったのは、印刷技術が向上したためである。

昭和三十八年十一月より表面に伊藤博文、裏面に日本銀行が描かれた千円札が発行される。偽造を防止するため、伊藤博文の横顔の透かしが入れられた。

聖徳太子の千円札が必要だと気がついた時、最初は古銭屋やオークションで買おうと思った。しかし、ネットで調べたところ、千円札一枚に安くても五千円、高い場合には一万円以上の値段がついている。昭和三十七年は一九六二年なので、二〇一六年の現在より五十四年前だ。五十四年前と現在では物価が違う。当時、単行本の初版が四百円だった。現在の四分の一程度の値段と考えていいだろう。千円には四千円の価値がある。だからと言って、古銭屋やオークションで千円札を五千円以上出して、買う気にはなれない。

大学教授という立場で、それなりの給料をもらっているが、無駄には使えない。これは研究費であり、無駄ではない。ここに戻ってこられなくなる可能性もあるのだから、パッと使ってしまえばいい。そう考えてみても、どこか引っかかるものがあった。

僕が二〇一六年現在流通している野口英世の千円札を偽造するのは問題がある。使えたとしても、すぐに捕まる。仙台市内のあちらこちらに防犯カメラが設置されている。大学内でも、購買や学食、各建物の入口に防犯カメラが設置され、教員や学生の動向は常に録画されている。また、大学内のプリンターの性能がどんなに高くても、野口英世の千円札を作れるほどではない。

五十四年前に偽造の千円札を使うのも、犯罪であり、やってはいけないことだ。でも、逮捕される心配はない。機械にお金を通すようなレジはないので、支払い時にばれることはないだろう。偽札だったことが分かった時には、昭和三十七年に僕はいない。もしも現在に戻ってこられなくなったとしても、他の時代へ逃げられる。

聖徳太子の千円札は、野口英世の千円札よりも、絵が細かい。しかし、透かしや特殊インキやホログラムという高い技術は使われていない。昭和三十年代の印刷技術で作れる程度のものだ。現在のプリンターで、簡単に作れる。

子供の頃、あまり漫画は読まなかったが、松本零士作品は好きで、アニメも見ていた。『銀河鉄道９９９』を見て、自分も宇宙に行きたいと考えた。最初に放送された時はまだ生まれていなかったから、再放送かビデオで見たのだと思う。宇宙飛行士を夢見て、物理学者を志すようになる最初のきっかけだった。銀河超特急９９９号は見た目は蒸気機関車だが、機械で動いている。先頭車両の機関車内部には、いくつもの機械が並んでいる。アニメではカラフルな丸や四角が並んでいた印象で、何があるのかよく分からなかった。漫画で確認してみたら、複数のメーターが並んでいた。電車の運転台より、飛行機のコックピットに近い。井神(いがみ)先生に「これを最初に作った時って、内部はどうなっていたんですか？」と聞いた時に「銀河鉄道９９９みたいな感じ」という答えが返ってきた。その時は、このじいさんは漫画やアニメも見るのかとだけ考えて、アニメに出てきたカラフルな機関車内部を思い出していた。過去に来る度に「なるほど、こういうことか」と納得して、毎回それを忘れる自分に呆(あき)れる。

僕の身長は一八〇センチある。運動は苦手だから、背の高さが役に立つのは高いところにあるものを取る時ぐらいだ。太ってはいないけれど、身長に合った身体の幅はある。

「狭い」目を開けたのと同時に、思わず呟(つぶや)く。

さっきまでは、薄型のモニターとキーボードとマウスしかなかった場所に、ブラウン管テレビ型の奥行きのあるモニターと飛行機のコックピット並みの機械が並んでいる。立っていられる場所はあるが、身動きは取れない。井神先生も小さいし、前にいた世界でこれを管理していた魚住さんも小さかった。僕みたいに大きな人間に、これの管理は向いていないのかもしれない。

昭和三十七年に来たのは初めてではないが、どういう機械を使っているのか確認しておく。前に行った昭和三十七年とは違うかもしれない。配線を見たくても、狭くて身体を自由に動かせない。モニターの上からのぞきこんで、裏側を調べる。前と同じと考えてよさそうだ。

外に人がいないことを願い、ドアノブに手をかける。

研究室は日曜日は立ち入り禁止になっている。日曜日にやればいいと考えると怠けるからと言い、井神先生が決めた。現在では、研究室に泊まりこむ学生が多いので、日曜日は午前中だけでもいいから帰るように、僕が言っている。学会とか特別なことがないかぎり、日曜日の午前中の研究室に誰もいないようにするのも、管理者に任された仕事だ。この時代もそうであることを願い、日曜日に設定した。

ドアを開けると、そこには誰もいなかった。

場所も広さも同じだけれど、さっきまでいた二〇一六年の研究室とは違う。並んでいる機材も、本棚の位置も、机の並び順も違う。窓の外に見える景色も違った。二〇一六年は春で桜が咲いていたが、昭和三十七年は秋で葉は赤や黄に色づいている。十月を指定したのだから当たり前と分かっていても、急に季節が飛んだことに感覚が慣れない。

窓際に、ドアがついた銀色の円筒があるのだけは、いつへ行っても、同じだ。円筒のドアを閉めて、鍵をかける。

研究室の中も細かく確認したかったが、誰か来るかもしれないので、長居しない方がいい。機材に触れないように歩き、扉を開けて廊下に出る。

どこかの研究室に学生がいるのか、廊下の奥から話し声が聞こえた。階段を下りて一階まで行き、外に出る。

四月の半ばと十月の終わりならば、同じくらいの気候と考えていたが、思ったより寒い。気温は変わらないと思うけれど、風が冷たい。羽織るものを一枚持ってくればよかった。

日曜日でも、大学内には学生が多くいる。研究のために来ている学生の他に、運動部の練習に来ている学生も多い。グラウンドから野球部や陸上部が練習している音や声が聞こえる。学園祭が近いから準備に来ている学生も多いようだ。

服装に関心はないけれど、自分は浮いていると感じる。シャツにベストにネクタイという流行がない格好でも、現在と昭和三十七年ではラインや色遣いが違う。僕は学生に見えるほど若くないが、教授に見えるほどの年でもない。講師か准教授が妥当なところだ。この時代の学生は今の学生より老けているから、博士課程の大学院生くらいには見えるかもしれない。大学内には事務職員、購買や学食のおばちゃん達、清掃のおじさん達もいる。近くに住む人とか業者の人とか、外部の人が出入りすることもあるから怪しまれることはないと思っても、緊張する。

研究科棟から正門まで行き、大学から出る。

バス通りを歩いていく。

大学は山の上にある。まっすぐに歩いているように感じるけれど、道は大きく蛇行していて、緩やかな坂になっている。現在では通り沿いにマンションやコンビニが並んでいるが、ここにはまだそのどれも建っていない。林に囲まれていて、風が吹くと黄色くなった葉が舞う。山を下りて、少し先へ行ったところに住宅街があり、小さな書店がある。

前に来た時、一人で経営しているという話を店のおばあちゃんから聞いた。以前は旦那さんと二人で経営していて娘さんもいたのだけれど、旦那さんは二年前に亡くなり、娘さんは三年前に山形の米農家へお嫁にいった。旦那さんは本に詳しくて、生きていた頃は学生がたくさん来て、話していた。今では寄ってくれる学生が少なくなった。近いうちに店を閉めて、国へ帰ろうか悩んでいるという話だった。

「おはようございます」店に入り、奥に向かって声をかける。

おばあちゃんは前に来た時も、店に出ないで奥にいた。一階が店で二階が住居になっている。居間と台所は一階の奥にあり、おばあちゃんはいつもそこにいるようだ。金庫を置いたままで不用心だとは思うが、それで平気な時代だったのだろう。前は話す気もなかったので声をかけず、誰もいないと思いながら棚に並ぶ本を見ていたら、奥からおばあちゃんが出てきた。お茶と羊羹（ようかん）をごちそうになり、しばらく話した。

「あら、おはよう」おばあちゃんが奥から出てくる。

娘さんが三年前にお嫁にいったのならば、まだ五十歳くらいだろう。でも、おばちゃんではなくて、おばあちゃんに見える。

「おはようございます。先週、頼んだ本って届いていますか？」

「届いてるよ。三島由紀夫だろ」そう言いながら、奥へ戻っていく。

黒い表紙の本を持って、出てくる。十月二十日に出たばかりの本だけれど、前に来た時はまだ入荷していなかったので、取り寄せてもらった。

「あっ、それです。ありがとうございます」

「これ、おもしろいの？」棚の前に椅子を出して、座る。

僕も椅子を借りて、座る。

ゆっくりしている暇はないけれど、さっさと帰るのも悪い気がした。僕がこの時代に来ることはもうない。来たとしても、おばあちゃんには会えないかもしれない。

「どうなんですかねえ。三島由紀夫がＳＦを書いたって、学生の間では話題になっているみたいです」

おばあちゃんには、僕は大学で事務職員をやっていることにした。本物の事務職員が本を注文しにくることがあるらしく、誰々さんのことは知っている？　と聞かれても話がかみ合わなかった。職員はたくさんいると言って、ごまかした。

「エスエフ？」

「宇宙とかの話です」

「へえ。あの人、そういうことも書くんだ」まるで知り合いのことのように話す。

「ＵＦＯに興味があるらしいですよ」

「ユーフォー？」

「宇宙人が乗っている船です」

「宇宙人ねえ」本を見つめている。

「読んだら、また感想を話しにきます」

「そうかい。じゃあ、羊羹でも買っておくね」

「僕が何か買ってきますよ」

こういう嘘をつく時に心が痛む人間に、いつからなったのだろう。

子供の頃や、中学生や高校生の頃は心を痛めることはたくさんあった。あの日を境に心は麻痺していき、何も感じなくなり、最近また痛むようになってきた。

「悪いからいいよ。事務職員って、給料良くないんだろ」

「良くはないですね」

「この本も高いねえ。四百円だって」

「千円あるから、大丈夫です」

二〇一六年の大学のプリンターで作ってきた千円札をおばあちゃんに渡す。

捕まらなくても、おばあちゃんに悪いことをしている。新刊はほとんど入荷しないみたいだし、学生が来ないならば、売り上げは少ないだろう。五千円や一万円出して、古銭屋やオークションで本物の千円札を買えばよかった。

「はい。六百円のおつりね。あんた、カバン持ってないのかい？　何か袋に入れるね」

「そのままでいいです」

「あら、そう」

本を受け取り、裏表紙をめくって、初版であることを確かめる。

手にした喜びで、おばあちゃんに対する罪悪感を忘れた。

「また、来ます」おばあちゃんに言い、店を出る。

駆け出したい気持ちを抑えながら、坂道を上り、大学へ戻る。

ドアを開けて、研究室に出る。

本を買うことも、偽札を使うことも、おばあちゃんと知り合いになることも、過去を変える行為だ。二〇一六年に戻ってきたが、僕がいた二〇一六年の研究室ではないかもしれない。

円筒のドアを閉めて、鍵をかける。

研究室の一番奥に、教授の机がある。窓を背にして座り、研究室全体が見渡せるようになっている。そこから見て、机の右横に銀色の円筒がある。机の位置が前後左右に何センチかずれることはあっても、配置が変わることはほとんどない。学生が使う机やホワイトボード、研究機材の位置を確認する。僕がいた二〇一六年と同じだ。教授の机には、僕の愛用しているパソコンが置いてあり、壁一面の本棚には研究関係の資料や書類の他に、三島由紀夫や太宰治の本が並んでいる。無事に戻ってこられたと考えてよさそうだ。

安心する気持ちが強くあったが、残念だとも感じていた。

ノックする音が聞こえて、扉が開く。

「こんにちは」夜久(やく)君が顔を出す。

いつ見ても、何を考えているのか分からない顔をしている。切れ長の目のきれいな顔だ。それだけではなくて、不気味な雰囲気を常に身にまとっている。こういう顔を蛇系と言うらしい。女子学生が言っていた。

「こんにちは」持ったままだった本と鍵を机に置く。

「学生さんはいないんですか?」研究室に入ってくる。

「さっきまでいたんですけど、今日は飲み会なので、みんな帰りました。新年度の親睦会です」

「これ、なんだろう」しゃがみこみ、机の下に手を伸ばす。「鍵ですね。誰か学生が落としたんでしょうか?」

「預かっておきます」

夜久君が拾った鍵を受け取り、本の上に置く。

「飲み会には、まだ早くないですか?」

夜久君は、壁にかかった時計を見上げる。四時を過ぎたところだ。もうすぐ四限の授業が終わる。

「お花見に行くみたいです」

午前中はいつも通りにゼミ生や大学院生が来ていたが、三限が終わった三時過ぎにみんなで出ていった。買い出しに行き、大学の裏にある公園で四限が終わった学生と合流するようだ。

誰もいなくなったので、できたばかりの千円札を持ち、僕は昭和三十七年に行った。

「平沼(ひらぬま)先生は行かないんですか?」

「桜は、あまり好きじゃないんで」

窓辺に並んで立つ。手を伸ばせば届きそうなところで、桜が咲いている。

研究科棟は、正門から入って一番奥にある建物だ。大学内で一番古い建物でもある。レンガ造りの近代建築で、戦前に建てられた。正門から研究科棟までが大学内のメイン通りで、桜並木になっている。三日くらい前が満開で、散りはじめている。

五年前にグラウンドを挟んで研究科棟の正面に新校舎が建ち、今年の夏から新校舎の奥に新しい図書館の建設がはじまる。大学から一番近い駅の前には、ショッピングセンターができるらしい。僕が学生の頃と今では、大学も周りの街並みも変わった。裏の公園も山の中腹にある野原でしかなかったのに、いつの間にか整備されて公園になった。研究科棟だけがずっと変わらない。

「南の方は咲かないですもんね」夜久君が言う。

「咲きますよ」

「そうなんですか。でも、それって、濃いピンク色の桜ですよね？」

「それは、沖縄の話ですね」

「違うんですか？」

「そこまで、南じゃないですから」

「じゃあ、こういう桜が咲くんですか？」窓の外を指さす。

風が吹き、薄いピンク色の花びらが舞う。

「ソメイヨシノではないけど、見た目は似ています。南だし、品種としても早咲きで、二月末頃に咲きます。仙台に住んでいる時間の方が長いのに、桜は四月に咲くものという気がしません。毎年この時季になると、気持ち悪いなと感じます。新年度がはじまって、大学内が

「騒がしくなるせいもあるんでしょうけど」

「そうですか」

「夜久君が生まれたところに桜はありませんでしたか?」

「ありません」笑うようなことは何もないはずなのに、笑顔で言い切る。

蛇系と言われてもどういう顔を言うか分からなかったが、こういうところが蛇みたいだとは思う。人の心ににゅるっと入りこんでくる。

「思い入れはなくても、僕は桜が好きですよ」窓を開けて身を乗り出し、夜久君は落ちていく桜の花びらを取ろうとする。

この無邪気さも、蛇だ。女の前だけでこういう態度ならば、わざとらしく感じるが、男の前でも態度を変えない。最初に会った時から十三年が経つ。年齢を聞いても教えてくれないけれど、三十歳を過ぎているはずだ。それなのに、いつまで経っても二十代前半にしか見えない顔をしている。

「思い入れとか、そういうものでもないのかもしれませんね」

桜の花びらが研究室の中にも入ってきて、夜久君の肩に落ちる。

「美しいものは好きです。僕がいた世界にはなかったから」伸ばしていた手を引っこめて、肩に落ちた花びらを取り、悲しそうな顔をする。

「少し、外を歩きましょうか？」

「お花見ですね」嬉しそうに目を輝かせる。

表情が次々に変わっても、どれも本心ではない気がする。言葉と表情が合っていない時もあり、壊れたロボットのようだ。

「お酒も甘いものもありませんけど」

「購買で何か買いましょう」

「どっちにしても、僕は大学内でお酒は飲めませんよ」

「井神先生は飲んでましたよ」

三年前に僕が教授になるまで、ここは井神先生の研究室だった。

井神教授と言ったら、物理学の世界で知らない人はいない。才能や研究の成果も世界中で称賛されていたが、問題視される行動の多さでも有名だった。ノーベル賞を手に入れるまでは引退しない！　と宣言していたのに、四年前に急に引退すると言い出して、まだ三十三歳だった僕を次年度からの教授に指名した。

夜久君は、井神先生の付き人だ。身の回りの世話から、問題を起こした時の後処理まで、なんでもやる。

購買に行き、夜久君は草餅と豆大福と豆乳を買った。僕はペットボトルのお茶だけにしておいた。買い物をしている間に四限の終わるチャイムが鳴り、大学中が騒がしくなった。

先週までは新入生オリエンテーションや健康診断があり、今週から授業がはじまった。履修登録の締切は来週だから、今週は各授業の紹介みたいなものだ。サークルの新歓コンパや研究室の親睦会で飲み会の多い時期で、学生達は期待や不安に浮かれている。教員や職員は、何も問題が起きないことを祈るのみだ。

研究科棟の前に戻り、桜の木の下にあるベンチに座る。

「平沼先生」男子学生が駆け寄ってくる。今年からゼミに入る三年生の二人だ。「先輩達って、どこに行きました？」

「裏の公園に行くって言ってましたよ」

「ありがとうございます」

二人は裏門の方へ走っていく。

「学生に慕われているんですね」夜久君が豆大福を食べながら言う。

「今の子達は、弱いところがありますから、誰かに頼りたいのでしょう。うちの大学は地元を離れてくる学生も多いので」

「そういうことが分かるようになったんですね」頬が膨らむほどに豆大福を口に入れたまま、笑いをこらえている。

「何が言いたいんですか？」

「いいえ、井神先生に報告しておきます」

「井神先生、最近お会いしていませんが、お元気ですか？」

三年前まで、井神先生とは毎日のように顔を合わせていた。その時は、鬱陶しいじいさんだとしか思っていなかった。だが、会わないでいると、心配になる。井神先生は、定年を迎えて名誉教授になった後も、教授同様の仕事をつづけていた。引退した時には「井神先生も、もうすぐ九十になるはずだから」と、言われていた。実際に何歳かは先生自身も分かっていない。戦中戦後のゴタゴタで分からなくなったらしい。

今年に入って、会ったのは一回だけだ。正月にあいさつに行き、研究が進んでいないことを罵られた。

「元気ですよ。相変わらずです」

「最近は、何をしているんですか？」

「机に向かっていることが多いです」

「まだ何か研究をしているんですか？」

「書き物をしているみたいです。自伝でも出すつもりなのかもしれません」

「書けないことばかりなくせに」

「まあ、そうですね」豆乳を飲みながら、夜久君は微笑(ほほえ)む。

井神先生の話をする時は、心底嬉しくて笑っているように見える。

「お元気ならば、良かったです」ペットボトルを開けて、お茶を一口飲む。

「平沼先生のことも気にしていますよ。インターネットで検索して、一つの記事も見逃さないように指示されています」

「井神先生が知らない情報は出てきませんよ。研究、進んでいないんで」

「女性に人気の物理学教授みたいな記事が気になるみたいです」

「そういうのも、最近はなくなりました」

「そうですか」

夜久君は声を上げて、笑う。しかし、すぐに真顔になり、正門の方を見る。

企業用ロボットがファイルを抱えて全速力で走っていた。古いタイプのもので、手足の動きに合わせてガチャガチャ音が鳴っている。理系学部で使っているものではない。文系学部の教員は何度説明しても、ロボットを使えるようにならず、たまにこうしてエラーを起こす。年配の教授は使うことを諦めている。

僕と夜久君の前を風を切って走り、ロボットは通りすぎる。抱えていたファイルが落ち、A4の紙が桜の花びらと共に空を舞う。

「平沼先生！　これ、どうやったら止まるんですか？」文学部の准教授と学生がロボットを追いかけて、走っていく。

「操作用のタブレットはどこにあるんですか？」

ロボットの操作には専用のタブレットが必要になる。パソコンからも操作できるが、パスワードが必要だ。最新のロボットは直接声をかけて操作できるけれど、古いものにその機能はついていない。

「研究室です！」学生が答える。

「それがないと、止められません」

「えーっ！　ファイルとか、拾っておいてください！」

文学部の准教授と学生は叫びながら、走っていく。そうすれば、ロボットも止まる。書類や授業に使う資料などの荷物運び用に作られたロボットだ。最近のものは軽くなったが、古いタイプのものは重量がある。たとえ、追いついたとしても力ずくでは止められない。ラグビー部の学生でもいれば、壁にぶつかる前に止められるかもしれないけれど、どこも壊れないということはないだろう。

「大丈夫でしょうか？」夜久君は落ちた紙を拾い集めながら、ロボットが走っていった方を見る。

「ロボットは大丈夫じゃないでしょうね」

「そうですよね」また、悲しそうな顔をする。

「文学部も大丈夫じゃなくなります」

「どういうことですか？」

「安いものじゃないので。ロボットを修理する場合は、研究費から引かれるんだと思います」

「それは、辛(つら)いですね」さらに悲しそうにする。

「そうですね」

「三島由紀夫ですね」

さっきまでの悲しそうな顔は見間違えだったのかと思えるくらい、夜久君は嬉しそうな顔をする。

落としていった紙は、学生が書いた三島由紀夫に関する論文だった。夜久君は、僕が三島由紀夫や太宰治を好きだと思っている。拾い集めた紙のページ数を確認する。一枚目だけ足りない。

「あっ、あれ」夜久君は桜の木を指さす。枝に一枚引っかかっている。

「あれは研究室から棒か何かで突(つ)いた方が取れそうですね」ちょうど僕の研究室の前だ。

「僕、そろそろ帰らないといけません」

「大丈夫です。やっておきますから。井神先生によろしくお伝えください」

「これ、あげます」右手に持った草餅を差し出してくる。

「ありがとうございます」

「さっき、どこか行ってましたか？」僕の目を見る。

「いつですか？」目を逸らさずに、聞き返す。

「僕が研究室の扉を開ける前」

「どこにも行ってませんよ」

草餅が手の平の上に落ちる。

「そうですよね。じゃあ、さようなら」手を振りながら、夜久君は桜並木の下を帰っていく。

整備と点検はしているが、あれを使うことはない。井神先生には、そう言っている。

研究科棟に入り、階段で三階に上がる。

階段から三番目に平沼研究室がある。研究室の前まで行き、扉を開ける。

鍵をかけていないし、電気もついたままだ。不在の札を出しておいたから、他の研究室の学生や大学の職員が勝手に入ることはない。誰もいないはずなのに、誰かいる気配がする。右側に並ぶ机の下から物音が聞こえた。

「誰かいるんですか？」声をかけても、返事がない。

机に近づく。入口から数えて、二番目の机の下で女子学生が丸まっていた。短いスカートを穿き、足を丸出しにしている。頭を机の下に入れて、こちらにお尻を出していた。見たらいけないものを見た気がしたが、スカートではなくてズボンみたいになっているらしく、パンツは見えなかった。うちの研究室にこんな短いスカートを穿く女子はいない。

「何をしているんですか？」

すぐ後ろから声をかけているのに、丸まったままで机の下を動き、こっちを見ない。

井神先生の頃から、この研究室ではノーベル賞候補と言われる研究を進めている。だが、日曜日以外は学生が自由に出入りできるように、鍵をかけない。研究資料が盗まれる危険性がないとは言えないし、研究科棟はセキュリティが甘いから気をつけるように大学側からも言われている。

しかし、机の下に丸まっている彼女が研究資料を盗みにきたとは思えなかった。

「ないなあ」小さな声で言いながら、机の下から頭を出す。

「あの、何をしているんですか？」

「うわっ！　平沼先生！」

やっと気がついてくれて、驚いた顔で大きな声を出し、耳にしていたイヤホンを外す。音楽を聴いていて、僕の声が聞こえなかったようだ。研究室に所属する学生ではない。でも、どこかで会ったことがある気がした。

「あなたは誰ですか？」

「二年の西村(にしむら)美歩(みほ)です」立ち上がり、頭を下げる。

「ああ、君が西村さんか」

うちの大学では、三年生からゼミを履修して、研究室に入る。ゼミ生ではない一年生や二年生も研究室に出入りしている。去年のゼミ生達が一年に西村美歩というかわいい女子がいると噂していた。僕も何度か会っているが、ちゃんと話したことがないから顔を憶えていなかった。

「はい。西村です」

「それで、何をやっているんですか？」

「あの、先輩から鍵を持ってくるように言われまして」

丸まっているところを見つかった恥ずかしさがあるのか、普段からこうなのか、西村さんは早口で喋る。

「鍵？」

「アパートの鍵を研究室で落としたから探してきてほしいって言われて。それで、お花見に持ってきてって」

「それは、西村さんの彼氏ですか？」

「違います。わたし、東京に彼氏がいますから」首を大きく横に振って、否定する。

「すいません。つまらないこと聞いて」

学生には後輩に研究を手伝わせるのはいいけれど、それ以外の時に自分の都合のいいように使ってはいけないと言ってある。西村さんは三年になったらうちのゼミに入りたいのだろう。うちのゼミは倍率が高くて、希望者全員は入れない。どうにかして入りたいという学生の気持ちを利用するなんて、最低だ。

僕がこんな風に考えているのを知ったら、夜久君は笑い、井神先生に報告するだろう。教授になると、研究以外の仕事が増える。学生達と向き合い、研究以外の相談にも乗らないといけない。三年前は、面倒くさいとしか思っていなかった。

「鍵、ありませんでした？」

「あります」さっき、夜久君が机の下から拾った鍵だろう。

「どこに？」

「僕の机の上に」

西村さんは机と機材の間を小動物のように素早くすり抜けていき、一番奥にある僕の机まで行く。

「どっちですか？」

本の上に置いてある黄色い星のキーホルダーがついた鍵を右手に持ち、何もキーホルダーがついていない鍵を左手に持つ。

「そっちです」左手の方を指さす。

「こっちですね」星のキーホルダーがついた鍵を本の上に戻す。

僕も西村さんの横まで行く。

窓の外を見たら、文学部の准教授と学生が戻ってきていた。ロボットは一緒じゃない。部室棟にぶつかって、大破したから置いてきたのだろう。二人とも、暗い表情をしている。ファイルを振って見せ、論文を拾っておいたことを示す。桜の木に一枚引っかかっていることも指さして教える。僕が指さした先を見上げ、二人とも口を大きく開けて呆然とする。棒か何かで突けば取れそうだと思ったが、届きそうな長い棒はない。落ちるのを待つか、木に登るか、棒を取ってくるか、あとは二人が考えることだ。

机にファイルを置く。

「これ、あげます」西村さんに夜久君からもらった草餅を渡す。

「ありがとうございます」ビニールをはがし、食べはじめる。

よもぎの香りが広がっていく。

「ここで、食べるんですか？」

「駄目なんですっけ？」慌てた顔で、ビニールを戻そうとする。

研究室や実験室では飲食禁止のところもある。

「大丈夫ですよ。お花見は行かなくていいんですか？」

「ここから見えるし、行かなくていい気がしてきました」

もうすぐ五時になる。東の空はうっすらと暗くなりはじめているが、まだ明るい。桜はよく見えるけれど、花見をするような情緒はない。

下では文学部の二人がコントのようなやり取りをしている。木を叩いても、紙は落ちてこない。登ろうとしても、登れない。データは残っているのだろうから印刷し直せばいい。放っておいても、そのうちに自然と落ちる。見られて困るような重大なことが一枚目に書いてあるとは、思えない。でも、頭が回らなくなっているようだ。

強い風が吹き、桜の花びらとともに紙も飛ぶ。風に乗り、高く舞い上がり、空へ向かって飛んでいく。

まだ明るい空に星が一つ輝く。

金星だ。

僕を呼んでいる。

—2—

バスの中が浮かれている。

今日から二学期がはじまるのに、夏休みの空気を引きずっている。窓の外に見える海の輝きも、空の色も、浮かぶ雲も、まだ夏だ。サーフィンや海水浴に来た人達が帰っても、島の夏が終わったわけじゃない。休みが終わったからと言って、すぐに切り換えることはできない。でも、夏休みは、昨日で終わったんだ。

一年の中で、一番苦手な日かもしれない。

うちの高校の生徒だけで満席のバスの一番後ろの端に座り、身を小さくしてただでさえ薄い存在感をさらに薄くする。

僕の二列前に同じクラスの女子が二人並んで座っている。夏休みに何があったのかを大きな声で話している。バスに乗っている全員が大きな声で話しているから、二人の声は断片的にしか聞こえない。どこで何をしていたのか、半袖のシャツから出た腕は真っ黒に陽灼（ひや）けしている。二人とも、顔も真っ黒だ。しかし、バスに乗っている僕以外の全員が真っ黒だから、真っ白な僕の方が変に思われているだろう。

　この島の陽射(ひざ)しは強い。五月頃から痛くなるくらいの陽射しを浴び、夏の間に真っ黒になる。僕も、夏休み前はもう少し黒かったのに、休み中に白く戻った。

　バスが止まり、うちの高校の生徒が乗ってくる。

長谷川(はせがわ)さんが乗ってきて、一番前でつり革につかまって立つ。陽に灼けていても、他の生徒ほどではない。

　夏休み中にどこかで偶然に会えないかと期待したけれど、偶然は起こらず、顔を見るのは一ヶ月半ぶりだ。背中まであった長い髪を切り、ショートカットになっている。

「葵(あおい)!」僕の二列前に座っている女子が長谷川さんを呼び、手を振る。

　何も言わず、長谷川さんは笑顔で二人に手を振り返す。二人を見ているのであって、僕になんか気がついていないと思うが、目が合った気がした。

　バスが発車して、長谷川さんは窓の外を向く。

　ぼんやりとバスの前方を見ながら、長谷川さんの横顔を視界におさめる。見つめたい気持ちを抑え、ぼんやり見ることによって、見ていることを悟られないようにする。

「光二(こうじ)!」

　久しぶりに長谷川さんに会えて、夢心地の気分を醒(さ)ます声がバスの外から聞こえてくる。

「あっ！　斉藤だ！」二列前に座っている女子は窓の外を見る。

長谷川さんものぞきこむようにして、窓の外を見ている。

「光二！　光二！　そこのメガネ！」斉藤がしつこく僕を呼ぶ。

「呼ばれてるよ！　メガネって、あんたでしょ！」窓の外を指さし、二列前に座っている女子は僕の方を振り返る。

長谷川さんも僕を見ていた。

窓の外に斉藤がいるのは分かっている。でも、何が起きているのかも分かっているから、見たくない。

「光二！」

「呼ばれてるって！」

僕を呼びつづける斉藤と僕に声をかけつづける女子を見て、バスに乗っている一年は笑っているが、二年や三年は鬱陶しそうにしている。

「光二！　そこのメガネ！」

「呼ばれてるって！」

「分かってるよ！」意を決して、窓の外を見る。

スーパーカブに乗った斉藤がバスと並走している。

斉藤の誕生日は四月だ。高校に入ってすぐに原付の免許を取った。民宿をやっている親戚の家で夏休み中働き、バイト代として、島を出たいとこが使っていたカブをもらった。「明日からカブで通学する」と、昨日の夜にうちに電話してきた。

うるさい奴と同じバスに乗らないで済むのは気が楽だし、僕はバイクには興味がない。機械として興味はあるけれど、原付の免許を取るつもりもない。十六歳になっても、バスで通学する。カブに乗るのなんて、島の中だけで、高校に通っている間だけだ。全然羨ましくないと思っても、やっぱりちょっと羨ましい。僕の誕生日は二月だから、免許を取れるのはまだ先だ。

「先に行ってるな！」

スピードを上げ、斉藤は二列前に座る女子にも、長谷川さんにも手を振り、バスを追い越していく。長谷川さんは笑顔で手を振り返していた。

学校の前にバスが着く。

他の生徒が降りるのを待ち、最後に降りる。正門の周りには、バスの中以上に浮かれた空気が広がっている。バス通学の生徒、自転車通学の生徒、徒歩通学の生徒、カブ通学の生徒が合流して、叫ぶのに近い声を上げ、話している。

その中を長谷川さんは誰も寄せつけずに、涼しい顔ですり抜ける。女子に声をかけられれば少し話してはいるが、叫び声に巻きこまれることはない。

「光二、久しぶり！」

「夏休み、何してた？」

「身長伸びてないな！」

僕も涼しい顔ですり抜けたいのに、なぜかうちのクラスの男も女もからんでくる。そんな人気者になったおぼえはない。みんなが夏休みを満喫したオーラに包まれている中で、そうじゃなさそうなのが一人いるのがおもしろいのだろう。長谷川さんみたいに微笑み返すという上級テクは僕にはできず、みんなのように叫び声を上げることもできず、苦笑いだけ返して通り過ぎる。

昇降口に行くと、斉藤が待っていた。見せつけるように、ひとさし指の先にはめたカブの鍵を回している。

「おはよう」斉藤が声をかけてくる。

「おはよう」

僕も斉藤も、上履きに履きかえる。

外は痛いくらいの陽射しだったが、校舎の中は少しだけ涼しかった。休み中も運動部の練習があったはずだけれど、学校に来る生徒はいつもよりずっと少ない。静かに眠っているような、ひんやりとした空気が廊下に漂っている。まだ休んでいたいところを大はしゃぎの生徒達に起こされ、校舎だっていい迷惑だろう。

「夏休み、何してた？」

教室まで階段を上りながら、斉藤はまだ鍵を回している。

「勉強。それより、お前、背伸びた？」

夏休み前に真横にあったはずの顔が上にある。

「五センチくらいだけどな。光二は、変わらないな」

「うるせえ。これからだ」

成長期の望みをかけられるのは今年の夏が最後だと思い、毎日毎日祈りながら過ごしたのに、身長は伸びなかった。一八〇センチとは言わないから、あと五センチ伸びて、一七〇センチにはなりたい。

「無理だって」

「無理じゃねえよ」

手足は大きい方だし、早生まれだから成長が遅いと考えを改めた。まだ望みは捨てていない。

「勉強以外は？　何してた？」

「父親の研究の手伝い」

「それも勉強じゃん」

「違うよ」

「一緒だよ。まあ、いいや。他は？」

「何もしてない」

「お前さ、なんのために島に残ったの？」斉藤は呆れた顔をして、声に溜め息を混ぜる。

「なんのためとか、考えなかったからだろうな」

斉藤とは、小学校と中学校でも同級生だった。中学校の同級生の何人かは、卒業した後に鹿児島や愛知の高校や専門学校へ進んだ。

僕の両親は東京出身で、僕が生まれる前は東京に住んでいた。父親は植物学の研究者で、東京では大学の研究室にいた。僕には兄がいたのだが、まだ一歳にもならないうちに突然死した。僕が生まれるより前のことだからよく分からないけれど、母親も父親もとても悲しい思いをしたのだろう。生活を一新させるために、この島に引っ越して来た。島にある研究所に勤め、父親は植物の生態系を調べている。

東京には祖父母の他に、親戚も住んでいる。年に一度は遊びにいく。父親が大学の研究室に戻れば、家族で東京に住むこともできる。

島を出て、東京の高校に行きたいと言うことはできた。生まれた時から住んでいるのに、この島の友達になじめない。父親の研究についていって森の中を歩くのは好きだけれど、友達と一緒に海や森に行っても遊び方が分からなかった。

でも、東京に僕の場所があるとも思えない。

どうしても行きたいわけでもないのに、この島になじんでいる両親に「島を出たい」とは言い出せなかった。

島には大学がないから、どっちにしても高校を卒業したら、離れることになる。

「まだ夏は終わりじゃないし、今日の帰りに海でも行くか？」斉藤が言う。

階段で二階まで上がり、廊下の奥にある教室に向かう。

「行かない」

「オレも民宿の手伝いが大変で、全然遊んでないし。そうだよな、お前、オレ以外に友達いないもんな。行こう、海、女子も誘って」

「行かない」

「行こうよ！　オレも夏を楽しみたいんだよ！」

「行かねえよ！」

冬になると、斉藤の肌は真っ白になる。もともと色が白くて、春になって陽射しが強くなりはじめた頃は、真っ赤になってしまう。夏に向けて、徐々に安定していき、夏休み中に真っ黒になる。今年もきれいに灼けている。全然遊んでいなかったようには見えない。しかし、民宿でバイトしていたのならば、海には行っても、働いていたのかもしれない。

今日の帰りぐらいは付き合ってやろうかと思うが、制服で海に飛びこんだりするから、同情は禁物だ。

「誰か、今日の放課後、海に行こう！」斉藤は、教室の前にいたうちのクラスの奴らに駆け寄っていく。

「行かねえよ！」

「冷たいこと言うなよ！」

「来るなよ！」

教室から長谷川さんが出てくる。騒いでいる男どもを見て、笑う。そして、その笑顔のままで、僕の方を見た。

「丹羽君、おはよう」

「おはよう」

今日は、いい日だ。

「お前、ふざけんなよっ！」

「うわっ！　ちょっと待て！」

「待たねえよ！」斉藤の足を引っ張る。

「うわっ！　うわーっ！」叫び声を上げながら斉藤は倒れる。海に入り、制服が上から下まで濡れる。

僕は斉藤に背中を押されて転び、既に頭の上から爪先まで濡れている。

始業式が終わって、海に来た。

他にも何人か誘ったが、野球部の練習があったり、家の手伝いがあったりして、結局は僕と斉藤の二人だけだ。

二人で来てもどうしようもないと思い、ぼうっと海を眺めていた。学校から少し先に行った浜辺で、観光客やサーファーは来ないところだ。僕と斉藤以外には、犬の散歩の人がちょっと来て帰っただけで、貸切状態だ。足だけでも浸かっていこうと斉藤が言い出し、靴と靴下を脱いで、海に入った。恋人同士のように軽く水をかけ合っていたのが本気になり、先に僕が斉藤に背中を押されて倒れ、僕が斉藤の足を引っ張って倒した。

同情した結果、予想通りのことが起きた。

「青春って感じだな」斉藤が言う。

「これの？　どこが？」

ワイシャツの袖から海水を滴らせながら、浜に戻る。海の方を向き、並んで座る。陽の光を浴び、制服を乾かす。メガネも濡れていて、視界がぼやける。

海に入るのは久しぶりだった。小学校六年生の夏休み以来だ。

島と言っても、人口三万五千人、面積は県内にある島で三番目の広さだ。家から海が遠いわけではないが、近くもない。

子供の頃は、父親や母親に連れられて海に来ることはあったし、斉藤や他の友達の親にも連れてきてもらった。中学生になると、親に連れていってと頼むのはダサく感じ、友達同士だけで自転車やバスで行くには遠く感じた。島の外から来たサーファーにからまれるのも、怖かった。水遊びがしたかったら、学校のプールで充分だ。

高校生になってバス通学になり、海を眺めながら、登校している。

それでも、こうして海に入ることは、もうないと思っていた。入るとしても、制服のままとは考えもしなかった。

「光二は、好きな女子とかいないの？」斉藤は、足についた砂を払う。

「いない」僕も足についた砂を払いながら、答える。

「本当に？」

「いないよ」

「そっか」

「うん」ワイシャツやズボンについている砂も払う。

長谷川さんのことは、斉藤には言わない。同じクラスで同じバスで通っているのに、長谷川さんとはあいさつ程度にしか話したことがない。気になるというだけで、これが恋なのかどうかはまだよく分からなかった。小学校と中学校でも一緒だった女子と比べ、高校から一緒になった女子は神秘に包まれている。その中でも、長谷川さんは特別だ。おとなしくて、昼休みに小説を読んでいたりする。でも、自分の世界に入りこんじゃっているわけではなくて、誰とでも気軽に話す。不思議な感じがする人だと思い、横顔を追うのが癖になった。

「オレにも聞いてよ」

「何を？」

「好きな女子とかいないの？　って」

「教えない」顔を両手で覆い、恥ずかしそうにする。

「はあっ？」

斉藤が誰を好きかなんて興味ないが、今の態度はむかついた。もう一度、海に入らせようかと思ったけれど、自分も入ることになる。バスに乗れる程度には制服が乾いてきたから、これ以上は濡れたくない。

風が吹き、防風林が音を立てて揺れる。

まだまだ暑いし、どこをどう見ても夏だけれど、秋の気配がうっすらと近づいてきている。観光客がいなくなっただけではなくて、昨日までとはどこか雰囲気が違う。この島で過ごす夏もあと二回だと思うと、少しだけ寂しさを感じる。

いつか、斉藤と海に入ったことを懐かしく思い出す日が来るのだろうか。

「斉藤は、高校卒業したらどうすんの？」

「うーん」腕を組み、首を捻る。「決めてない。光二は東京の大学に行くんだろ？」

「東京じゃないかもしれないけど、大学には行く」

「ロケット、飛ばすんだもんな」南の空を見上げる。

僕も南の空を見上げる。

島の最南端に宇宙開発研究所があり、ロケットの発射台がある。子供の頃の夢は宇宙飛行士だったが、身体が小さいし、運動も苦手だから無理そうだ。あの発射台から自分が開発したロケットを飛ばすことが、今の僕の夢だ。そのために、夏休みも遊ばずに、勉強していた。

島を出て、大学へ行っても、また帰ってくる。

でも、未来のことはうまくイメージできない。

「バス来てる！」防風林の向こう側を指さし、斉藤は声を上げる。

「ヤバい！」

あのバスに乗れなかったら、次は夕方まで来ない。カブに乗る斉藤の後ろを走って帰ることになる。

「急げ！」

「じゃあな！」

斉藤に手を振り、カバンを抱えてバス停まで走る。

間に合わないかと思ったが、走っている僕が見えたみたいで、運転手さんはドアを開けたままで待っていてくれた。

「すいません」定期券を見せて、バスに乗る。

始業式が終わって、ほとんどの生徒がすぐに帰った。運動部の生徒はまだ練習していて、夕方のバスで帰るのだろう。バスには、僕以外に一人しか乗っていなかった。

長谷川さんだ。

後ろの二人掛けの席に一人で座っている。

「座らないの?」長谷川さんが僕に声をかけてきた。

座っている横まで行ったら、長谷川さんは手に持っていた文庫本を閉じた。表紙には『美しい星』と、書いてある。三島由紀夫が書いたもののようだ。僕は、小説は読まない。どんな、話なんだろう。

「座れない。斉藤と海で遊んでて、ズボンが濡れてるから」

「そうなんだ」声を上げて、長谷川さんは笑う。

突然、電気がついたように周りが明るくなる。バスの中の明るさは変わっていない。長谷川さんの周りが光に包まれているように見えた。

こうして、恋に落ちるんだ。

☆

「そういやさ、次のロケットの打ち上げ、十一月二十九日らしいよ」フルーツオレを飲みながら、斉藤が言う。

「えっ？　それって、もう公表されてる？」

教室の後ろに並ぶロッカーのぞうきんがけをしていた手を止める。話している僕達の後ろを掃除当番ではない生徒達が帰っていく。斉藤は当番じゃないのに残って、僕が掃除をする横に立って話している。

「分かんない。でも、親戚の民宿は関係者の予約でいっぱい。夏休みに手伝いに行った時に聞いたのに、忘れてた。ごめん」顔の前で手を合わせて謝りながら、笑う。

「いいけどさ」

ロケットの打ち上げの日は決定すると、宇宙開発研究所から公表される。だいたい打ち上げの日の一ヶ月半から二ヶ月前になる。しかし、島の人間は、それより前に知ることができる。

実際にいつ決まっているのかは分からないが、公表されるよりかなり前に決まっている。決定してから、関係者や漁協へ連絡を入れて、状況が全て整ってから一般への発表になる。海に向かってロケットを打ち上げるので、漁協との関係は大事なようだ。ここに知られるより前に一般に知られると大変なことになるらしい。けれど、詳細が決まった時点で、関係する省庁やロケット本体を造っている会社、日本各地にある宇宙開発研究所の関係者に連絡がいき、島内の旅館や民宿の予約が一気に埋まっていく。この予約状況を見て、島の人間は何日に打ち上げられるかを判断する。

斉藤の親戚の民宿にも関係者が来るので、分かったら教えてほしいと前に伝えた。将来はロケットの開発者になりたいという僕の夢を応援してくれてはいるが、斉藤自身はロケットに興味がないのですぐに忘れる。

ほぼ毎年一度か二度は打ち上げられるから、島民は徐々に興味を失う。小学生の時はみんなで見にいったりしたけれど、高校生になるとはしゃぐことではなくなった。

打ち上げは、島の一大観光事業でもある。島外から宇宙開発の関係者の他に、観光客が押し寄せる。サーファーが来る夏休みとは比較にならないくらいだ。その対応に忙しくなるから、斉藤みたいに親戚の手伝いがある場合は、そっちが気になるようだ。年をとると再びロケットに興味を持つようになるのか、親戚は民宿の留守番を斉藤に任せて打ち上げの見学に行ってしまうらしい。

「直前に知ったって、早く知ったって、変わらないじゃん」斉藤は、悪びれずに言う。

「そういうもんじゃない」

観光客のように、泊まる場所や島へ渡る交通手段を押さえなくていいから、いつ知っても変わりはない。学校の屋上からは打ち上げの瞬間は見えなくても、宇宙に飛んでいくロケットは見える。いつ知っても、見る場所は確保できる。でも、できるだけ早く知りたい。

「あと、一ヶ月半はあるし」

「そうだけど」

僕が見落としただけで、もう公表されているのかもしれない。何を言っても斉藤は怒らないから言いたいことを言ってしまうが、自分が悪い可能性もある。あまり強く言わないようにしよう。

「残りのフルーツオレやるから、機嫌直せって」飲みかけのパックを差し出してくる。

「いらねえよ！」強く言わないようにしようと思ったばかりなのに、強く言ってしまった。

「うまいのに」残りを飲み干し、パックをつぶして折りたたむ。

「それより、十一月二十九日って何曜日？」口調をおさえて話す。

「分かんない」

「今日が十月十六日で木曜日だから」

十月三十日が二週間後で同じ木曜日、三十一日が金曜日になる。十一月一日が土曜日だから、七の倍数である二十八に一を足した二十九日も土曜日だ。

「カレンダー見てこようか」教室の前に貼ってあるカレンダーを斉藤は見にいこうとする。

「土曜日だよ」

「計算したのかよ」驚いた顔をする。

「これくらい簡単に分かるだろ」

「オレは分かんないよ」

「お前はバカだからな」

「現国の成績は、お前よりいいからな！」口調が強くなるが、怒っているわけではない。

「分かってるよ」

斉藤が怒ったところは、中学二年生の時に一度だけ見た。

同じクラスに沢渡さんという右足を引きずる癖のある女の子がいた。小学校一年生の時に交通事故に遭い、何度も手術をしたからだということを誰もが知っていた。島は車が少ないのをいいことにスピードを出す人がいて、事故が多い。からかったりしてはいけないと全員が分かっていたはずなのに、ある時からクラスで沢渡さんに対するいじめがはじまった。今思えば、いじめの中心にいた男が彼女を好きだったのだろう。

沢渡さんと仲のいい女子が止めてもいじめはおさまらなかった。暴力を振るったりはしなかったが、右足を引きずる姿を見て笑い、体育を見学していることを楽しんでいると言って責めた。ある時に、沢渡さんは無理をしてでもマラソンに参加しようとした。みんなについていこうと足をかばいながら走る姿を見て笑う男どもに対し、斉藤は怒鳴り声を上げて殴りかかった。その前にも何度か、からかったりするのはやめた方がいいと言っていて、どうしてもがまんできなくなったようだ。

暴れる斉藤を止めながら、こいつとは一生友達でいようと思った。

「現国だけだけどな」斉藤は、泣きそうな顔をする。

僕はセンター試験のために文系科目も勉強している。現国で斉藤に負けたのだって、この前の一学期期末テストだけだ。来週の二学期中間テストでは必ず勝つ。

　私立でも航空宇宙関係の学部がある大学はいくつかあるが、できれば国立に行きたい。両親はどこの大学でもいいと言ってくれているけれど、一人暮らしすることになるし、なるべく負担をかけたくなかった。

「それよりさ、ロケットの打ち上げって何時なんだろうな？」話を戻す。

「そこまでは聞いてない」

「学校休みだし、見にいこう」

　夜中や明け方に打ち上げられることもある。去年までは中学生だったから親と一緒じゃないと、遅い時間の打ち上げは見にいけなかった。平日の昼間だと、学校からしか見られない。一昨年までは週休二日制ではなくて、土曜日も学校があった。見にいける機会は春休みや夏休みと重なった時だけだった。今回は、もう高校生だし、休みだから、どんな時間でも好きな場所で見られる。

「誘ってる？」今度は、嬉しそうにする。

「民宿で留守番だろ」

「見られるなら、見たい」下を向き、また泣きそうになる。

　遅い時間だった場合は斉藤と一緒ならば、両親も安心するだろう。兄のことがあったからか、うちの両親は特別に心配しすぎな気がする。斉藤のことは信頼しているようだ。

家が近くて、斉藤の家とは家族で付き合いがある。両親が島に来た時、最初に親しくなったのが斉藤の両親だった。保育園に通っていた頃は、二月生まれの僕にとって、四月生まれの斉藤はお兄ちゃんみたいだった。同い年でも、体格やできることに差があった。小学校四年生になった頃に身長が同じくらいになり、それからはずっと同じくらいだったのに、今年の夏休みから斉藤は身長が伸びつづけている。僕はまだ伸びる気配がない。

「あんた達、ちゃんと掃除しなさいよ！」ほうきで掃き掃除をしていた女子に怒鳴られる。

「オレ、当番じゃねえよ！」斉藤が言う。

「じゃあ、帰ればいいじゃない！」

「うるせえ！　帰るよ！」カバンを持ち、教室から出ていく。

「じゃあな」後ろ姿に向かって、手を振る。

「じゃあな！」扉のところで振り返ってそう言い、斉藤は廊下を走っていった。

掃除当番を終えて、校舎裏にある図書室に行く。

斉藤がずっといたらどうしようと思っていたから、女子が怒ってくれて助かった。

「こんにちは」

司書の女の先生にあいさつをしてから、奥にある自習スペースに行く。

校舎自体もあまり新しくないが、図書室はもっと古い感じがする。築年数は変わらなくても、本の匂いがそう感じさせるのだと思う。昼休みは雑誌を読みにくる生徒がいるらしいのだけれど、放課後はほとんど誰も来ない。僕も一学期の初めに校内案内の時に来ただけで、その後は昼休みにも来たことがなかった。

二学期に入って、たまに来るようになった。

文庫本を読んでいる長谷川さんの隣に座る。長谷川さんはいつも一番奥の窓側の席に座っている。

「何、読んでるの？」

「あっ！」驚いた顔をして、長谷川さんは文庫本から顔を上げる。

「ごめん、話しかけない方が良かった？」

「ううん、大丈夫」首を横に振り、微笑む。

始業式の日の帰りにバスで会ったのをきっかけに、長谷川さんとの距離が縮まり、二人で図書室で会うようになった。すぐに仲が良くなったわけではない。その後しばらくは前と同じで、バスの中や教室であいさつをする程度だった。そのうちに朝のバスで会ったら話せるようになり、長谷川さんが放課後はバスが混雑する時間を避けるために図書室に寄っていることを聞いた。「図書室に僕も行っていい？」と聞いたら、大きくうなずいてくれた。

付き合っているわけじゃないし、好かれているなんて思えないけれど、嫌われてはいないと思う。同級生でしかなかったところから、友達には昇格できたと考えてもいいだろう。

「太宰治の『女生徒』」長谷川さんは閉じた文庫本を机に置く。

「ふうん」

「興味ないでしょ？」

「うーん」正直には答えられず、唸(うな)ってしまう。

センター試験のために勉強しているが、やっぱり現国は苦手だ。評論文はまだいいのだけれど、小説はどう読んでいいのか分からない。

子供の頃、母親はよく絵本を読み聞かせてくれた。でも、僕は父親が教えてくれる植物の話の方に惹かれた。絵本はすぐに眠くなってしまったのに、気候環境や遺伝子がどうという話を聞くと目が冴(さ)えた。そして、それ以上に惹かれたのが松本零士の『銀河鉄道９９９』だった。アニメを見ながら、宇宙に行きたいと考えた。内容も語られていることの意味もほとんど理解できなかったのに、機関車が宇宙に向かって飛び立つオープニング映像にワクワクした。

今は、長谷川さんが小説が好きだと言うから、僕も読もうという気持ちはある。

図書室で何冊か手に取ってみたけれど、十ページくらい進んだところでいつも、登場人物の人間関係や感情がこんがらがっていき、読み進める手が止まる。もう一度頭から読み直し、十ページより少し進んだところで手が止まり、また頭から読み直し、十ページより少し進んだところからもう少し進んだところで手が止まり、また頭から読み直す。何度も何度も繰り返し、冒頭十ページの文章を理解する前に憶えてしまったところで、読むことを諦める。ということを何冊か繰り返しただけで、一冊も読み切れていない。

「興味ないわけじゃないよ」

「本当に？」

長谷川さんは僕の顔をのぞきこんでくる。

おとなしいから、クラスの女子では地味な方だと思われているが、目鼻立ちの整ったきれいな顔をしている。髪を短くして大人っぽい印象になり、前以上にきれいになったのに、クラスの男どもは気がついていない。休み時間に一人で小説を読んでいる姿は暗く見えるかもしれないけれど、騒がしい女子よりずっと魅力的だ。

「本当に」

「読む本が合ってないのかもね」

「どういうこと？」

「丹羽君、理系科目得意でしょ？」

「うん」

「数学と生物と化学だったら、どれが得意？」

「化学、数学、生物の順番かな。成績だけで言ったら、化学より数学の方ができるけど」

父親と同じ植物の研究者になりたいと考えたこともあった。しかし、子供の頃に父親から聞いた話と学校の授業は違い、生物の成績は他の理系科目ほど良くない。

「私、どれも苦手」下を向き、拗ねているような顔をする。

「えっ？」

　クラス内で長谷川さんの成績は上位に入る方だと思う。理系科目は苦手でも、文系科目で点数を稼いでいる。高校を卒業したら、島を出て大学に行くのだろう。女子は短大や専門学校に進む生徒も多い。どうするのか聞きたいが、聞けなかった。どちらにしても、同じ大学に進むのは難しいだろう。

「そういう話じゃないね」

「うん」

「化学の中でも、得意なところと苦手なところがあるでしょ？」

「ないけど」

「それじゃ、話が進められない」

「でも、ないからな」

「だって、数学より化学のテストの方が点数悪いんじゃないの？　それは、できないところがあったからでしょ？」

　話してみると、長谷川さんは意外なくらい気が強かった。自分が間違っていないと主張したい時には、理詰めで責めてくる。そういうところは、理系向きなんじゃないかと思う。

「そうだね。苦手なところもある」

理詰めで責められると長くなるから、できるだけ早く同意を示す。

「そうでしょ」嬉しそうな笑顔になる。

「うん」

「小説もみんな一緒じゃなくて、細かいジャンル分けがあるの。ミステリーとか、SFとか、古典とか。丹羽君が今まで読もうとした本は、丹羽君に合っていなかったんだよ」

「なるほど」

「SFがいいんじゃない？」

「理系だからSFっていう単純な発想だね？」

「単純とか言わないでよ」また拗ねる。

表情や口調が次々に変わるところが、長谷川さんと斉藤は似ていると感じたことがある。でも、斉藤がシリアスになるのを避けて冗談を言ったりするのとは違い、長谷川さんはどこまでも素直で正直だ。

「ごめん」

「いいよ。でも、SFどう？」

「実は、SFって苦手」

「そうなの？」

「アニメや映画を見ても、どういう構造になっているのかとか、論理的に間違っていないかとか、考えちゃう」

たとえば、『銀河鉄道999』くらい設定が飛んでいればいいのだけれど、現実的にありえそうな話だと、細かいところが気になってしまう。論理的に間違っていると、それを指摘したい気持ちだけが残る。

「ミステリーは？　シャーロック・ホームズとか？」

「小学生の時に読んだ」

「読んでんじゃん！」長谷川さんは大きな声を上げる。

「静かにね」

いつもは図書室には誰もいないから大きな声で喋っても平気だけれど、今日はテスト前なので僕達以外にも何人か自習スペースを使っている。小声で話す分には、問題ない。

「読んでる本もあるんじゃん」声を潜め、顔を近づけてくる。

近づくと、長谷川さんから甘い香りがする。香水ではなくて、洗剤や柔軟剤の香りだ。

「ホームズだけだよ」

父親が好きだからホームズは家に揃（そろ）っている。小学校二年生の夏休みに全て読んだ。熱に浮かされたように一気に読み、もっと他の小説も読んでみようと思ったが、読めなかった。

９９９と同じ銀河鉄道でも、宮沢賢治の『銀河鉄道の夜』は最初から四ページ目までの教室のシーンで、挫折して読んでいない。

「読めないのに読む必要ないもんね」

「諦めるのかよ」

「だって、丹羽君が得意な理系科目が私にはできないように、人には向き不向きがあるのよ」

「そうだよな。うち、父親も理系だし。でも、母親は小説とか読むんだけどな」

「兄弟は？」

「いない」

「そうなの？　次男だと思ってた」

「なんで？」

「だって、光二でしょ？」

「うん」

下の名前を呼ばれたことに、心臓が止まるのかと思うくらい、胸が大きく鳴った。

いつか、長谷川さんを「葵」と、呼べるようになるのだろうか。

「二がつくから」長谷川さんは、指で空中に横線を二本引く。

「ああ、えっと、本当は次男だから」

「どういうこと？」

「兄がいたんだけど、死んだんだ」

「そうなの？」悲しそうな顔で、僕を見る。

「うん」

「ごめんね。聞かれたくなかったよね？」

「いいよ、大丈夫。死んだのって、僕が生まれるよりも前のことで、両親が東京にいた時のことだから」

「そっか」声も悲しそうになる。

「だから、気にしないで。全然、大丈夫だから」

「うん」

何か言いたいことがあるのか、長谷川さんは唇を嚙みしめている。夏の間は陽に灼けていた肌が白くなってきている。白い肌が透けて、消えてしまいそうだ。

「大丈夫だから」

「なんか、勉強する気しないね。四時のバスがそろそろ来るから帰ろうか？」

長谷川さんはカバンに文庫本を入れて、席を立つ。僕もカバンを持って、席を立つ。

僕の話で、悲しませてしまったのかもしれない。正直に言わなくてもよかった。いないということにしておけば、いいんだ。でも、斉藤や小学校からの友達の何人かは、兄のことを知っている。うちの仏壇に遺影があり、遊びにきた友達に話した。嘘をついても、いずればれるだろう。その時に、もっと悲しませることになる。

兄が生きていれば、こんなことにならなかった。そう考えたが、そしたら両親はこの島に来なかっただろうし、僕も生まれなかったかもしれない。

図書室を出て、正門前のバス停まで歩く。

授業が終わってから時間が経っていて、部活が終わるには早いから、僕と長谷川さんしかいない。

「ごめんね」長谷川さんが言う。

「いいよ、お願いだから気にしないで」

「私、人が死ぬのって怖いの」

「うん」

「分からないから、怖いの」

「僕も分からないよ」

泣き出してしまいそうな彼女の手を握りしめたくなったけれど、僕にはできなかった。

家に帰ったら、よもぎの香りがした。

母親が台所で、草餅を作っているのだろう。僕も父親も好きだから、年に何度か作る。春のうちによもぎを摘み、茹(ゆ)でたものを乾燥させて保存しておく。

「ただいま」

台所をのぞくと、予想通りに母親が草餅を作っていた。

「おかえりなさい。草餅作ったのよ」

「玄関入ってすぐに分かった」

「食べるでしょ?」

「うん」

自分の部屋に行き、制服からTシャツとハーフパンツに着替える。

着替えながら、長谷川さんのことを考えていた。

バスに乗ってからも悲しそうな顔をしていて、あまり喋ってくれなかった。

死ぬことがどんなことなのか、分からないと言う前に、ほとんど考えたこともなかった。兄のお墓は東京にある。東京に行った時には必ず両親はお墓参りに行き、僕もついていく。そこは、丹羽家代々のお墓であり、祖父や曽祖父や曽祖母も入っている。写真でしか見たことがない兄よりも、祖父のことを思い出す。でも、祖父が死んだのも、僕が保育園の頃だからよく憶えていない。僕が生まれてから死んだ親戚は他にいない。

両親の間には常に、兄の死という事実があるのだろうけれど、僕が同じように感じることはできない。

部屋を出て、居間に行く。

父親が帰ってきていた。縁側に座り、庭を見ている。論文を書いていて、帰りが遅い日がつづいていた。久しぶりに早く帰ってこられたようだ。だから、母親は草餅を作ったのだろう。

「ただいま」父親の隣に座る。

庭には、アロエしか生えていない。父親と母親でガーデニングをしようとしたことがあったが、小さな花やハーブを育てても台風で飛ばされてしまうので、諦めた。島の生活は、台風との戦いでもある。夏の暑さもあり、育つ植物も限られている。家の裏はさとうきび畑だ。刈り取った後で、今の時季は何もない。

「おかえり」

「十一月二十九日のロケットの打ち上げって、なんか聞いてる？」

宇宙開発研究所と共同研究をやっている人もいるらしくて、父親が勤める研究所にも打ち上げの日程が公表されるよりも前に連絡が入る。斉藤に教えてもらわなくても父親に聞けば早く分かるのだけれど、それはルール違反な気がする。

「もう公表されたのか？」

「分かんない。斉藤に教えてもらった」

「そっか」

「何時からって分かる？　土曜日だから見やすいところに行こうと思って」

「十三時半くらいじゃなかったかな」

「昼間か」

どこにでも行けそうな時間だと、余計に迷う。普段はロケットの発射台まで誰でも見学に行けるけれど、打ち上げの日は宇宙開発研究所の敷地は一般の立ち入りが禁止される。間近で見ることはできないが、島の中にはロケットの打ち上げを見られる公園がいくつかある。できるだけよく見えるところで見たくても、そういう場所は混む。旅館や民宿の予約がとれなかった観光客は公園にキャンプをはる。場所取りをするためには、それに対抗することになる。

「見にいくのか?」

「うん」

「土曜日だし、人多いぞ」

「そうだよね。でも、学校が休みの日に打ち上げられることはもうないかもしれないし」

「夏休みとか春休みとかもあるだろ」

「そうだけどさ」

ロケットの打ち上げを見られるのも、あと二年半くらいだ。その間に何回打ち上げられるか、分からない。大学生になったら、打ち上げに合わせて帰ってくるのは難しくなるだろう。鹿児島や福岡の大学に入れば帰ってこられるけれど、東京や京都に行ったら交通費もかかるから、無理だ。そして、できれば東京か京都の大学に進みたい。

「穴場は何箇所かあるけど、やっぱり見にくいんだよな」

「そうなんだよ」

発射台の上から下まで見るためには、メイン会場になる公園に行った方がいい。今回は打ち上げられる瞬間が見たい。小学校低学年の頃には何度か公園に見にいったことがあるが、中学生になってからは飛んでいくのを学校の屋上で見ただけだ。

「研究所に来るか？」

「えっ？　いいの？」

父親が勤める研究所の屋上からはロケットの発射台が上から下まで見える。前に遊びにいった時に、屋上に上がらせてもらった。

「土曜日だし、そんなに忙しい頃ではないから大丈夫じゃないかな」

「本当に？」

「研究員の子供達を集めて、観測会やるってことにすればいいか」

「そんなこと、できるの？」

「大丈夫だよ。お父さんも一緒に行くことになるけど、斉藤君とか友達も誘えばいい」

「ありがとう！」

「もし駄目でも、お父さんの権力でなんとかするよ。お父さんは結構偉いんだからな」

「いいの?」

「いいんだよ。息子の夢のためなら、親はなんでもするんだよ」僕の顔を見て、父親は笑いながら言う。「お父さんの仕事を利用するみたいでずるいとか思わずに、なんでも聞いていいんだからな。なんのためにロケットを飛ばしたいか、どういう研究をしたいか、そういう具体的なことは大学生になってから考えればいい。でも、この島でお父さんにしか光二に教えられないこともある。好きなだけ利用しなさい」

「うん」涙が溢(あふ)れそうになって、うなずくことしかできなかった。

僕が感じるあと二年半はまだまだ先のことだ。島を出る日がいつか来ると考えても、そんな日は永遠に来ないいんじゃないかと感じてもいる。想像できないくらい遠い未来のことに思えた。

両親が感じるあと二年半は、僕が感じているより短いのかもしれない。

僕が島を出る時に父親も東京の大学の研究所に戻ればいいと思っていたが、両親にそういうつもりはないらしい。東京の大学から誘いはあっても、断っている。

「何話してるの?」草餅が載ったお皿を持って、母親は居間に入ってくる。テーブルにお皿を置く。

「ロケットの打ち上げのこと」父親は立ち上がり、テーブルの前に座り直す。

僕もテーブルの前に行き、父親の正面に座る。

「お父さんの研究所で見せてもらうんだ」

「そう。気をつけて行ってきなさいね」

母親は口癖のように「気をつけて」と言う。兄が死んだのは、母親が目を離した隙のことだったらしい。リビングに敷いた布団で眠っていると思って台所に立ったら、戻ってきた時には息をしていなかった。乳幼児突然死症候群というやつで、死因は心不全とされた。母親が見ていたとしても、同じことは起きただろう。でも、その時のことを今も後悔しているのだと思う。

「いただきます」大きな声で言い、父親は草餅を一つ食べる。

「いただきます」僕も一つ食べる。

うちで作る草餅は、売っているものより甘さ控え目でよもぎの香りが濃い。

「うまい！」父親が言い、僕もうなずく。

「当たり前でしょ」嬉しそうにして、母親は笑う。

父親は気にしなくていいと言ってくれたが、観測会ができないか確認してみるということになったので、その答えが出るまで斉藤を誘うのは待った。

待っている間に、中間テストが終わった。

「なぜ、勝てない」帰りのホームルームで返却された現国の答案用紙を持ち、斉藤は項垂れる。

今日は僕ではなくて、斉藤が掃除当番だ。廊下の掃除をすると言って教室から出てきて、喋っている。ほうきは壁に立てかけてある。

「五点差じゃん」

今回は、現国を含む全科目で、斉藤より僕の方が成績が良かった。一学期期末テストが何かの間違いで、これがいつも通りの結果だ。

「この五点は大きい」

「そうだよ。大きいんだよ」

「優越感に浸ってんじゃねえよ！」

「勉強以外にできることが斉藤にはあるじゃん」

「そりゃ、光二よりオレの方がかっこいいし、背も高いし、バイクも持ってるし」

「バイクって、カブだろ？　かっこよく言ってんなよ」

「カブだって、バイクだ！」

「そうだけどさ」

「運動だってオレの方ができるし、女にもてるし」

「それは、どうだろう？」

女友達は斉藤の方が多いけれど、もてているわけではない。

「うるせえ！　とにかく、こんな成績じゃ同じ大学に行けないよな」

「大学、行くつもりなの？」

「うん」力強くうなずく。

二学期始業式の後に海へ行って、卒業後のことを話した時は、「決めてない」と言っていた。二ヶ月の間に何があって、そう決めたのだろう。斉藤は現国の成績はいいけれど、他は大学に入れるレベルではない。まだ一年だし今から勉強すれば遅くないとは思うが、無理な気がする。

「同じ大学って、誰と同じ大学？　僕じゃないよね？」

「どうして、そこで自分じゃないって思うんだよ」

「だって、絶対に無理だから」

「なんで？」

「斉藤は文系だし」

「それでも、同じ大学には入れんだろ」

「僕は国立目指すし」

「国立って、難しいの？」

「大学によるけど、僕が入りたいところに斉藤は入れないよ」

「ふうん。じゃあ、高校卒業したらお別れだな」現国のテストを小さく折りたたみ、制服のズボンの後ろポケットに入れる。

「そうだね」

頭では分かっていても、未来のことは実感できない。生まれたばかりの頃から斉藤とは、ずっと一緒にいる。一生友達だと思っても、会えなくなる日がいつか来る。

「同じ大学に行きたいのは、お前じゃないけどな」斉藤は、立てかけてあったほうきを取る。

「誰？」

「教えない」

「女？　女？　女？」

「声がデカい！」僕より大きな声で言う。

隣の教室の前にいた女子のグループが僕達を見て、笑っている。沢渡さんも輪になっている中にいた。身体が成長して右足に負担がかかるらしく、杖(つえ)を突いている。

「女？　女？　女？」さっきよりも声を小さくする。

「今度、話す」

「今度って、いつ？」

「今度は今度だよ。ここでは話しにくいから」

「分かった」

多分、「今度」なんて時は来ないだろう。

高校一年生になれば、それなり以上に恋愛に興味があって当然だけれど、僕と斉藤の間にはそういう話に対する照れがある。どちらかが大人になることへの恐怖もあった。

卒業した後のことを考えるのと同時に、ここに留(とど)まりたいと思う時がある。

それはできないことだから、先に進むしかない。

時間は前にしか進まなくて、止めることも戻ることも不可能だ。抗(あらが)おうとしても、僕達の身体つきは変わっていくし、子供の時とは声も違う。

ロケットの開発者になるために、勉強するべきことはたくさんある。航空宇宙関係の大学に入ることがまず難しいし、それからはもっと大変になるのだろう。宇宙飛行士になる夢だって、完全に諦めたわけではない。自分が開発したロケットを飛ばしたいという気持ちよりも、宇宙へ行きたいという気持ちの方がまだ強い。日本から有人ロケットを飛ばしたい、父親と共同研究をしたいという気持ちはあるが、具体的に何をやりたいか決められないのは、そのせいだと思う。

この島を出て、東京や京都に行き、広い世界を知り、宇宙へ行きたい。

宇宙旅行はまだまだ夢でしかないが、いずれ実現する日が来るだろう。僕みたいに身体が小さくても、運動が苦手でも、気軽に宇宙へ行ける日が来るかもしれない。けれど、それは何十年も先のことであり、その研究に関わりたいと考えるのは、夢を見すぎだ。

とにかく、今は希望通りの大学に入るため、ひたすら勉強する。迷っている時間はない。

「二十九日のロケットの打ち上げなんだけどさ、父親が勤める研究所で観測会やるんだって」

「そうなんだ」

「斉藤も来ない？」

「オレも入れるの？」

「父親も斉藤君とか誘えばいいって」

小学校低学年の頃、僕は斉藤のことを下の名前で呼んでいて、うちの両親もそうしていたはずだ。いつから変わったのだろう。斉藤も僕のことを光二と呼び捨てではなくて、光ちゃんと呼んでいた。子供の頃のままだと思っていても、気がつかないうちに僕と斉藤の関係も変わってきている。

「オレより誘うべき相手がいるんじゃないの？」廊下を掃きながら、わざとらしく笑う。

「いや、いないけど」

「何も知らないと思うなよ。光二の方がオレに話すことあるよな」

僕と長谷川さんが図書室で会ったり、二人で帰ったりしているのは、噂になっているらしい。

クラスには付き合っている奴も何組かいるし、騒がれることはない。どうなっているのかをこっそり僕に聞きにきた男がいた。こっそり長谷川さんに聞きにいった女子もいるらしい。

長谷川さんがなんて答えたのか気になったが、聞けなかった。僕は、勉強をしているだけで何もないと答えた。

いつか斉藤にもばれて何か聞かれるかと思っていたが、聞いてこないから知らないのかと思っていた。斉藤が誰を好きなのか僕はなんとなく知っている。それでも、知らないフリをしていたのと同じように、斉藤も知らないフリをしていたのだろう。

「ないよ、何もない」

「あるだろ？」

「ないよ」

「ちゃんと誘った方がいいと思うぞ。光二は言うべきことを言わないし、言いたいことをうまく言えない。オレぐらいになれば、光二の気持ちはなんでも分かるけど、女相手にそうはいかないぞ」

「分かってるよ」

僕だって、斉藤の気持ちはなんでも分かる。背中を押すために恥ずかしいのをがまんして、マジメに話してくれたのだろう。

その気持ちを無視して、長谷川さんを誘わないでいることは男としてできない。しかし、誘える気がしない。

テスト前に兄のことを話してから、長谷川さんと二人で話していない。長谷川さんは家で勉強する方が集中できると言って、テスト期間中はすぐに帰ってしまった。今日は図書室に行っている。校舎の裏に行く後ろ姿が廊下の窓から見えた。僕を待ってくれていると思っていいのだろうか。それとも、このまま話しかけない方がいいのだろうか。

兄の話だけが避けられる原因とは思えないし、他に僕が何かしたのかもしれない。テスト勉強に集中したいというのは嘘ではないだろう。避けられていると考えるのは大袈裟だと思う。

でも、朝のバスで会ってもあいさつをしてくれなくなり、教室でも目を合わせてくれない。

「本当に分かってんのかよ？」僕の目を見て、斉藤は言う。

「今度、話す。今度」目を逸らす。

「今度っていつだよ？」

「今度は今度。じゃあな！」

「じゃあな」

廊下の奥まで行き、階段を下りる。

斉藤と二人でマジメに恋バナをするなんて想像しただけで気持ち悪いが、そういう日がそろそろ来るのかもしれない。

昇降口まで行ってからしばらく考え、図書室に寄ることにした。靴を履きかえて校舎裏に図書室のカウンターに司書の先生はいなくて、図書委員がいた。あいさつはしないで、奥の自習スペースに行く。

長谷川さんはいつもと同じ席に座り、肘をついて窓の外を見ていた。窓の外には校舎が建っている。校舎と図書室の間を野球部やサッカー部の練習に行く生徒が通りすぎる。

「隣、座っていい？」

僕が声をかけると、長谷川さんは肘をついたまま振り返る。驚いたのか、大きな目を丸くしている。

「どうぞ」膝の上に手を置き、小さな声で言う。

「どうも」椅子を引いて、座る。

今日は自習スペースには僕と長谷川さんの二人しかいない。

「帰ったのかと思ってた」僕の方は見ないで、長谷川さんは言う。

「斉藤と話してた」

「それは、見えた」窓の外を指さす。

指さした先を見上げると、二階の廊下が見える。ちょうど僕達の教室がある辺りだ。廊下からも図書室の中が見えるはずだが、そこまで気にしていなかった。

「見てたんだ？」

「見てたわけじゃないから！　見えただけだよ」僕の方を見て言う。白い肌が赤く染まる。

「ああ、うん」

来ない方がよかったのかもしれない。機嫌が悪いだけな気がするけれど、僕が嫌われるようなことをした可能性の方が高い気もしてきた。でも、それならば、ここで僕が帰ったら、また話せなくなってしまう。

「僕、何かした？」

思い切って聞いてみたが、もっとうまい聞き方があったんじゃないかと後悔した。

「何もしてないよ」

そう答えて、長谷川さんは口元に手を当てて、考えこんでいるような表情をする。こういう表情で、黙ってしまうことがたまにある。

言いたいことがあるならば、なんでも言ってほしい。

「何かあるなら、言って」

「何もない」僕の顔を見て、首を横に振る。

どうしてかは分からないが、悲しそうに見えた。

「本当に？」

「どうしてそんな風に思うの？」

彼女の心の中で何か解決したのか、喋り方が前と同じに戻った。

「テスト前から全然喋ってくれなかったから」

何を考えているのか聞きたかったが、真剣に問うことはできず、軽い口調で言ってしまった。

「だって、丹羽君は学年一位でしょ？　私が邪魔したら悪いと思って」

「邪魔なんて、思わないよ」

「私も勉強したかったし」

「そう」

僕が長谷川さんへの気持ちを口に出せないように、長谷川さんにも僕に言えない気持ちがあるのかもしれない。同じ気持ちならば嬉しいけれど、それを確かめるのは、まだ怖い。

「丹羽君に貸す小説、持ってきたんだよ」いつもより明るい声で言い、カバンから文庫本を出す。

三島由紀夫の『美しい星』だった。

二学期の始業式の日にバスで会った時、長谷川さんが読んでいた本だ。

「三島由紀夫か……」

「読める気がしない？」

「うん」正直にうなずく。

「三島はそんなに難しくないし、文章がきれいだから読みやすいよ。『美しい星』はＳＦっで言う。

「まずは読んでよ。読みたくないなら、いいけど」長谷川さんは、落ちこんでいるような声

「どっちなの？」

「大丈夫！　SFっぽくても、SFじゃないから！」

「いや、だからSFはちょっと」

ぽいし」

「いや、読みます。貸してください」

また機嫌が悪くなって話せなくなるのは、避けたい。まずは借りて、読んでみよう。

「返してくれるのはいつでもいいよ。必ず最後まで読んで」嬉しそうに笑う。

「分かった」文庫本を受け取る。

三百ページ以上ある。最後まで読むのに、何日かかるかは分からないが、長谷川さんが貸してくれたのだから、がんばって読もう。これを読み切ったら、長谷川さんの考えていることが分かるのかもしれない。

「読むのが辛くなったら、空を見上げて、金星を探して」

「どうして？」

「読めば分かるよ」のぞきこむように僕を見て、笑っている。

「ふうん」

文庫本をカバンに入れる。

「それが読み終わったら、次は何がいいかな」

「長谷川さんの趣味に僕が付き合うんだから、長谷川さんも僕の趣味に付き合ってよ」

話の流れにうまく繋げられたと思ったが、不自然だったかもしれない。

「何？　丹羽君の趣味って。勉強？」

「違うよ」

「勉強以外に何か興味あるの？」

そう思われていたんだと考えると、ちょっとショックだ。

しかし、僕は勉強しかできないつまらない男で、間違っていない。そんな僕の世界を広くしようとして本を貸してくれているならば、僕と長谷川さんの気持ちは違うのかもしれない。

「僕には将来の夢があるんだ」言葉にすると、子供みたいだ。

「うん」僕の目を見て、長谷川さんはマジメな顔でうなずく。

「高校を卒業したら、島を出て、航空宇宙関係の学部がある大学に入る。できれば、国立に入りたいと考えている。親にはできるだけ負担を掛けたくないから、三年になっても予備校とかには通えないと思う。そのために、今から勉強している。希望の大学に入るには、うちの学校では常に一位でいられるくらいの成績が必要になる」

「うん」

「大学で具体的にどういう研究をしたいかはまだ決められないけれど、いつか島に帰ってくる。宇宙開発研究所で働いて、自分が開発したロケットを飛ばしたい」

「ロケットの開発が具体的な研究にはならないの?」

「それじゃ、足りないと思う。どういうロケットにしたいかとか、なんのためにロケットを飛ばすかとか、これからはそういうことが重要になる」

「そうなんだ」

「子供みたいで、おかしいよね」

「そんなことないよ」首を大きく横に振る。「すごいと思う! 子供みたいって、ちょっとは思うよ。でも、子供みたいな夢を叶(かな)えられる人って、限られているから」

「僕はまだ叶えられる人になってないけどね」

「丹羽君なら、叶えられるよ! だって、努力してるでしょ」

「どうだろう」

勉強すればするだけ、勉強しないといけないことが出てくる。どこまで進んでいっても、これでいいと思えるところに辿(たど)りつけない。

「私なんて、将来のことは何も考えてないもん。大学に入れたらいいなっていうくらい」

「みんな、そんなもんじゃない?」

「みんながそうだからって、自分もそれでいいってことじゃないよ」

「そうだね」

話がずれてしまった。でも、長谷川さんが卒業後のことをどう考えているのか、聞けたのはよかった。同じ大学には行けなくても、近くにある大学へ行きたい。

僕は、この先もずっと長谷川さんを好きでいる。

話せるようになる前は、顔のきれいさや佇まいの美しさに惹かれていた。今でももちろん、顔や佇まいに惹かれている。でも、それ以上に、彼女の素直さや正直さに対して、大切にしたいと思う気持ちが強くなってきている。辛いことや悲しいことが起こらないように、いつもそばにいたい。

「それで、私はどうやって丹羽君の趣味に付き合えばいいの？」

話が元に戻った。

「えっと」

「勉強はできるだけ付き合うけど、丹羽君ほどはできないよ。こうして、図書室で話してるのって、やっぱり邪魔だよね？　もっと密かに応援していた方がいい？」

「勉強のことは気にしなくていい。図書室で話してるのも、邪魔にはならない」

「そう？　じゃあ、何したらいい？」

僕は座り直して、身体ごと長谷川さんの方を向く。

「十一月二十九日、土曜日で学校が休みなんだけど、ロケットの打ち上げがあるから、一緒に見にいこう」

「あっ、斉藤君とかみんなで」校舎の方を指さす。

「二人で」

長谷川さんの顔がまた赤くなる。

「うん」うなずいたまま、かたまる。

ロケットの打ち上げを見た後に、告白しよう。

その時も、こうしてうなずいてくれるだろうか。


島中がざわめいている。

夏休み以上に浮かれた空気に包まれている。でも、夏休みのざわめきとは、どこか違う。十一月の終わりになり、涼しくなってきたのに、島全体が高熱に包まれている感じだ。昨日まで平熱だったのが一気に熱を上げた。

ロケットの打ち上げの時は、いつもこんな感じになる。今回は週末で、時間が昼間なのもあり、いつも以上だ。人も多いし、交通量も多くなる。

長谷川さんの家の近くに郵便局があり、そこで待ち合わせすることになった。僕の父親に車で迎えにきてもらい、研究所まで行く。

郵便局の前の通りは、いつも登下校のバスで通る道だ。普段は見ない数のレンタカーが通りすぎていく。

傘をささなくてもいい程度だが、雨が降りつづけている。

空は灰色の雲に覆われていても、強く降ることはなさそうだ。これくらいの天気ならば、ロケットの打ち上げは予定通りに進められる。

もうすぐ十二時半になる。公園とかの見やすい場所は人でいっぱいだろう。島の人達や昨日までに到着した観光客は朝から場所取りにいっている。レンタカーで通りすぎていくのは、今日の午前中に飛行機や高速船で島に着いた観光客だ。今から行っても遅いし、駐車場もあいていない。

「丹羽君！」長谷川さんが来て、通りの向こうで手を振っている。

この辺りには信号がない。

普段だったら、すぐに渡れるが、今日はそうはいかない。渡ろうとしている僕や長谷川さんを気にせず、車は走っていく。途切れることがあっても、すぐに次の車が来る。僕達が見えているはずだけれど、急いでいるからか、止まってくれない。長谷川さんは困っている顔をする。

どうしようか迷いながらも、僕は初めて見る私服姿に見惚（みと）れていた。膝丈より少し短いデニムのスカートから、長い足が出ている。

「そっちにいて」走っていく車越しに、長谷川さんに向かって言う。

「いいの？」

「いいよ」

雨で視界が悪いし、動かない方がいい。十二時半の約束だから、父親の車もすぐに来る。

「二人じゃないじゃん」

車が通るし、離れているからはっきり聞こえない。

「何？」大きな声で聞き返す。

「図書室で、二人って言ってたのに、観測会じゃ二人っきりじゃないじゃん」長谷川さんも大きな声で言う。

「二人っきりがよかった？」

「そんなこと、言ってないでしょ」下を向いて、拗ねている。

ロケットの打ち上げを見にいく約束をしてから、仲が深まった気がしている。図書室で話して、一緒に帰るだけだけれど、前とは違う空気がお互いの間にある。早く告白したいと思ったが、いざとなると自信が持てなかった。

「でも、すごく良く見えるところだから」

「分かった。『美しい星』読んだ？」

「途中まで」

借りてから一ヶ月以上経つのに、五十ページくらい読んで止まっている。僕にしては、読んだ方だ。

「私、きっと金星人だから」

「なんで？」

「読めば分かる」

「金星人って、妹でしょ？」

『美しい星』は、自分達は違う星から地球へ来たと信じている家族の話だ。両親と兄と妹の四人家族で、その妹が自分は金星人だと信じている。

「ロケット飛ばして、金星まで会いにきて！」

「何、言ってんの？」

「会いにきて！」

二人で笑い合う。

車が途切れる。赤い車が一台だけ来ているけれど遠いから渡れそうだと思ったが、その一台の様子がおかしい。スピードを出し過ぎだし、蛇行している。酔っ払い運転かもしれない。

「下がって！」長谷川さんに言い、僕も郵便局の方へ下がる。

赤い車は、蛇行したまま猛スピードで走ってくる。

通り沿いのさとうきび畑の中に、長谷川さんは逃げる。

大丈夫だと思ったが、赤い車は僕の目の前で濡れた地面にタイヤを滑らせ、左へ大きくカーブした。畑の中へ突っ込み、長谷川さんの姿が見えなくなった。

「長谷川さん！」

通りを渡り、畑の中に入る。

車の下敷きになり、長谷川さんの身体は曲がらないはずの方へ曲がっていた。

血の匂いがする。

迎えにきた父親と通りかかったタクシーの運転手さんが、長谷川さんの身体を車の下から出した。郵便局から出てきたおばちゃんも、手伝ってくれた。僕は何もできず、ただ見ていた。誰かの叫び声や、誰かを呼ぶ声がすぐ近くから聞こえていると分かっても、遠くに感じた。まだ微かに意識があり、長谷川さんは聞きとれない声で何か言っていた。

僕や長谷川さんが住んでいる辺りに、大きな病院はない。

救急車を待つ時間はなくて、父親の車の後部座席に長谷川さんを寝かせて、島の北の町にある病院へ行った。

長谷川さんの死亡が確認された頃、ロケットが打ち上げられた。

しかし、打ち上げ後に欠陥が見つかり、ロケットは空中で指令破壊された。

―3―


雪だ。

アパートを出た時に、外の空気が昨日までと違う感じがした。そろそろかなと思っていたら、午後になって降りはじめた。

「うわっ、降ってきちゃったね」正面に座る魚住さんが窓の外を見て言う。「丹羽君、雪降ってるよ。初雪だよ、初雪」

「はい」僕も窓の外を見ていたのだけれど、視線をパソコンに戻す。

「積もるかなあ」

立ち上がり、魚住さんは窓の方へ行く。

研究機材が置いてあるのに足下を気にせず、窓の外だけ見ている。足の裏の感覚がないのか、機材から延びたコードを踏んだままで、窓辺に立つ。窓を開けて短い腕を伸ばし、雪に触ろうとする。

暖房が効いた研究室の中に冷たい空気が広がっていく。

「今日、洗濯してきちゃったんだよなあ」

「天気予報でも、雪って言ってましたよ」資料を探していた遊佐君は本棚の前を離れ、魚住さんの隣に行く。

「ええっ！　本当に？」

「はい」

「テレビ見ないもん」

「これくらいなら、すぐにやむんじゃないですか」

魚住さんと遊佐君は窓から顔を出し、空を見上げる。

この研究室にいる学生の中で、博士課程二年目の魚住さんが一番年上だ。博士課程一年目の僕がその次になる。今年度は、博士課程は二人だけだが、修士課程の学生は二十五人いる。運動部みたいな上下関係はなくても、先輩に対する礼儀をわきまえるように教授から言われている。今日研究室に来ている修士の学生二十三人から遊佐君を引いた二十二人が、僕から魚住さんに「窓を閉めてください」と言ってほしいと望んでいる空気が伝わってくる。

教授の机が一番奥にあり、その手前に僕と魚住さんの机が向かい合わせで並んでいる。入口に一番近い机は教授の秘書をやっている事務員さんが使っていて、あいている机には研究機材や実験用のパソコンが置かれている。机に置けない機材は床に置いてあり、教授の机の横には電話ボックスぐらいの大きさでドアがついた銀色の円筒がある。もう何年も前に使っていたもので、今は必要ないのだけれど、重くて動かせない。魚住さんの席の後ろにある本棚が仕切りになっていて、その向こうに詰めこまれるように修士の学生の机が並んでいる。

扉一枚分開いた本棚と本棚の隙間から修士の学生達が僕を見ていた。冷たい空気が、向こうまで届いているのだろう。少しくらいならば換気と思えるけれど、魚住さんはいつまでも窓を開けたままだ。

仙台市は、東北地方の中では降雪量が少ない方だが、春になるまでには何回も降る。魚住さんは山形県出身だから、珍しいことなんて何もないだろう。それなのに、初めて雪を見た子供みたいに口を開け、見惚れている。

「丹羽君、ほら、雪だよ」魚住さんが言う。

「分かってます」

「見なよ」僕の方を見て、おばちゃんみたいに手を上下に振る。ほっぺたが赤くなっている。

「論文進めなくていいんですか？」

「それより、今は雪だよ！」

学部生の頃のゼミでも一緒だったから、魚住さんが四年生で僕が三年生の頃からお互いを知っている。関わるようになって今年で五年目になる。彼女の子供なのかおばちゃんなのか分からない態度には何年経っても慣れることができず、ただひたすらに鬱陶しい。

彼女がいなかったら、もっと集中して研究できて、成果を出せている気がする。

修士の女子学生は寒さに耐えられなくなったのか、ひざ掛けを広げて肩にかけて、全身を覆うようにする。

無言の訴えは魚住さんに届かない。そういうことに気づけるような、繊細な神経は持ち合わせていない。こんなに鈍くて細かいことを一切気にしない人がどうして物理学の研究室で博士課程まで進んだのか、謎だ。しかし、物理学の研究者としては優秀で、海外の学会で論文を発表したり、企業と共同研究したりしている。

「ちょっと図書館に行ってきます」僕は席を立つ。

研究室内に漂う空気に耐えられなくなってきた。魚住さんと修士の学生の関係を円滑にすることは、僕がやるべきことではない。もうすぐ三限が終わって、教授が来る。そしたら、どうにかしてくれるだろう。

「いってらっしゃい」魚住さんは笑顔で、小さな手を横に振る。

研究科棟を出て、正門までつづく桜並木の下を歩く。

桜の木には、赤や黄色に色づいた葉がまだ残っている。

空を見上げたら、顔に雪が降ってきた。

とけた雪が頬を伝っていく。地面に落ちた雪もすぐにとけて、吸いこまれるように消えた。

遠くの空は晴れているし、積もらずにやむだろう。

高校を卒業するまで暮らした島で、雪はとても珍しかった。全く降らないわけではないが、数年に一度という程度だ。町中が銀世界になるほど積もることはない。島を出て仙台の大学に入り、一年生の時は雪が積もっていることをすごいと思えた。アパートの窓を開けて、しばらく外を見ていた。けれど、年々感動は薄れていく。七年目になったら、この町での生活が僕の日常だ。

正門の辺りには、常に学生がたくさんいる。

大学は山の上にある。近くにアパートを借りて裏門を使っている学生もいるが、大半の学生が駅から正門まで歩いてくるか、正門前に止まるバスを使っている。もうすぐ三限が終わるという中途半端な時間でも、四限を受ける学生やサークル活動のためだけに来た学生、昼休みに学食で友達と喋ってそのまま三限をサボって帰ろうとしている学生が行き来している。

空を見上げて面倒くさそうにしている人はいても、魚住さんみたいにはしゃいでいる人は一人もいない。

桜並木の下をまっすぐに行くと大学の外へ出てしまうので、正門の前で道をそれる。

図書館は、一号館の奥に広がる森の中に建っている。

うちの大学には、戦前に建てられたレンガ造りの近代建築の建物がいくつか残っている。研究科棟と図書館もそのうちの一つだ。森の中という場所のせいか、図書館は研究科棟や他の建物よりもっと古い感じがする。持ち出し厳禁の本や戦前戦中の資料の保存環境を良くするために、新図書館の建設計画が進んでいる。去年、グラウンドを挟んで研究科棟の前に新校舎ができた。新図書館はその隣に建てられる。工事が始まるのは四年後の二〇一六年の予定だ。その頃には、僕はこの大学にいない。

入ってすぐ右手にある階段を上がり、二階に行く。

一階は雑誌コーナーや自習スペースに学生が集まっていて騒がしい。二階は専門書の棚が主なので、学部生は試験期間くらいしか利用しない。院生がたまに来るくらいだ。特に調べることがあるわけではなくても、僕はたまにここに来る。

知り合いが誰もいない町に行きたいと思い、仙台の大学を選んだ。

高校の同級生の九割以上が卒業と同時に島を出た。東京より西、愛知や大阪や福岡に分散している。アパートに引っ越してきた時には、一人になれたことを気楽になったと感じた。勉強するために大学に入ったのだから、サークルに入ったりして友達と遊ぶ気はなかった。一年生や二年生のうちは、大学の勉強はそれほど大変ではなかったけれど、あいた時間には自分なりに研究を進めていった。学食で注文する時くらいしか声を発さない生活でも、寂しさを感じることはない。研究の成果が出る時のことを考えれば、そんなことはどうでもいいと思えた。それでも、時々胸を締め付けられるような気持ちになることがある。

何かを見たり、誰かに何か言われたりしたわけでもなくて、突然に胸が苦しくなる。

そういう時に図書館の二階に来ると、気持ちが落ち着く。書棚と書棚の間を歩いていったら、その奥に長谷川さんがいる気がした。いるわけがないのは分かっているけれど、彼女と一緒に高校の図書室で過ごした時間を思い出せば、自分のやるべきことが再確認できた。

しかし、最近は魚住さんから逃げるために図書館に来ることが多くなってきている。

「丹羽さん」書棚と書棚の間から、長谷川さんではなくて、遊佐君が顔を出す。

「何？」

「魚住さんにもう少し優しくしてください」

「はあっ？」

書棚の奥に行き、窓辺に置いてある椅子に並んで座る。

窓の外では、まだ雪が降っている。

「さっきだって、丹羽さんが喜ぶと思って、魚住さんは雪だってはしゃいでいたんですよ」

「二十代半ばになる男が雪を見て、なぜ喜ばないといけない？」

「だって、丹羽さんって、南の方の出身なんですよね？」

「そうだけど、沖縄とかほど南じゃないからな」

「えっ？　どう違うんですか？」

遊佐君は研究室の中で、魚住さんの次に面倒くさい存在だ。どんなことも、自分が納得するまで話さないと、気が済まない。僕の過去についてしつこく聞いてきたので、怒鳴ってしまったことがあった。それで、僕に寄ってくることはなくなると思ったが、こうしてくっついてくる。天才とはそういうものなのか、遊佐君も魚住さん同様に、物理学の研究者としてとても優秀だ。自分の頭脳はお金になると分かっているから、博士課程まで進む気はないらしい。

「冬になれば、寒い日だってあるよ」

「そうなんですか？　だって、南なんですよね？　甘い醤油で刺し身食べたりしてたんですよね？」

「甘い醤油が今の話に関係あるのか？」

「ありません。僕、あれ信じられないんですけど」

「ああ、そう」醤油について言いたいことはあるが、今論じることではない。「地理に関しては、君の優秀な頭脳を使って、勉強しなさい」

「はい」しつこくするとまた怒鳴られると思ったのか、遊佐君は不服そうにしながらもうなずく。

「とにかく、僕だってこの町に住んで七年目になるのだから、雪を見てもはしゃげないんだよ」

「そうですね」

「そうだよ」

「でも、丹羽さんは魚住さんにもう少し優しくした方がいいって、みんな思ってますよ」

さっき、修士の学生達が僕に向けた視線は「窓を閉めてください」と言ってほしいではなくて、魚住さんに優しくしてくださいだったのだろうか。そうかもしれないと思えたけれど、どっちでもいいことだ。魚住さんに優しくする気はない。あの人は、優しくしたらつけ上がる。

ゼミで知り合った頃は、先輩だからと思って気を遣って相手にしていた。毎日のように話しかけてくるのを最初はちゃんと聞いていたが、そのうちに聞いていられなくなった。適当に相槌(あいづち)を打っても話しつづける。相槌の間隔を徐々に長くしていったら聞いていないことがばれて、あまり話しかけてこなくなった。修士課程の頃は、同じ研究室にいても席が離れていたから話す機会も少なかった。しかし今年は、博士課程が二人しかいなくて席も向かい合っているので、前以上に話しかけてくる。

「遊佐君、僕達は研究のために大学院に進んだんだよ。研究室でお友達を作るためじゃない」

「でも、仲良くしておいて損はないじゃないですか?」

「損だよ。魚住さんと仲良くしたら損をする」

「そんなことないですよ。魚住さん、優秀だし」

「君は君で、お金になる頭脳にしか興味ないんだな」

同じ研究室にいるから研究の大きなテーマは同じだが、みんなで一つの研究をしているわけではなくて、細かい内容はそれぞれで違う。共同研究をする相手と考えれば、魚住さんと仲良くするのは得だ。でも、僕は彼女に協力してもらいたくない。

「それだけじゃないですよ」

「それ以外に魚住さんの利点がどこにある？」

「優しいし、かわいいし」

「かわいい？　どこが？」

「小さくてかわいいですよ」

「それは、小動物に対するかわいいみたいなことか？」

魚住さんは、どこかの小学生が大学に迷いこんじゃったんじゃないかと思えるくらい、小さい。白くて丸い顔も、子供のようだ。それなのに、短い手足をせわしなく動かす姿はおばちゃんにしか見えない。三段の跳び箱も飛べないくらい運動神経が鈍くて、走る姿からはドタドタと効果音が聞こえてきそうだった。前は細かったが、博士課程に入ってからは「ストレスが溜まる」と言い訳して、お菓子を食べまくって太った。

「いや、女子として」

「女子？　あの人が？」

「はい」

「女を見る目、養った方がいいぞ」

「僕、彼女いますから」

「知ってるよ」

いっつも魚住さんにくっついているが、遊佐君には地元の秋田に彼女がいる。高校一年生の冬から付き合っていて、もうすぐ八年になる。研究が忙しくて会えなくても、彼女は文句の一つも言わないらしい。学祭の時に来ているのを見かけたが、背が高くてきれいな子だった。

「丹羽さんって、いつから彼女いないんですか？」

三限の終わるチャイムが鳴る。

遊佐君の質問には答えず、立ち上がる。僕が何も言わなかったことにより、これ以上聞いてはいけないと分かったのだろう。遊佐君は黙って、僕の後についてくる。

外に出たら雪はまだ降っていたが、もうすぐやみそうだった。森を抜けて、正門の前を通って桜並木の下を歩く。

「怒ってますか？」遊佐君は僕の顔をのぞきこんでくる。

「いや」

しつこく聞かれた時は怒鳴ってしまったが、そこまで感情が動くことは滅多にない。

高校一年生の十一月二十九日に長谷川さんが目の前で死に、僕の中でも何かが死んだ。

魚住さんに対して、面倒くさい、鬱陶しいと思うことはしょっちゅうある。でも、嬉しいとか、楽しいとか、他の感情を覚えることはない。

研究科棟に入り、階段で三階に上がる。

「戻りました」

ドアを開けると、魚住さんの隣の研究機材が置いてある席に、金髪に近いくらい茶色い髪をした男の人が座っていた。魚住さんと話していて、ドアに背を向けている。うちの研究室の学生ではないし、共同研究をしている他の研究室の学生でもない。

知らない人だと思ったが、違う。

よく知っている人だ。

魚住さんと話して笑っている声に、聞き憶えがあった。

胸が痛み、全身がざわめく。

「久しぶり」男の人は立ち上がって振り向き、僕を見る。

斉藤だ。

魚住さんが斉藤の横に立って何か言っているが、よく聞こえない。

飛行機、乗り継ぎ、丹羽君、高校、島、同級生、ロケット。

単語が断片的に頭に入ってくるだけで、文章として繋がらなかった。

「何しにきたんだよ？」斉藤に聞く。

「だからね」なぜか、魚住さんが答えようとする。

「ちょっと黙っていてもらえませんか？」

「ごめん」

僕は今、どんな顔をしているのだろう。怒ったつもりはなかったのに、魚住さんは怯えたような表情をして、一歩下がった。

「光二に会いにきたんだよ」斉藤が言う。

「だから、なんで会いにきたんだよ？」

「会いたかったからに決まってんじゃん」

高校生の時と同じ軽い口調だが、どこか違う。

長谷川さんの事故の後、僕はしばらく学校を休んだ。その間、斉藤は毎日必ず僕に会いにきてくれた。その優しさはよく分かっていた。でも、それに応えようと思うと、余計に苦しくなった。二学期が終わるまで僕は学校に行けず、冬休み中は毎日朝から斉藤がうちに来た。冬休みの最後の日に「三学期は学校に行くから、もう僕に構わないでほしい」と、頼んだ。斉藤は黙ってうなずいただけだ。学校に行って他の友達とは話せても、斉藤とは話せなかった。

あの頃、僕にも斉藤にも、お互いに秘密にしていたことはたくさんあったはずだ。でも、言わないというだけで、嘘はなかった。斉藤の前で無理をして明るく振る舞うことはできない。誰の前でも口にしなかった長谷川さんに対する気持ちも、堪えきれなくなりそうだった。

それでも、いつかまた前みたいに話せる日が来ると思っていた。

しかし、二年生になって、僕と斉藤はクラスが離れた。小学校も中学校も一クラスしかなかったから、初めてのことだ。いつもそばにいることが当然ではなくなり、二人の間にできてしまった距離を縮める方法が分からなかった。三年生でも違うクラスで、話せないまま卒業した。

「帰ってくれ」

「なんだよ、久しぶりに会ったんだから、優しくしてくれよ」

「帰れっ！」

「そんなこと言うなって」

「そうだよ、丹羽君」魚住さんが言う。「せっかく来てくれたんだから」

「だからさ、あんたには関係ないんだよ。黙ってろよ！」

「そんな風に言わなくてもいいじゃない」

「あんたに、僕と斉藤の何が分かるんだ？　なんにでも出しゃばってくるな！」

「丹羽君、そればっかり」

「そればっかりって、何がですか？」

「だって、丹羽君、いっつもそう言うじゃない」

ドアが開き、教授が入ってくる。

「どうしました？　何か揉めているんですか？」

「違います」僕の後ろに立っていた遊佐君が答える。

何も言わず、魚住さんは席に座る。

「おや？　そちらは？」教授は、斉藤を見る。

「僕の高校の同級生です。こっちに遊びにきていて」僕が答える。

「そうですか」

「ちょっと出てきます」

「はい。いってらっしゃい」

「お邪魔しました」

斉藤は机の上に置いていたリュックを背負い、修士の学生や魚住さんに愛想よく手を振りながら、僕の後ろについてくる。

魚住さんは斉藤に「またね」と言って手を振ったが、僕にはいつもみたいに「いってらっしゃい」とは言わなかった。

階段を下りて、研究科棟の外に出る。

「やんじゃったなあ」空を見上げ、斉藤は言う。

雪はやんでいたが、まだ曇っている。

「それで、何しにきたんだよ？」

「なんか、デカくなったな」見上げた体勢のまま、僕を見る。

いつも二人で遊んでいた頃、僕より少し上にあった斉藤の顔が今は十センチくらい下にある。高校二年生の夏に遅い成長期が来て、僕の身長は十五センチも伸びた。自分の意思とは関係なく身体が大人になっていくことを、気持ちが悪いと感じた。

「高校の時から、変わってないよ」

「そうか」

桜並木の下を歩く。

「何しにきたんだよ？」

「大学って、広いんだな」

「ああ」

「オレも、大学に入ればよかった」

高校を卒業した後、斉藤は福岡にあるパソコン関係の専門学校に進んだ。卒業式の翌日、僕より先に島を出た。母親に「空港まで見送りにいけば」と言われたが、行けなかった。

「大学行きたいって、高校生の時も言ってたよな？」

「あれは、まあ、一時的な発作みたいなものだな」

「なんだよ、それ」

「好きな女が大学に行きたいって言ってたから、オレも行きたいって思ったんだよ」

「知ってる」

「教えてねえよ」

「教えられなくても、分かるよ」

「そっか」

斉藤は沢渡さんと付き合っていた。高校一年生の二学期中間テストの後に、「同じ大学に行きたい」と話していたから、二学期が始まった頃から付き合っていたんじゃないかと思う。斉藤は相手が誰とは言わなかったが、僕は分かっていた。別れたのは、二年生になる前の春休みだ。女子が話しているのを聞いた。

沢渡さんは、交通事故で右足を引きずるようになったことを後ろ向きに捉えず、将来は医者になりたいと中学生の頃から言っていた。大学は、国立の医学部に進んだ。同じ国立理系を目指す者同士、模試で会うことが何度かあった。学校で話したことはほとんどなかったが、そういう時には少し話した。鹿児島まで模試を受けに行った帰りの高速船で、沢渡さんに「丹羽君のせいで、斉藤君と別れたんだよ」と言われた。「冗談」と言って笑っていたけれど、本気でそう思った時もあったのだろう。

長谷川さんが事故に遭わなかったら、僕と斉藤は仲がいいままで、斉藤と沢渡さんも別れることはなかったのかもしれない。

「中、入ろう」

三号館に入る。ガラス張りになっている壁沿いにベンチが並んでいる。外を向いて、座る。

「これ、おばさんから預かってきた」斉藤はリュックを下ろして、中から弁当箱を出す。

僕が高校生の時に使っていたものだ。ふたが透明になっていて、中が見える。草餅が入っていた。

「ありがとう」

「かたくなっていたら、少し温めて食べればいいって」

「うん。斉藤は、今は何してんの？」

「専門卒業して、島に戻った。親戚の民宿で働きながら、観光協会の手伝いやってる。ホームページ作ったり」

「そっか」

「島に帰ってこいよ。高校卒業して、一度も帰ってないんだろ？」

「いや、うん」

帰ろうと思ったことがないわけじゃない。でも、帰ろうと決めると、何もできなくなった。

事故の後、誰も僕を責めなかった。

長谷川さんを轢（ひ）いた車の運転手は三十歳の男の人で、神奈川県にある家電メーカーの研究所にエンジニアとして勤めていた。宇宙飛行士になるのが夢で、試験を受けようと考えたこともあるらしい。結婚していて、三歳になる娘がいた。彼には、てんかんの持病があった。もう何年も発作が起きていないという診断書をもらい、免許を取得した。有休を取り、鹿児島に二泊して観光をした後、島に来た。鹿児島までは奥さんと娘さんも一緒だった。娘さんが熱を出したため、奥さんと娘さんは鹿児島のホテルに残った。三十歳になっても宇宙に夢を見ている夫を奥さんは応援していたので、一緒に残ると言った夫に島へ行くように言った。彼は抗てんかん剤を家に忘れ、旅行中は服用していなかった。それでも、大丈夫と思って運転した。僕と長谷川さんがいた郵便局の百メートル手前で発作が起こり、事故に至った。てんかんの発作による交通事故の裁判は難しい。心神喪失状態だったという主張が通り、無罪になることもある。事故が起きた頃はまだ、てんかんの症状がある人への運転免許の取得が認められたばかりで、判例も少なかった。

長谷川さんの両親は、病院で会った時もお通夜や告別式の時も、何かを話せる状態ではなかった。その後、会うことはなかった。裁判のために僕の証言が必要という時には、弁護士さんがうちに来た。弁護士さんから、裁判が長引きそうで二人とも疲れ切っているという話を聞いた。今度会ったら、僕が誘ったからこんなことになったんだと責められる気がしていた。しかし、長谷川さんのお母さんは僕が島を出る前日にうちに来て、「葵は光二君と二人で、ロケットの打ち上げを見にいくことをとても楽しみにしていた。嬉しそうにしている顔を最後に見られて、良かった」と、言ってくれた。長谷川さんのお父さんも、僕のことをずっと気にしてくれていたらしい。

その時、裁判はまだ終わっていなかった。三年以上かけて、有罪判決を勝ち取った。それで、長谷川さんの両親の気が済んだなんてことはない。

「もう九年になるんだぞ」斉藤が言う。

「うん」

明後日が長谷川さんの命日だ。

「そろそろ帰ってこられないのか？」

「帰れない」

「オレと一緒に帰ろう。それで、気持ちを切り替えて一年過ごして、十年が経つ来年を一つの区切りにしたらいい」

「切り替える？　区切り？」

「まだ引きずってんだろ？」

「当たり前だろ。切り替えたり、区切っていいことじゃない」

「なんでだよ？　もう忘れたっていいことだよ」

「忘れていいわけ、ないだろ」

僕が誘わなかったら、長谷川さんは事故に遭わなかった。僕が守れなかったから、長谷川さんは事故に遭った。待ち合わせを違う場所にすればよかった。ロケットの打ち上げの日は交通量がいつもより多くなることも、島はもともと事故が多いことも、分かっていた。それなのに、考えられなかった。僕が少しでも違う行動をとっていたら、長谷川さんは今も生きていた。

「もしさ、長谷川が生きていたら、今も付き合ってるなんてありえないことじゃん」

「僕と長谷川さんは、もとから付き合ってないよ」

「そうなの？」

「うん」

長谷川さんが僕をどう思っていたのか、聞くこともできなかった。

「付き合ってないなら尚更（なおさら）さ、高校一年の時に好きだった女なんて、もう憶えてないのが普通だろ？」

「斉藤は、沢渡さんのことを憶えてないの？」

「憶えてるよ。今も大切だし、幸せになってほしいと思ってる。沢渡が島に帰ってきた時に会うこともある。でも、中学や高校の頃みたいな気持ちはない」

「中学の時から好きだったんだ？」

「そうだよ。ずっと好きだった。それでも、気持ちは変わってくんだよ。今はオレにも別に彼女がいるし、沢渡もオレの知らない男と付き合ってる」

遊佐君みたいに、高校生の時から八年も付き合っている彼女がいるという方が珍しいことなのだろう。それくらいは、僕にも分かる。でも、長谷川さんが死ななかったら未来がどうなっていたかなんて、誰にも分からないことだ。

「普通じゃないんだよ。普通じゃないから忘れられない」

「本当に忘れるのは無理だよ。オレだって長谷川のことを思い出して、後悔することがある」

「なんで、斉藤が後悔すんの？」

「長谷川に対してじゃなくて、光二に対してだよ。事故の後、オレにできることがあったんじゃないかって、ずっと考えてる。構わないでほしいって言われても、オレは光二から離れるべきじゃなかった。せめて高校を卒業するまでは、一緒にいるべきだった。オレだけじゃないよ、長谷川の両親だって光二のことを心配してる。光二がこのままだったら、誰の心にも長谷川のことは傷としてしか残らないんだよ」

「うん」

「おじさんとおばさんにだって、会ってないんだろ？」

「ああ、うん」

僕が大学四年生の時に父親が仕事でうちの大学に来た。その時に会っただけだ。母親からは、島に帰ってこられなくても、東京のおばあちゃんとおじいちゃんの家で会おう、と何度か言われたが、研究が忙しいと言って会いにいかなかった。

「島に帰って、おじさんとおばさんに会って、長谷川の両親にも会いにいこう。オレはずっと一緒にいるから」

「帰らない」

「なんでだよ？」

「帰れるわけないだろっ！」ベンチから立ち上がる。

これ以上、斉藤と話したくない。

「光二、お前さ、ロケットはどうしたんだよ？　卒業したら島に帰ってきて、宇宙開発研究所で働いて、自分が発明したロケットを打ち上げるっていう夢は、どうしたんだよ？」

「そんな夢、もう忘れた」

「オレさ、光二がいる研究室で何を研究しているか、調べたよ。タイムマシンって、なんだよ？　なんのために、そんな研究してんだよ？」

「分かるだろ？」

「分かるよ、光二の考えることはなんでも分かる。オレは今でも、お前を親友だと思ってる」

「じゃあ、何も聞くなっ！」

「分かるから、やめてほしいんだよ。そんな研究はやめて、オレと一緒に島に帰ろう」

僕と斉藤は一生友達だ。

斉藤の気持ちは、なんでも分かる。

ここまで来るのに不安があったことも、それを押しこめて来てくれたことも、九年間ずっと僕を心配してくれていたことも、想像できる。でも、僕はここで、帰るわけにはいかない。

あの日に戻るために、研究をつづけてきた。

今はまだ、諦められない。

研究室に戻る。

「おかえり」教授が言う。

魚住さんは何も言わず、しかし何か言いたそうな顔で僕を見る。

「今日は、帰ります」

パソコンの電源を落として、斉藤からもらった草餅が入った弁当箱と机に出していたノートとペンケースをカバンにしまう。コートを着て、カバンを持つ。

「お先に失礼します」

「はい、さようなら」

教授が言い、修士の学生からも「お疲れさまです」と、声をかけられる。魚住さんはパソコンの画面を見て、口を尖(とが)らせている。

廊下に出て、研究室のドアを閉める。

斉藤はまだ三号館のベンチに座っているかもしれない。研究科棟に戻る僕を追いかけてくるかと思ったが、来なかった。高校一年生の頃だったら、追いかけてきただろう。事故の後に毎日会いにきてくれた斉藤を拒絶したのは、僕だ。斉藤の心を僕が折った。

「丹羽君！」

二階と三階の間の踊り場まで下りたところで、斉藤ではなくて、魚住さんが僕を追いかけてきた。

短い足をせわしなく動かして、階段を駆け下りてくる。あと三段というところで踏み外して、転ぶ。

「痛いっ！」右の足首を押さえて、魚住さんはしゃがみこむ。

「何やってんですか？」

「痛い」

「研究室、戻れますか？」

「大丈夫」手をついて、立ち上がる。

「そうですか。じゃあ、お疲れさまです」

「ちょっと、待ってよ」

カバンを引っ張られる。

「なんですか？」

「帰るの？」

「帰りますよ」

「南の島に？」

「南の島っていうと、陽気な感じがしますね」

「帰っちゃうの？」

「帰りませんよ」

「さっき、帰りますって言ったじゃん」

「アパートに帰るんです」

魚住さんは僕のカバンを引っ張ったまま、手をはなしてくれない。この小さな身体のどこにそんな力があるのか、引っ張り返しても振り回しても、離れない。思いきり強く引いたら、また転びそうだ。

「南の島には帰らないの？」

「帰りませんよ」

「本当に、帰らない？」

「帰りません」

「ずっとここにいる？」

「ずっとではないですけど」

博士課程が終わった後も大学に残れるような成果は出せていない。

「いなくなっちゃうの？」

「博士課程が終わったら」

「そういうことじゃなくて」

「なんですか？」

「なんで？　どうして、南の島に帰らないの？」

「帰る必要がないからです」

「友達がここまで来てくれたのに？」

「あの、僕に帰ってほしいんですか？　帰らないでほしいんですか？」

「……分からない」

「何、言ってるんですか？」

「分からないの」

カバンに抱きついて、魚住さんはその場にしゃがみこむ。僕はカバンから手をはなす。

「足、痛いんですか？」

「痛いけど、大丈夫」

「魚住さんの相手していられる気分じゃないんです。帰らせてもらえませんか？」

今度は、左手でコートの袖を引っ張ってくる。右手は僕のカバンを抱きかかえたままだ。

「帰らないで」

「だから、アパートに帰るんですよ」

「私の相手をする気分にはならない？」

「なりません」

この人はいったい、何を考えているのだろう。

天才だからという理由で、自分の好き勝手に振る舞っていいと思い、育ってきてしまったのだろう。何をしてもいいけれど、僕に関わらないでほしい。

「過去のことを教えてほしいの」

「魚住さんには関係がないことです」

「どうして、そんなに過去に戻ることにこだわるの？」

研究室では時空間に関する研究をしていて、その中で僕はタイムマシンの研究をしている。

SF小説やアニメや映画に出てくるような、人間が過去と未来を自由に行き来できるタイムマシンの発明は、ほぼ不可能だと分かっている。僕が今更研究しなくても、「不可能」という理論を過去の研究者達が繰り返し立証している。未来には行けるかもしれないが、過去に行ける可能性はゼロに近い。

未来に行くと言っても、宇宙の遠い彼方(かなた)まで行って地球に戻ってくれば、自分が過ごした時間は数日でも地球では数年経っているという理論だ。それはタイムマシンではないという感じがするし、宇宙の遠い彼方まで行けるロケットも存在しない。そのロケットを開発したら、ロケットとタイムマシンの研究を同時にできるが、僕は未来には興味がない。

過去に行ける可能性がゼロに近いということは、ゼロではないということでもある。微かに残された可能性を探るために、過去の研究者達の理論を全て理解していく。その上で、覆す理論を探し出し、人間が過去に行く実験を成功させるのが僕の研究だ。

魚住さんも過去に行く研究をしているが、理由は「他の人にはできないことをやるのがおもしろいから」と、前に話していた。遊佐君は魚住さんの研究を手伝っていて、「金にならない研究なんて、学生のうちしかできません」と、言っていた。

同じテーマの研究をしている修士の学生が他にもいるが、誰も僕みたいに本気で過去に戻ろうとしているわけではない。

「どうして、魚住さんに話さないといけないんですか？」

「気になるから」

「僕が気になるって言ったら、魚住さんは自分のことをなんでも話すんですか？」

「話すよ」

「じゃあ、身長、体重、スリーサイズ、今まで付き合った男の人数、全部言ってください」

「えっと、身長は一四八センチ、体重は……」

「冗談ですよ。興味ないですから」

「……」

「僕達、研究室が一緒っていうだけで、友達じゃないですよね？」

「友達にもなれないの？」

「なってどうするんですか？」

僕だって、研究室の空気を悪くしたいわけではない。新入生の歓迎会や夏の合宿にはちゃんと参加する。研究室の一員としてやるべきことはやっている。

「私は丹羽君ともっと仲良くなりたいの。将来のこととか、研究のこととか、それ以外のことも、もっと話したいの」

「遊佐君とでも話せばいいじゃないですか？　遊佐君なら、なんでも話してくれますよ」

「そうじゃなくて」

「なんですか？」

「私は丹羽君と話したいの。丹羽君、僕の何が分かるんだ？　ってすぐに言うけど、分からないよ。話してくれなきゃ、分からない」

「分かってもらいたいとは、思っていません。話す気はないので、分かろうなんて思ってくれなくていいです」

「なんで？　どうして、そんな風に人に冷たくできるの？」

「だからですね、僕と魚住さんは同じ研究室に所属しているだけの関係です。博士課程は二人しかいないから勝手に仲間意識を持っているのかもしれませんけど、修士の頃に一緒だった全員について過去のことまで詳しく知っていましたか？」

修士の学生は、一年目と二年目合わせて、毎年二十五人前後になる。その中には、ほとんど話さない人だっている。

「それは……」

「知らないですよね？　たとえば、今修士にいる女子学生が過去のことは話したくないって言っていても、魚住さんはそうやってしつこく聞くんですか？」

「聞かない」

「人のことを冷たいとか言う前に、自分がやっていることの無神経さを考えてください」

僕の袖を摑（つか）んでいる魚住さんの手を振り払い、抱きかかえられているカバンを力ずくで奪い取る。

「丹羽君だから話してほしいの」魚住さんは、小さな声で言う。「丹羽君のことを知りたいの」

「いい加減にしてください」

階段を下りて、研究科棟を出る。

暗くなりはじめている空を見上げる。

金星を探そうと思ったが、雲に覆われていて見えなかった。

正門を出て駅までつづく道は坂になっている。住宅街を抜けて、踏み切りを渡る。駅の反対側に行ったところにあるアパートに住んでいる。二階の奥から二番目の部屋だ。

鍵を開け、ドアを開ける。

部屋の中が冷えきっていた。カーテンを閉めて、電気ストーブをつける。町には慣れてきたけれど、一人暮らしにはいつまで経っても慣れない。何かあった時に、父親や母親に報告したくなる。

母親からはたまにメールが届き、電話がかかってくる。甘い醬油とか、仙台では買えないものを送ってくれる。僕からもメールを送ろう、電話しようと思っても、できない。一度両親に甘えてしまったら、全てが崩れていきそうだ。

カバンから弁当箱を出す。ふたを開けると、よもぎの香りがした。

事故の前に長谷川さんから借りた三島由紀夫の『美しい星』は、まだ僕が持っている。長谷川さんの家に行って返さないといけないと思っていたのに、返せなかった。島を出る前日に長谷川さんのお母さんがうちに来てくれた時には、手放したくないという気持ちが強くなっていた。借りたままの本があると言い出せなくて、仙台に持ってきた。研究関係の本と一緒に本棚に並んでいる。

九年間で何度も読んだ。カバーの折り返し部分が破れてしまった。

長谷川さんは事故の直前に「ロケット飛ばして、金星まで会いにきて！」と、僕に言った。『美しい星』の中に自分は金星人だと信じている女の子が出てくる。小説を読めば、あの時の長谷川さんの気持ちが分かるかもしれないと思ったが、何も分からなかった。登場人物の女の子に自分を重ね合わせているんじゃないかと考えてみても、ヒントになりそうな描写もない。

ロケットの開発をしたいという夢を追いつづけて、金星に行けるようになろうと最初は考えた。でも、金星に彼女はいない。人は死んでも遠い空の星になんて、ならない。

未来に希望を持てず、過去に戻りたいという気持ちが強くなった。タイムマシンがほぼ不可能であることは、高校生の時から知っていた。しかし、長谷川さんに会うためには過去に戻るしかない。焼かれて骨壺に詰められた彼女を蘇らせることはできないし、輪廻転生は信じられない。もしも転生したとしても、その相手に長谷川さんに対して抱いた気持ちを同じように持つことはできないだろう。

あの時の長谷川さんに会いたい。

僕の気持ちを伝えて、彼女の気持ちを知りたい。

そして、事故が起きないように過去を変えるんだ。

斉藤が来たのが火曜日で、それからずっと魚住さんと話していなかったのに、昨日の夜にメールが届いた。〈明日の朝、研究室に来て〉と、書いてあった。

無視しようかと思ったけれど、このまま話さないでいるのも気まずい。遊佐君や他の修士の学生も分かっていながら何も言ってこなくて、余計に気まずくなった。僕が悪いと、全員が思っているのだろう。

今日は、日曜日だ。

日曜日の午前中は研究室に入れない。研究科棟自体は開いていて、他の研究室には朝から来ている学生や泊まりこんでいる学生がいるが、うちの研究室では学会などがない場合は日曜日の午前中は休むように教授から言われている。研究を計画通りに進めるためにはメリハリが必要で、眠らずにやればいいとか休みの日にやればいいとか考えると怠けてしまう。土曜日の夜までには、必ず一段落つけられるところまで進めなさいということだ。毎週土曜日の夜は、みんなで研究室の掃除をして、日付が変わる前には帰る。

教授の恩師であり、研究室の前の担当教授だった井神先生の教えらしい。井神先生は時空間の研究で有名な人で、この人ならばタイムマシンを作れるんじゃないかと言われていた。僕は知り合いが誰もいない町というだけではなくて、井神先生の授業を受けたくてうちの大学を選んだ。しかし、井神先生はもうすぐ九十歳になる。僕が入学する直前に、引退宣言をして大学を去った。今は、山奥で隠居生活を送っている。

正門から入り、研究科棟まで桜並木の下を歩く。

普段ほど学生はいないけれど、陸上部や野球部は練習に来ている。研究科棟の前のグラウンドではサッカー部が試合をするみたいだ。話しながら準備運動をしている部員の横で、赤いジャージを着たマネージャーの女の子はドリンクの用意をしている。

研究科棟の中は、普段と変わらない感じだ。廊下の奥から話し声が聞こえるが、ひっそりとしている。

三階まで階段を上がる。

ドアに鍵はかかっていなかった。研究室に入ると、魚住さんは自分の席に座っていた。

「おはようございます」僕からあいさつをする。

「おはよう」

「なんですか？」

「鍵、閉めて」

「はい」

なんのために閉めるんだろうと思ったが、聞かない方がいい気がした。

今日の魚住さんは、いつもと雰囲気が違う。太っちゃうと言いながらお菓子を食べたり、オチがない話をおもしろそうに喋りつづけたりする時の子供っぽさがなくなっている。学会で何かを発表する時のような張りつめた空気があった。

魚住さんは立ち上がり、教授の机の横にある円筒の前に行く。

「斉藤君から話は聞きました」

「えっ？」僕も円筒の前へ行き、魚住さんの前に立つ。

向かい合って立つと、魚住さんの顔は僕の胸の前にある。話しにくいから、僕は教授の席に座る。

「火曜日、丹羽君が帰った後に私も帰ろうと思ったら、三号館の前で斉藤君に声をかけられました。そして、南の島で何があったかを聞きました」

「はあ」

勝手に喋った斉藤にも、勝手に聞き出した魚住さんにも呆れて、溜め息しか出なかった。

「高校生の丹羽君に何が起きたのか知り、どうして過去に戻りたいと願っているのか、私なりに考えました」

「そうですか」

「そこで、解決策をお伝えするため、お呼び立てした次第でございます」

緊張しているのか、おかしな口調になっている。

「あの、魚住さんには解決できないので、放っておいてもらえませんか？　斉藤に聞いた話も忘れてください」

「同じ話を何度もするのは嫌なんですけど、魚住さんには関係ないって言いましたよね」

「関係なくない！」急に大きな声を出す。「関係なくないのっ！　私と丹羽君は、同じ大学の同じ研究室の博士課程に所属するたった二人の人間です。この出会いがどれだけの確率で導かれるか、計算してみなさい」

「そういう問題じゃないんですよ。ものすごい確率だったとしても、関係あるかないかは別問題じゃないですか」

「分かりました。それでもいいです。今日は、解決策のお話ですから。関係があるかないかという議論は、また別の時にしましょう。時間もありませんので、進めさせていただきます」

「どうぞ」言うことに従った方がよさそうだ。

「つまり、丹羽君は過去に戻って、長谷川葵さんという同級生に会いたいと考えているわけですね？」

「そうですね」

「長谷川葵さんは背が高くて、きれいな顔をしていたそうですね？」

「はい」

「遊佐君の彼女を見て、きれいと言っていたのは好きなタイプだったということですか？」

「そういうことではないです」

「そうですか。長谷川葵さんと遊佐君の彼女が似ているわけではない？」

「似てないです」

遊佐君の彼女もきれいだったけれど、それは一般的に見て整った顔をしているということだ。長谷川さんのきれいさとは、違う。顔だけでは判断できないような、内面から出てくる美しさが長谷川さんにはあった。

「話が逸れましたので、戻します」

「はい」

「とりあえず、過去に戻ってみたらいかがでしょうか？」

「何、言ってるんですか？」

「過去に戻って、長谷川葵さんの姿を遠くからでももう一度見て、物ごとを考え直してみるというのは、いかがでしょう？　それから、私達の今後についてもご相談させてください」

「僕達の今後？」

「それについては、後ほどお話しいたします。時間がありませんので」

「はい」

研究のしすぎで、頭がおかしくなってしまったのかもしれない。言っていることが滅茶苦茶だ。

「本日、こちらを丹羽君にお貸しいたします」

魚住さんはスカートのポケットから、黄色い星のキーホルダーがついた鍵を出す。

「なんの鍵ですか？」

「これです！」銀色の円筒を叩く。

「これ？」僕は、円筒を指さす。

「タイムマシンです！」

「はい？」

「タイムマシンです！」

もう一度、銀色の円筒を叩く。

やっぱり魚住さんは、毎日研究室にこもっているせいで、妄想と現実の区別がつかなくなっているんだ。

「あのですね……」

「タイムマシンです！」

「何回も言わなくていいです」

「信じてないでしょ？」魚住さんは、僕に詰め寄ってくる。

「信じられるわけないじゃないですか」

僕も魚住さんも、この研究室で毎日毎日、タイムマシンの可能性について考えてきた。大学生になってからの生活の全てを、それだけに費やした。それなのに、ずっと目の前にあった何か分からないものが「タイムマシンです!」と言われても、信じられるはずがない。

「どうして、信じられないの?」

「だって、タイムマシンなんて、作れませんよ」

「あなたは、タイムマシンを作りたくて、ここにいるんでしょ!」

「そうですけど……」

「作れないって思いながら、ここにいるの?」

「そうじゃないですけど……」

論点は、そこではない気がする。

毎日毎日、魚住さんが円筒の中に入りこんで研究していたのならば、やっと成果が出たんだと考えることもできる。しかし、円筒に触っているところすら、見たことがない。

「過去に行けるのよ」

「魚住さんが作ったんですか?」

妄想だと思うが、一つずつ整理して話した方がよさそうだ。

「違います」円筒の前に戻って、魚住さんはセーターの裾を引っ張り、背筋を伸ばす。

「誰が作ったんですか?」

「井神先生です」

「つまり、七年以上前にできていたということですか？」

この研究室を前任の井神先生が使っていたのは、七年前までだ。

「いいえ、もっと前からできていました」

「いつ頃？」

「せんちゅうです！」

「これは、井神先生が戦争から逃げるために作ったものです」

「ああ、戦中か」

今年で戦後六十七年になる。七十年くらい前にはできていたことになる。アインシュタインが特殊相対性理論を発表したのが一九〇五年だから、戦中にタイムマシンを作れる理論ができていたとしても、おかしくはない。しかし、七年前に大学を去るまで、井神先生は一度もタイムマシンの存在を公表していないはずだ。一度でも公表していたら、物理学の歴史だけではなくて、世界が変わっていただろう。

「信じていませんね？」

「はい」

「信じられなくて、当然だと思います。私も、大学一年生の時に井神先生から、これあげるよと鍵を渡された時には、信じられませんでした。井神先生もご高齢だし、ちょっとボケていらっしゃるんだろうなって思いました。断るのも悪いと思い、鍵をいただき、タイムマシンの説明を受けました。今日と同じような、よく晴れた日曜日の朝でした」

窓の外を見て、魚住さんは遠くを見つめる目をする。

「はあ」

これあげるよというのは、気軽すぎないだろうか。井神先生にお会いしたことはないが、ノーベル賞レベルの研究をしていた人だ。そんな、孫に飴玉(あめだま)をあげるような言い方は、しないんじゃないかと思う。

「鍵を開けて中に入ったら、ブラウン管型のモニターとキーボードとマウスが置いてありました。操作方法を説明する井神先生は、楽しそうでした。失礼ながら、山形の実家で一緒に住んでいたおじいちゃんを思い出しました。戦争の話も聞いて、おじいちゃんの昔話に付き合っている気分でした。そしたらね、本物だったの！」

「はい？」

「これは、タイムマシンなんです！」円筒をバシバシ叩く。

「ちょっと話が飛び過ぎて、よく分からないんですが」

「どれだけ説明しても、どうせ信じないでしょ？」

「そうですね」

僕が魚住さんの性格を分かっている程度には、魚住さんも僕の性格を分かっている。

「実際に使ってみましょう！」僕の手を持ち、鍵を渡してくる。

「えっ？」

「レッツトライ！」

「いや、その」

「研究にも人生にも大事なのは、トライアル・アンド・エラー」

「タイムマシンでエラーとか、怖いんですけど」

「大丈夫！　私の言う通りにすれば、エラーは起こりません」

力強く言い切るのが余計に怖い。何に興奮しているのか、目が異様なほど輝いている。やっぱり、妄想の世界に行ってしまっているのかもしれない。タイムマシンのはずがないし、付き合ってあげた方がいいだろう。

「じゃあ、トライしてみます」

「では、こちらに」

「はい」立ち上がり、言われるまま、円筒の前に立つ。

「まずは、鍵を開けて」

「あの、トライの前にもっと説明とか、ないんですか？」

「詳しい説明は、後でします」

「はあ」

「さっさと、鍵を開けて!」

「はい!」

黄色い星のキーホルダーがついた鍵を使い、円筒の鍵を開ける。アパートと同じタイプのものだ。重要なものの鍵には見えない。ドアノブもアパートと同じだ。

「次は、ドアを開ける」

「はい」

ドアは金属でできていて、分厚くて重い。

力をこめて、ゆっくり開ける。

天井のライトがつく。人に反応して、つくようになっているのだろう。

中には、ブラウン管型ではない薄型の液晶モニターとキーボードとマウスが置いてあった。

壁には、何もない。下の方に三センチくらいの丸い穴が一つ開いていて、黒いコードが一本出ている。コードはモニターに繋がっている。

「中に入って」

「ブラウン管型じゃないじゃないですか?」

「私が交換したの」

「そうですか」中に入る。

外から見た大きさは電話ボックスぐらいだが、壁が分厚いから思っていた以上に狭い。二人は入れないので、魚住さんは全身でドアを押さえて、僕の横に立つ。

「モニターの電源は入れておいたから」

どこか外国の橋の写真がデスクトップの背景に使われていて、真ん中に懐中時計のデザインのアイコンが一つだけある。

「ドア、重くないですか？」

「重い」

「押さえてるので、説明をお願いします」手を伸ばして、閉まらないようにドアを押さえる。

「ありがとう」僕のことを見ないで、モニターの方を見て小さな声で言う。

女扱いされた時に照れてしまうのは、魚住さんのかわいいところだと思う。でも、遊佐君が言ったような女子としてのかわいさとは、違う気がする。同世代の女性ではなくて、意地を張る小学生みたいだ。

「説明を、お願いします」

「えっと、操作は普通のパソコンと同じです。この時間設定というアイコンをクリックしてください」

「はい」マウスを使って、懐中時計のデザインのアイコンをクリックする。白い画面が開き、真ん中に年月日と時間を入れる欄が出てくる。

「ここに、入力してください。とりあえず、一年後にしましょう」

「はい」

「二〇一三年十二月の第一日曜日だから、一日だね」

「二日の月曜日じゃなくて？」

今日は二〇一二年の十二月二日だ。

「タイムマシンで行っていいのは、日曜日の午前中、この研究室に人がいない時だけです」

「そのために教授は、日曜日の午前中は休むようにって、言っているんですか？」

「教授は何も知りません。あの人は、井神先生に言われたことに従っているだけだから」

「そうなんですか？」

「黙って言うことを聞くから教授になれたんだもの」

「そうですか」キーボードを使って、日付を入力する。

「時間は、そのままで」

「はい」もうすぐ十一時になる。

「これで、ドアを閉めて、中から鍵をかけて、エンターを三回押して」

「それだけですか？」

「それだけ。分かってると思うけど、未来や過去を変えたら駄目だからね」

「はい」

「同じ方法で、帰ってきて」魚住さんは、ドアから離れる。

僕は押さえていた手をはなし、ドアを閉め、鍵をかける。

バカバカしいとしか思えないが、エンターを三回押す。

何も起こらない。

魚住さんの妄想なんだ。博士論文を三月までに書かないといけないし、精神的に追い詰められているのかもしれない。

最近はいつも以上に冷たくしてしまった。今日の午前中だけは、付き合ってあげよう。このまましばらく円筒の中にいて出ていき、タイムマシンすごいですね！　とか言えばいいだろう。今後のことは、遊佐君にでも任せよう。

円筒全体が大きな音を立てて、揺れる。

地震だろうか？

中にいるのは危ないかもしれない。揺れが大きくなっていく。魚住さんに付き合っている場合ではなさそうだ。外に出た方がいい。

しかし、鍵が開かない。ドアノブも回らない。

僕をここに閉じこめて、外から魚住さんが揺らしているのかと思ったが、そんなことができるものではない。円筒は、研究室にいる男全員で動かそうとしても、動かなかった。

モニターの画面が赤くなり、スロットマシンのように数字が回り出す。

ライトが消えて、モニターも消えて、真っ暗になる。

このまま出られなくなるのかもしれないと思っていたら、ライトがつき、モニターもついた。

数字はまだ回っている。二〇一三年十二月一日に戻ったところで、止まる。

円筒の揺れも、同時に止まった。

鍵が開き、ドアノブも回る。

ドアをゆっくり開けて、外に出る。

「魚住さん、大丈夫ですか？　地震、結構大きかったですね」

返事はなかった。

「魚住さん、魚住さん」

研究室の中を探すが、いない。

地震が怖くて、僕を置いて逃げたのだろうか。

物が落ちたり、研究機材が壊れたりはしていないみたいだ。

でも、何かが違う。

僕の席は、そのままだ。なのに、正面が魚住さんの席では、なくなっている。魚住さんの机とは思えないくらい、整理されていた。

窓の外に見えるグラウンドでは、サッカー部が準備運動をしている。青いジャージを着たマネージャーの女の子は、ベンチにタオルやドリンクを並べていく。

さっき見た時には、赤いジャージを着ていたはずだ。

サッカー部のマネージャーは何人かいる。青いジャージの女の子はさっきとは違う人だと思ったが、もうすぐ試合がはじまるのに赤いジャージの女の子がいない。ベンチの近くにいるマネージャーは三人いるけれど、お揃いの青いジャージを着ている。

僕の見間違いや勘違いだろうか。

普段だったら、そう思って済むことだが、そうではない気がした。

修士の学生の机を見にいく。

並んでいる机の数は変わっていないけれど、置いてあるものが違う。女子の席のはずなのに、男の荷物が置いてある。アニメ好きの男の席に並んでいたフィギュアがなくなっている。ゴミ箱に捨てられたメロンパンの袋には、2013と印字されているのが見えた。賞味期限が書いてあるのだろう。日付は見えないが、たとえ一月だとしても、一ヶ月先だ。メロンパンの賞味期限が、そんなに長いとは考えられない。

自分の席に行き、座る。

二〇一三年に来たと、思うしかないのだろうか。

円筒の中に僕がいたほんの数分の間に、魚住さんは机の上を整理して、修士の学生の荷物を入れ替えた。メロンパンの袋は、だますために用意した。そう考えた方が自然な気がする。

でも、全身にまとわりつくような違和感を覚える。

大きなことだけが変わっているならば、この違和感はないだろう。ここが変わっていると分からないような小さなことも、変わっているのだと思う。たとえば、使わずに隅に置いたままになっている研究機材に積もったホコリとか、パソコンのモニターについた指紋とか、床に落ちた髪の毛とか、いつもは気にしないことの全てが変化して、それが違和感の大きな塊になっている。

確信できる何かを探さなくても、ここがさっきまでいた場所とは違うと分かる。

とりあえず、戻ろう。

席から立ち、円筒に入る。

モニターを見ると、さっきの画面は閉じられていた。デスクトップの背景は、どこか外国の橋の写真で変わっていない。

真ん中にある時間設定のアイコンをクリックする。違う日にしたらどうなるか試してみたかったが、まずは二〇一二年十二月二日に戻った方がいい。日付を入力して、鍵をかけてから、エンターを三回押す。

何も反応がなくて、一瞬焦ったが、すぐに揺れ出した。

しばらく揺れた後に、モニターの画面が青くなり、日付が回りだす。ライトとモニターが消えて真っ暗になるが、すぐにつく。回っていた日付が二〇一二年十二月二日に戻ったところで止まり、揺れも止まる。

鍵を開けて、ドアを開ける。

「どうだった?」円筒の前に、魚住さんが立っていた。

「これ、なんですか?」

「タイムマシンって、言ってんじゃん」

自分の席に座り、魚住さんは机に置いてあるおにぎりを手に取る。待っている間に食べようとしていたのだろう。お茶も淹れてあった。僕の席にもお茶の入ったマグカップが置いてある。

「FAXに近いんじゃないかな」魚住さんはおにぎりを食べながら話す。

「FAX?」僕は窓の外を確認してから、自分の席に座る。

グラウンドではサッカー部の試合が始まっていた。マネージャーの女の子は赤いジャージを着ている。

「自分がFAXで送られるところを想像してみて」

「想像しにくいですけど」

「できる限り、想像して」

「はい」自分がＡ４の紙に書かれた情報になったところをできる範囲で想像してみる。写真だと思えばいいのだろう。

「相手先のＦＡＸ番号が年月日と時間っていうことね。それをダイヤルすると、相手先が反応して、円筒の中の人がデータになって、送られていくっていうことよ」

「ん？　分からないんですけど」

「なんで、分かんないのよ」食べかけのおにぎりを机に置く。

「データになっても、コピーされるわけじゃないですよね。ＦＡＸだったら、オリジナルは手元に残るじゃないですか？」

「そうだね。そこがＦＡＸと違うところ」

「ちょっと整理します」

「おにぎり、いる？　頭まわるようになるよ」カバンからラップに包まれたおにぎりを出す。

「いいです」

「食べなよ」

研究室に夜遅くまで残っている時も、魚住さんはよく修士の学生達におにぎりを配っている。休憩してくると言ってアパートに帰り、大量のおにぎりを持って戻ってくる。配っている姿は、世話好きのおばちゃんにしか見えない。僕はいつも断っていた。

「お腹(なか)いっぱいになると、頭まわらなくなりませんか？」

「私、お腹すいてると駄目」

「そうですか。僕はお腹いっぱいだと駄目なんで、いらないです」

「一個ぐらい食べなよ」僕の机に置く。

角度を測って作られたんじゃないかと思えるくらい、きれいな正三角形をしている。海苔(のり)は巻いていない。手に取りたくなったが、形を崩すのがもったいない。

「これ、カバンの中で潰れないんですか？」

「おにぎり用のお弁当箱に入れてるから」

ふたが山形になっているお弁当箱をカバンから出す。三個は並べて入れられるくらいの大きさだ。

「そういうのがあるんですね」

「量が多い時は使えないけどね。大事に運んできたから、今日のは特別においしいよ」自信がありそうな笑顔になる。

研究室では毎年、夏の終わりにバーベキューをやる。魚住さんは食べているだけだ。調理に参加しようとしていたが、包丁の持ち方がおかしくて、みんなで止めた。キャベツを切りながら、指も切りそうになっていた。二駅先にあるアパートで、魚住さんは一人暮らしをしている。近所に親戚が住んでいて、おばさんがごはんを作ってくれるようだ。

「これも、おばさんに作ってもらったんですか？」

「違うよ。私が作ったの」

「へえ」正三角形のおにぎりが、急にまずそうに見える。

「おにぎりぐらい、作れるから」

「何も言ってませんよ」

「顔が、言ってるよ。まずそうって」

「顔は、何も言いません」

「食べてみなよ。おいしいから」

修士の学生達も、魚住さんのおにぎりはおいしいと話していた。どれだけおいしいのか気になったが、何度も断ってしまい、欲しいですとは言えなくなった。

「いただきます」おにぎりをそっと持ち、ラップをはがし、正三角形の頂点から一口食べる。

緩くにぎられているため、口の中に入れた途端に米がほどけていく。塩加減もちょうどいい。中に具は入っていないし、海苔も巻いていないのに、充分だ。

「おいしいでしょ？」

「はい」認めるのは悔しかったが、おいしい。

今まで食べたおにぎりの中で、一番だ。にぎり方や塩加減もあるけれど、米がおいしいんだと思う。甘みがある。

「ほらね」嬉しそうにする。

「これ、高い米とか、使ってるんですか？」

「ううん。実家から送ってきた米。米農家だから」

「だからマイなんですね」

魚住さんの下の名前は、マイという。

「漢字、米じゃないからね」

「違うんですか？」

「違うよ」

「なんか、ずるい感じがしますね」もう一口、食べる。

「何が？」

「料理できないの、チャラになるじゃないですか」

「おにぎりも、立派な料理だよ。子供の頃から研究したにぎり方なんだから。米の炊き方だって、研究したんだよ」

「研究って言ってる時点で、ちょっと」

タイムマシンの話を早く進めたかったが、このおにぎりは集中して食べるべきものだ。一口一口嚙みしめる。

「もう一個あるよ」

「いいです」

「食べなよ。おいしいでしょ」

「なんか、もったいないんで」

本当においしいものは、足りないと感じるくらいのところで止めた方がいい。

「また作ってくるね」

「はい」お茶を一口飲む。

魚住さんは、お茶を淹れるのもうまい。


おにぎりを食べ終わり、タイムマシンの説明のつづきを聞こうとしていたところで、修士の学生が来た。誰かに聞かれる可能性が少しでもある場所では話せないと魚住さんが言うので、また誰もいない時に話すことにした。

午後も研究室に残ろうと思ったが、机に向かっても、銀色の円筒が気になってしょうがなかった。集中できないので、アパートに帰ってきた。

FAXで紙ごとデータ化されて、向こうに送られると思えばいいのだろうか。円筒の中で、何がどういう仕組みになっているのかは分からないが、何も反応がない数秒間か揺れている間に僕のデータの読み取りが行われる。相手に繋がったところで真っ暗になり、向こうの機械でデータをもとに再構築される。真っ暗になるのはライトやモニターが消えているわけじゃなくて、僕が原子レベルまで分解されて目が見えなくなっているからかもしれない。

ブロックの人形をバラバラにしてから宅配便で送り、配送先でまた組み立て直す。そう考えると、イメージできる気がする。

しかし、その構造はイメージできても、どうしてそういう現象が起こるのかは、理解できない。

原子レベルまで人間を分解することはできないし、できたとしても、未来や過去に行けるという結論とは繋がらない。

過去に戻って長谷川さんに会えればそれでいいのだけれど、理解できないもので過去に行くのは怖い。

突然のことに気持ちがついていかず、おにぎりを食べてお茶を飲んで和んでしまったが、魚住さんにちゃんと説明を聞けばよかった。魚住さんに僕の部屋に来てもらえば誰にも聞かれずに話せるが、それは避けたい。部屋の隅々まで見て、騒ぎそうだ。長谷川さんの『美しい星』には、絶対に触らないでほしい。でも、触られないように隠したりはしたくない。

本棚にある『美しい星』に手を伸ばす。

もうすぐ長谷川さんに会えるかもしれない。

二人で話したこと、彼女の声、二人で見たもの、思い出せなくなることは年々増えていく。それでも、最後に二人で笑い合った時の笑顔は忘れない。そして、事故に遭った後の彼女の姿も、忘れられない。

たまに長谷川さんの夢を見る。

笑っている長谷川さんに会いたいのに、出てくるのは事故に遭った後の姿だ。

魚住さんは、未来や過去を変えたら駄目だと言っていた。けれど、僕は過去を変えたい。過去を変えたら現在や未来も変わるということは分かっているが、それで僕がいなくなるわけじゃない。他の誰かの未来がどうなってもいい。

僕は、長谷川さんの生きている未来が欲しい。


先週に引きつづき今週も、日曜日の朝から魚住さんと研究室で会うことになった。

僕も魚住さんも、日曜日だからって何も予定がない。修士の学生達は、土曜日の夜に研究室の掃除を終えた後、恋人と会ったり、飲みに行ったりしているようだ。そういうことに目を向けず、勉強ばかりしているうちに、僕の学生生活は過ぎていく。サークルに入ったり、バイトをしたり、友達を作って遊びにいったりしたいと思ったことがないわけではない。

しかし、僕達は不可能と言われていることを可能にする研究をしている。それは、過去の研究者達に背く行為だ。だが、天動説が信じられていた頃に地動説を唱えたガリレオの例を挙げるまでもなく、研究とはそういうものだ。仮説や反証を繰り返し、宇宙の真理に繋がっていく。真理に触れるためには、少しも気を抜いてはいけない。

無宗教だから神様なんて信じていないし、運がいいとか悪いとか言いたくはない。

でも、気を抜けば、そういった目には見えない何かが味方してくれなくなると、感じている。

学生時代の思い出は、研究室のバーベキューだけで充分だ。

「丹羽君」

研究科棟までつづく桜並木の下を歩いていたら、後ろから声をかけられた。

振り返ったら、魚住さんが走ってきていた。

上り坂になっているが、そんなに急ではない。それなのに、魚住さんは山道を登ってきたのかと思えるくらい、息切れしている。

「運動した方がいいですよ」

「運動、嫌い」僕の横まで来て立ち止まり、息を整える。

「知ってます」

僕と魚住さんがまだ修士の学生だった頃、博士課程にいた男の先輩が身体を鍛えるのが好きな人で、息抜きと言って体育館に連れていかれることがあった。男がバスケをやっている横で、魚住さんは跳べない跳び箱を跳ぼうとしたり、空振りばかりの卓球をやったりしていた。僕だって運動は得意ではないが、魚住さんほどではない。最近も、遊佐君を中心に修士の学生達はたまに体育館に行っているけれど、僕も魚住さんも行かない。

「でも、身体鍛えなきゃ駄目だよねえ」

「そうですねえ」

大学にいると、いつまでも若い気がしてしまうが、僕は年が明けて誕生日がきたら二十五歳になる。まだ大丈夫と思っても、老けていくんだと感じることはある。徹夜明けに鏡を見たら、疲れ切った顔がうつっていて、自分じゃない誰かに見えた。

長谷川さんは、永遠に十六歳のままだ。

十六歳の女の子をいつまでも想(おも)いつづけている自分は、おかしいのかもしれない。でも、女子高校生に興味があるわけではない。長谷川さんと背格好が似た十六歳くらいの女の子を見ても、なんとも思わなかった。

「簡単に身体鍛える方法ないかなあ」魚住さんが言う。

「ないですよ」

話しながら、研究科棟に向かう。

「そういう研究しようかな」

「どういう研究ですか？」

「原子レベルで人間を活性化させるような」

「その研究をするための体力はあるんですか？」

「ない。研究する場所も、もうすぐなくなるし」

「あと一年以上ありますよ」

博士課程は基本的には、三年で終わる。二年目の終わりに博士論文を提出して、半年後くらいに論文審査と口頭試問があり、受理されれば博士号を取得できる。三年以上かかる人も多いが、魚住さんはきっちり終えるだろう。

「一年だけだよ」

これから新しい研究をすることを考えたら、一年は短い。

「博士課程終わった後は、就職するんですか?」

「実家に帰る」

「どこか企業の研究所に入ったりしないんですか?」

「分かんないけど、とりあえずしばらく休む」

共同研究をしている企業から誘いは来ているはずだ。もったいないと思うが、休みたいという気持ちが分からないでもない。僕みたいになんの成果も出せない学生とは違い、魚住さんは学会や共同研究のために日本だけではなくて世界も回っていた。

「米作って、足腰鍛えるといいですよ」

「手で田植えなんてしないよ」

「そっか」

「けど、しばらく家の手伝いしようかな。それで、落ち着いたら留学ってとこかな」

「桜が見られるのも、あと一回ですね」

歩きながら、桜の木を見上げる。

赤く色づいた葉が、少しだけ残っている。

桜が咲いた時も、魚住さんは雪が降った時のようにはしゃいで、僕を呼んだ。

「寂しい？」魚住さんは、僕の顔をのぞきこんでくる。

「いや、別に」

先輩がいなくなる不安はあるが、魚住さんがいなくなることに対する寂しさは特にない。

「嘘でも寂しいって言ってよ」

「最後に言ってあげますよ」

「心をこめて、言ってね」

「嘘だから、心はこめられません」

「最後になったら、きっと寂しくなるよ」

「なりませんよ」

「冷たいなあ」

研究科棟に入り、三階まで階段を上がる。

魚住さんはコートのポケットから鍵を出す。研究室の鍵だ。博士論文を進めるとでも言って、教授から借りたのだろう。

鍵を開けて、研究室に入る。

暖房をつけて暖かくなるのを待ってから、コートを脱ぐ。

「さっき、原子レベルで人間を活性化って、言ったじゃないですか?」魚住さんに聞く。

「うん」

「このタイムマシンって、そういうことなんですか?　人間を原子レベルまで分解して、未来や過去に送る」

「うーん」首を傾(かし)げる。

「違うんですか?」脱いだコートは椅子にかけておき、円筒の前に立つ。

「分かんない」

「はい?」

「どうなってるか、私もよく分かんないんだよね」魚住さんもコートを椅子にかけて、円筒の前に立つ。

「これの研究はしてないんですか?」

「してないよ」

「だって、魚住さんもメインの研究はタイムマシンですよね?」

「そうだよ」

「これがどうやってできているか分かれば、日本人女性初のノーベル賞をもらえますよ」

「ノーベル賞は欲しいよねえ」

「これは井神先生が作ったものだもん。井神先生に頼まれたから、誰もいない時にモニターやキーボードを新しいものに替えたり、メンテナンスはしてるけど、研究には使えないよ」

「他の研究だって、ゼロからっていうわけではないじゃないですか？　誰かが研究した理論に対して、こうしたらどうなるんだろうとか、これをプラスしたらどうなるんだろうとか、この条件を変えたらどうなるんだろうとか」

「そうだけど、人が作り上げたものを調べて発表するのは、駄目だよ。井神先生はタイムマシンの存在を公表しなかったから、全部が私の成果になっちゃうし」

「いやいや、意味分かんないです」

　僕の研究は結果を求めているものだが、魚住さんの研究は過程に意味がある。タイムマシンの研究過程で出てきた理論は宇宙開発や、人間には行けない遠い宇宙の研究や、宇宙の創成期についての研究に役立っている。できあがっているものを逆算するように研究していけば、分かることは多いはずだ。井神先生が魚住さんにタイムマシンを託したのは、その可能性を考えてのことではないのだろうか。

「私は、全部を自分でやったって思いたいの」

「えっと、だから」

「丹羽君には、分かんないよ」

「だったら」

「はあ。そうですね」

　魚住さんは、窓の方へ行く。

「それに、これを研究しようとしても、どうなってるか分かんないし。解体して、壊して直せなくなったら、井神先生や未来の人達に悪い」

　これがどういうものか調べるためには、円筒の分厚い壁の中がどういう構造になっているか、調べる必要がありそうだ。

「未来って、何年先まで行けるんですか？」

「分かんない。私は二年先までしか行ったことがないから。過去は井神先生がここにこれを置いた一九四四年までは行ける」

「なるほど。二年先の未来は、どんなんでしたか？」

「私がここにいなかった」

「そりゃ、そうでしょ」窓の方へ行き、魚住さんの隣に立つ。

　雪が降りはじめていた。

「そうだけど……」魚住さんは下を向き、何か考えこんでいる表情になる。

「けど？」

「なんでもない」顔を上げて、窓の外を見る。「雪、積もりそうだね」

「そうですね」

強い風が吹き、残りわずかになっていた桜の葉が一斉に舞い落ちていく。

落ちた赤い葉の上に、雪が積もる。

☆

書棚に身を隠すようにして、遊佐君が僕を見ている。

「何？」

「なんでもないです」遊佐君は、書棚から顔を出す。

「何かあるから来たんだろ？」

「怒りませんか？」

「話す内容による」

「やめときます」

「気になるから言えよ」

「もう怒ってる」泣きそうな声で言う。

「怒らないから話せよ」

「絶対ですね？」

「絶対」

「じゃあ、話します」書棚の間に出てくる。

窓辺に置いてある椅子に並んで座る。図書館の二階には、僕達の他に誰もいない。

「最近、いっつも図書館にいますよね？」遊佐君が言う。

「そうでもないよ」

「そうなんですか？」

「うん」

「だったら、研究室に来ないで、何してるんですか？」

「それ、言う必要あるか？」

「そう言うと思いました」

「分かってるなら、聞くなよ」

銀色の円筒がタイムマシンだと知ってから、研究室にはほとんど行っていない。大学に来ても、図書館にいる。図書館でもぼうっとしてしまうので、アパートへ帰るか映画を見にいく。

この前の日曜日に、一年先に行く実験をもう一度やって、一年前にも行ってみた。

タイムマシンに備え付けられているモニターやキーボードは、過去や未来には行かないようだ。中にいる人間と持ちものだけが移動する。

同じ景色を一度見ているので、過去の方がタイムマシンを使ったという実感があった。自分が修士の学生だった頃に使っていた机を見たら、たった一年前なのに、懐かしさがこみ上げた。

使い方は分かったから、九年前の事故が起きた日に早く戻りたい。

長谷川さんの姿を見るだけならば他の日でもいいが、事故を止めたい。二〇〇三年の僕に僕が会い、ロケットの打ち上げを見にいくのをやめるように言ったり、事故が起こるから気をつけるように言ったりすることはできない。「未来から来た君なんだ」なんて言っても、不審者だと思われるだけだ。僕自身よりも、事故を起こした運転手に会った方がいい。車に乗るところに話しかければ、時間をずらすことができる。

その前に準備するものがある。事故が起きたのは、土曜日だった。タイムマシンでは日曜日の午前中にしか行けない。日曜日から土曜日まで、過去に滞在することになる。その滞在費用が必要だし、仙台から島まで移動する交通費もかかる。事故が起きた二〇〇三年と今では、お札が違う。野口英世の千円札や樋口一葉の五千円札、絵柄が変更された福沢諭吉の一万円札が発行されたのは、二〇〇四年の十一月だ。どうやって用意したらいいんだろうと思ったけれど、魚住さんが用意してくれるらしい。一週間の旅行に行くようなものだから、他にも用意するものがある。焦らずに、次の日曜日までに必要なものを揃えてから、九年前に戻ることになった。

過去を変えるとは、魚住さんには言えないから、どうして事故が起きたのかを冷静に見て確認したいと嘘をついた。

「魚住さんとなんかあるんじゃないんですか？」遊佐君が聞いてくる。

「なんかって？」

「日曜日の午前中に二人で会ってるんですよね？」

「博士論文の手伝いをしているだけだよ」

日曜日に二人で研究室にいたところは、午後から来た修士の学生に見られた。研究室に入ってはいけないことになっているのに、何も聞かれなかった。しょうもない噂話をしているだろうなとは、思っていた。

「丹羽さんが魚住さんを手伝えるんですか？」

「バカにしてんだろ？」

「バカにはしてますけど」

「はっきり言うなよ」

「僕は、自分より頭の悪い人間は、みんなバカだと思っています」

「そういう考えだと、社会でやっていけないぞ」

「丹羽さんには、言われたくないですよ」声を上げて笑う。

「なんでだよ？　僕は人をバカにしたりしてないからな」

「バカにするという以前の問題です。他人に興味がないって」

「興味ないわけじゃないよ」

「あるんですか？」

「あるよ」

興味のある人を考えて、頭の中に浮かんでくるのは、長谷川さんや斉藤、父親や母親、高校や中学校の同級生、島の人達だけだ。大学に入ってから知り合った人達の顔は、浮かんでこない。遊佐君の言う通りかもしれないが、もうすぐ過去が変わるのだから、考えないでいいことだ。過去を変えたら今がどうなるかは分からないけれど、変えてみるしかない。

トライアル・アンド・エラーだ。

行動を起こした先でしか、新しい未来は開けない。

「最近、魚住さんもなんか変だし、丹羽さんと何かあるんだって思ったのにな」

「魚住さんが変って、前からだろ？」

研究室に行っていないから、魚住さんとも日曜日の午前中にしか会っていない。

「前の変とは、違う種類の変です」

「どういうこと？」

「ぼうっと窓の外見て、溜め息ついたりしてます」

「論文がうまく進んでないからじゃないか？」

「あの魚住さんにそんなことありえません」

「なんかあったんですか？　って、魚住さんに聞けばいいだろ」

「聞けません。こういうことは、男に聞くべきことです」

「こういうことって、なんだよ？」

「分かってないんですか？」遊佐君は、大きな目をより大きく開いて、驚いた顔をする。

「なんだよ？」

「本気で、言ってるんですか？」

「だから、何が？」

「僕は、心の底から丹羽さんを軽蔑します」目を細めて、溜め息をつく。

「はあっ？」

「なんだかんだ言いながら、いい人だって思ってたのに」

「何、言ってんの？」

「あの魚住さんが変になるなんて、原因は一つです」

「知らねえよ」

「かわいそうな、魚住さん」肩を落とし、下を向く。

遊佐君の言いたいことは分かっている。修士の学生達は、僕と魚住さんが付き合えばいいと思っているのだろう。でも、僕にそんな気はないし、魚住さんにもそんな気はない。

「それより、天才の遊佐君に聞きたいことがあるんだけどさ」

「なんですか？」顔を上げる。

「たとえば、目の前にタイムマシンがあったら、どうする？」

タイムマシンの話はしない方がいいのだけれど、他にいいたとえが思いつかなかった。でも遊佐君は、タイムマシンはできるはずがないという理論を徹底的に理解しているから、僕がこんな話をしたぐらいで、実はタイムマシンができているとは考えないだろう。

「それは、誰が作ったんですか？」

「僕以外の誰かが作れるとは思えません」

「あったとしたらっていう、たとえ話だよ。その誰かは公表する気がないから、遊佐君の好きに使っていいよって言われたら」

「自分じゃない誰か」

「好きにですか？」

「理論とかは教えないけど、これは遊佐君のものにしていいからって」

「解体します。自分の成果にして、ノーベル賞もらいます」

「そうだよな。君はそう言うと思ったよ」

過去や未来に行くことよりも、どうやってできているかに遊佐君は興味を持つ。自分に分からないことがあると、調べなくては気が済まない。そして、全ての名声は自分のものにしたい。

研究者でもそれぞれ、興味のあることは違うし、目標も違う。

「バカにしてますか？」

「してるよ」

「かわいい後輩をバカにするなんて、酷い」遊佐君は、泣き真似をする。

「人のこと言えないだろ」

「はい」

「分かりやすくて、いいね。君は」

「分かりにくくなっても、自分が損するだけです」

「そう」

「それより、二十二日土曜日の夜はあいてますよね？」

「あいてるよ」考えるまでもなく、研究室に行く以外の予定なんて、何もない。

「クリスマス会やるから、来てください」

「行かない」

「来てください！　僕、春にはいなくなるんですよ」

遊佐君は、春から企業の研究室に入ることが決まっている。留学したり、大学の研究室に残ったりしない限り、日本で博士号はあまり役に立たない。大学院生のほとんどが博士課程には進まない。

「博士まで進めばいいのに」

「就職に役立ちませんから」

「留学とかは?」

「興味ないです。今以上に彼女と離れたくないんで」

「ああ、そう」

こうして、遊佐君が好き勝手に振る舞えるのは、彼女が支えてくれているからなのだろう。長谷川さんが生きてそばにいてくれたら、僕の性格も変わっていたのかもしれない。

「詳細メールしますから。クリスマス会、来てくださいね」

「考えとく」立ち上がり、書棚の間を通って、階段の方へ行く。

一階に下りて、外に出る。

今日は雪は降っていないが、空気が冷たい。

十六日の日曜日に九年前の十一月二十三日に行き、向こうで一週間過ごして、また十六日に戻ってくる。二十二日には、過去を変えた結果が出ている。

研究室に行く前に、学食に寄る。

昼ごはんを食べていこうと思ったが、混んでいた。三限が始まっているけれど、サボっているのだろう。もうすぐ冬休みになる。全員が全員、遊びにいく相談をしているわけではなくても、休み前の浮かれた空気が充満している。

大きな声を上げて喋る学生から離れた隅っこの席に、女子が一人で座っている。

魚住さんだ。

小さな身体をより小さく丸めて、うどんをすすっていた。魚住さんは、研究室ではよく喋るが、他のところでは静かだ。一人でいることが多い。博士課程になると、同じ学年の学生はほとんどいなくなる。けれど、それだけが理由ではなくて、魚住さんは学部生の頃から、いつも一人でいた。話が合う女友達がたくさんいるとは思えないし、男と話すのも基本的には苦手なようだ。僕や遊佐君みたいに研究の話ができる男とは話せても、そうではない男相手に何を話せばいいか分からないのだろう。

「魚住さん」正面まで行き、声をかける。

「ああ、丹羽君」顔を上げて、笑顔になる。

こういう時の笑顔は、本当に子供みたいだ。

カバンを開けて、荷物を確認する。

研究室には、僕と魚住さんしかいない。

他の研究室には誰かいるはずなのに、物音一つ聞こえてこなかった。雪が積もって、運動部の練習が休みになったから、学校全体がいつもの日曜日より静かだ。

「シャツにズボンに下着、ハンカチやティッシュ」

研究のためにどこかへ行くとかであれば、忘れものがあっても行った先で買えばいい。しかし、過去に行くのは、旅行のようでも旅行ではない。魚住さんが用意してくれたお金だから無駄には使えない。何か起きた時のために、できるだけ使わないでおきたい。

「忘れもの、ない？」魚住さんは、お金の確認をしている。

「ないです」

「本当に？」

「大丈夫ですよ」昨日の夜から何度も確認した。「携帯が使えないって、不便ですよね」

二〇〇三年には、今と同じような携帯電話が発売されていたが、機能は今ほどではなかった。高校生の時に携帯電話を持っていなかったからよく憶えていないけれど、携帯一つでなんでもできるというものではなかったはずだ。たとえ、今と同じ機能があったとしても、使わない方がいい。メールを送っても現在の魚住さんに届くわけではないので、頼れる人もいない。

「使えないもの、他にもたくさんあるからね」

「分かってます」

島まで行くのに、飛行機は使えない。航空券代も高いし、個人情報が残る。二〇〇三年にどういうシステムが使われていたか知らないが、航空券を買うのに最低でも氏名は必要だろう。ビジネスホテルに泊まる時に記帳するぐらいは平気だと思うけれど、飛行機に乗るために個人情報を残すのは避けた方がいいと思う。もしも何か起きたら身分証明ができなくて、事件になってしまう。できるだけ痕跡を残さず、高速バスと電車を乗り継いで鹿児島まで移動して、島には高速船で渡る。

「大丈夫かなあ」魚住さんは、不安そうにする。

「大丈夫ですって、言ってるじゃないですか」

「そういうことじゃなくて」

「なんですか？」

「バスに乗ったり電車に乗ったりするのだって、過去を変える行為でしょ。やっぱり、やめた方がいいんじゃないかなあ」

「今更ですか？　過去に戻ってみたらいかがでしょうか？　って、魚住さんが言ったんですよ。そのために、タイムマシンの存在を明かしたんですよね」

「そうだけど……。あの時は、斉藤君の話を聞いて、冷静でいられなくなってたから」

話が長くなりそうだ。過去に行くのをこれ以上先に延ばしたくない。今日行っても、来週行っても行き先は変わらないとしても、できるだけ早く行きたい。

「大丈夫です。必ず帰ってきます」

「うん」不安そうにしたまま、下を向く。

「そんな顔しないでください」

「そうだね。私が不安になっていたら、丹羽君も不安になるよね」顔を上げる。

「はい」

「これ、お金」机に置いてあったお金を取る。

夏目漱石の千円札、新渡戸稲造の五千円札、古い絵柄の福沢諭吉の一万円札、高校生の時はこれを使っていたはずなのに、すごく古いお札に見える。

「ありがとうございます」お金を受け取り、財布に入れる。

「大事に使ってね」

「母親みたいですね」

「丹羽君のお母さん、どういう人？」

「……うーん」

辛い思いをした人です。と、言いそうになった。兄を亡くし、僕は帰らなくなり、母親はどんな思いで暮らしているのだろう。

「そういうこと、話したことなかったね」

「そうですね」

魚住さんの家族の話を聞いたことは何度かあるのに、僕が話したことはなかった。

「帰ってきた後には、話せるようになるかな」

「どうでしょう」

「長谷川さんのこと、違う気持ちに変えられるといいね」

「はい」そんな気はないが、うなずいておいた。

「もしも何かあったら、井神先生を頼って」

「分かりました」

「それか、私を探して」

「九年前じゃ、魚住さんだって高校生ですよ」

「そうだね」恥ずかしそうに笑う。

「どんな高校生でしたか？」

「何もない」

「何も？」

「勉強さえできればいいって思ってた」

「そうですか」

　今と変わらない気がするが、その突っこみを入れると、話が終わらなくなる。

「これ、あげる」机の引き出しから、黄色い星のキーホルダーがついた鍵を出す。「今日からこのタイムマシンは、丹羽君のものだから」

「いいんですか？」鍵を受け取る。

「私、いなくなるし。その後の管理を誰かに託さないといけないから」

「僕もすぐにいなくなりますけど」

「そしたら、次の管理者を探して。管理者の仕事については、また話す」

「分かりました」

「向こうで何かあったら、この星を見て私を思い出して」僕の手の平に載ったキーホルダーを指さす。

「はい」

思い出しても何もないが、どうしようもなくなった時には、魚住さんが研究室で喋っていた理論が役に立つかもしれない。論文にしていない理論もいくつか聞いていた。

「必ず帰ってきてね」まっすぐに僕の目を見て言う。

「帰ってきます」

カバンを持ち、タイムマシンの鍵を開ける。ドアをゆっくりと開ける。中のライトがつく。

「いってらっしゃい」魚住さんは、小さな手を振る。

「いってきます」

ドアを閉めて、中から鍵をかける。

☆

帰ってきたんだ。

目の前に広がる海に、そう実感する。

島を出てからも海を見ることはあった。共同研究している企業に行く電車の窓の向こうに、研修のため海外に行く飛行機の下に、海は広がっていた。

でも、ここだけが僕にとっての海だ。

高校を卒業して以来六年半以上帰ってきていなかった。けれど、ここは九年前であり、僕と斉藤が二学期始業式の後に遊びにきてから三ヶ月しか経っていない。あの頃に来たのだから、何もかもあの頃のままで当然だ。それなのに、夢の中にいるような感覚がある。思い出さないようにしながら、考えないようにしながら、この島の景色がずっと胸の中に広がっていた。現実として島にいると分かっていても、誰かに触れられたら目が覚めてしまいそうだ。

雨が降り出しそうな空を見上げ、これが現実であること、あの事故が起きた日に戻ってきたことを確認する。

タイムマシンで、二〇一二年十二月十六日から二〇〇三年十一月二十三日に来た。仙台から東京まで高速バスで移動してビジネスホテルに一泊して、深夜バスで大阪まで移動してカプセルホテルに一泊した。そのまま大阪にいようかと思ったが、慣れない場所でのホテル暮らしは疲れる。鹿児島まで深夜バスで来て、市内のビジネスホテルに二泊した。今日の朝、鹿児島港から高速船に乗り、島に来た。明日の午前中までに仙台へ戻らないと、もう一週間ここにいることになる。九州新幹線はまだ開業していないので、博多まで行ってから新幹線に乗り、東京で乗り換え、夜には仙台に着く予定だ。

中学生や高校生の頃に遊びにいったり、模試を受けにいったりしていた町だから、鹿児島に着いてからは楽に過ごせた。知り合いに会ったとしても、九年前の僕は今より身長が十五センチ低くて顔つきも違う。誰も僕が丹羽光二だと、気がつかない。

この世界に僕は今、二人存在している。その分、二〇一二年に僕は存在していない。

事故が起きたのは、十二時半になる少し前だった。僕は長谷川さんの家の近くにある郵便局の前で、父親の車を待っていた。

事故を起こした男は、十二時前に着く高速船で島に来て、船着き場の前にあるレンタカーショップで赤い車を借りた。一本前の高速船に乗るつもりだったが、満席で乗れず、ロケットの打ち上げに間に合わないかもしれないと思って焦っていた。島の一番北の町に船着き場はあり、ロケットの発射台は最南端にある。打ち上げを見るためには、南の方の公園まで行かないといけない。通常ならば一時間かからない距離だが、打ち上げを見にいく人で混雑していたらそれ以上かかるだろう。その焦りによって、発作が起きた可能性もある。裁判で、男はそう話したらしい。

同じ高速船に乗り、隣に座る。三十歳の男と今の僕ならば、同世代だ。ロケットの打ち上げを見にいくという同じ目的を持つ者を装い、話しかけてもおかしくない。高速船を降りた後に、レンタカーを一緒に借りましょうと言い、僕が運転して島の南へ向かう。そうすれば、事故は起きない。

しかし、そんなにうまくいかないだろう。

高速船は指定席で、ロケットの打ち上げにはギリギリの時間でも混んでいた。隣に座れるなんて偶然は期待できない。

男は事故後、しばらく経ってから病院に来た。はっきり顔を憶えているわけではないが、服装は憶えている。青系のチェックの長袖シャツを着て、ベージュのチノパンを穿いていた。普通としか言いようがない、特徴のない顔だった。三十歳前後の男を集めて平均値を出したら、彼のようになると思う。体型も、平均的だった。苗字（みょうじ）は「村上（むらかみ）」という。大学でも、町を歩いていても、同じ苗字の人に何度も会った。その度に、彼の親戚だったらどうすればいいのだろうと考えた。

船着き場で高速船に乗る前や降りた後に声をかけようと思っても、混雑している中で知らない人に声をかけるのは難しい。先に僕が島に来て、レンタカーショップの前で待ち伏せをする。車を借りに来た男に「僕も一人なので、ご一緒させてもらえませんか？」と声をかける。それが一番確実だ。断られたとしてもやり取りに時間をかければ、状況を変えられる。

そのために、朝から島に来た。

船着き場の近くで待っていようかと思ったが、時間があったから高校の近くの浜辺まで来た。魚住さんに悪いと思ったけれど、贅沢（ぜいたく）をさせてもらい、タクシーを使った。島には電車が走っていないし、バスも通学や通勤の時間帯だけだ。今日は土曜日だから、いつも以上にバスが少ない。どうしても浜辺に来たくなってしまい、使わせてもらった。

観光客はロケットの打ち上げを見るためにきているから、浜辺には寄らない。島の人達も打ち上げを見にいくか、働いている。

浜辺にいるのは、僕だけだ。

波打ち際に座り、水平線を眺める。

どうせならば、晴れた日の青く光る海が見たかった。

曇っているせいで、灰色だ。

事故を止めて、長谷川さんの無事を確認したら、仙台に戻る。そして、二〇一二年に戻ってから、また島に帰ってこよう。斉藤に連絡して、父親と母親に会う。生きつづけた長谷川さんがどうなるか分からないが、きっと会えるだろう。

肩に雨粒が落ちる。

このまま、傘をささなくてもいい程度の雨が午後まで降りつづける。

そろそろ、船着き場に戻る時間だ。

タクシーに乗って、船着き場に戻った。

待合室で待っていたら、高速船が着いた。外に出て、降り口の近くへ行く。

親子連れや恋人同士、大学生ぐらいのグループ、観光客達が降りてくる。時間を気にしながら、タクシー乗り場やレンタカーショップへまっすぐに向かう。

　もうすぐ十二時になる。

　男が降りてきたら、あとについていき、レンタカーショップで彼の後ろに並べばいい。並んでいる間に話しかけるのが一番自然だ。

　リュックを背負った小学校低学年くらいの男の子が嬉しそうな顔で、高速船から降りてくる。走ったらいけないとお母さんに止められるが、走っていく。天文部か何かなのか、高校生くらいの男の子達のグループもいる。小学生の男の子と同じように、嬉しそうにしている。ロケットの打ち上げを見にいく計画を立て、親にお願いしたり、お小遣いを貯めたりして来たのだろう。島にいるもう一人の僕も今頃、長谷川さんと会えることだけではなくて、ロケットの打ち上げを見ることも楽しみにしている。何度も見ていても、それでも楽しみだった。ロケットの打ち上げられた先に自分の夢があると信じていた。

　十三時三十三分になれば、予定通りにロケットは打ち上げられる。しかし、打ち上げ後に欠陥が見つかり、指令破壊される。

　ここにいる誰も、そのことを知らない。打ち上げ自体は見られるのだから問題ない。観光客のほとんどは、花火を見るのと同じ感覚で来ているのだと思う。ロケットがどういう構造でできているのか、なんのために打ち上げられるのか、分かっている人は少ない。今降りてきた観光客の中で、それを調べてきているのは、男子高校生のグループぐらいだろう。島の人達だって、全然分かっていない。海が汚れなければ、それでいい。

高速船から降りてくる人達、一人一人の顔や服装を確認する。この中に、男がいるはずだ。一人でいるから目立つだろうと思ったが、一人で来ている男が何人かいる。

病院ではシャツを着ていたけれど、上着を羽織っていたりするかもしれない。逆にシャツを脱いでTシャツだけということもあるだろう。小雨が降っているから、風が吹くと肌寒さを感じる。しかし、気温は二十度近い。動くうちに、蒸し暑く感じる人もいそうだ。船から降りてくる人達の服装もバラバラだった。

見落とさないように、手に持っている上着や荷物を見て、確かめていく。

そろそろ降りてくる。急いでいるからそんなにゆっくりしているはずがない。よく似た雰囲気の男がいるが、ジーンズを穿いているから違う。ここで間違えてしまったら、来た意味がなくなる。

仙台に戻って、また来るのは難しい。魚住さんは、タイムマシンを僕にくれた。タイムマシンを好きに使うことはできても、仙台からここに来るにはお金がかかる。失敗したからまたお金を用意してくださいと、魚住さんに頼むことはできない。何を失敗したかだって、言えない。僕はバイトもせず、親からの仕送りで暮らしている。そのお金で古銭屋とかでこの時代のお金を買っても、一週間を過ごせる額は用意できない。

魚住さんは、どうやってお金を用意したのだろう。僕と同じように、魚住さんもバイトをしないで仕送りで暮らしている。過去に行くことばかり考えていて何も気にせずに受け取ってしまったが、大変な思いをして用意してくれたのかもしれない。使った分は返すつもりだけれど、時間がかかる。それで、彼女の生活は大丈夫なのだろうか。

仙台に戻ったら、まずは魚住さんと話をしよう。お金のことを聞いても話してくれなそうだけれど、ちゃんとするべきことだ。タイムマシンの管理についても、教えてもらおう。

観光客が途切れ、係員に支えられながらおばあちゃんが降りてくる。そして、誰も降りてこなくなった。

降り口の前に立っていた係員は高速船の中に入っていく。

「すいません」係員に声をかける。

「どうしました？」中に入っていった係員が戻ってくる。

「あの、お客さんって、他にいませんか？」

「そうですね。これから点検に入りますけど、いないと思いますよ」

「えっと、三十歳くらいの男の人がまだいるはずなんですよ」

「お知り合いですか？」

「いや、えっと、はい」

知り合いということにしておいた方がいい。知らない人を待っていると言ったら、話が混乱する。

「船内を確認してきますね。トイレとかに入っているのかもしれませんから」

「お願いします」

係員は、高速船の中に戻っていく。

タクシーやレンタカーは次々に観光客を乗せ、船着き場を離れて南へ向かっていく。

事故の時、車が次々に来て、途切れた後に男が運転する赤い車は来た。何かあって、船を降りるの自体が遅れたのかもしれない。そんな話は聞かなかったが、裁判で出た話を僕は全て聞いたわけではない。

「お待たせしました」係員が降りてくる。

「いましたか？」

「いませんね。次の船とかじゃないんですか？」

「でも、次だとロケットの打ち上げに間に合いませんよね？」

次の高速船が着くのは、十四時半過ぎだ。

「そうですね。もしご連絡が取れないようでしたら、鹿児島港で乗り遅れたお客様がいなかったか、確認しますよ」

「いえ、大丈夫です」

「飛行機ということはないですか？」

「えっ？」

「ちょうど今頃に飛行機が着くので、間違えてお迎えにいらっしゃるお客様がたまにいるんですよ」

「いや、船で来ると言っていました」

男が高速船に乗ってきたのは、確かだ。聞き間違いや記憶違いをしている部分はあるかもしれない。でも、打ち上げの日の航空券はすぐに売り切れる。もしも航空券を取れていたとしても、乗り遅れたら、一本後の飛行機には乗れないだろう。キャンセル待ちしたところで、無駄だ。遅れて焦っていたのは絶対なのだから、船だ。

「鹿児島港に連絡してみましょうか？」

「いや、大丈夫です。携帯にかけてみます」

船着き場を離れて、レンタカーショップに走る。

僕が見落としたんだ。レンタカーショップにまだいるかもしれない。いなかったら、事故が起きる現場まで追えばいい。不自然になってもいいから、どんなことをしても、事故を止める。

レンタカーショップには、受付の女の人が一人いるだけだった。お客さんはいない。

「いらっしゃいませ」

「あの、三十歳くらいの男性が来ませんでしたか？」

「今日は、お客様が多いので」女の人は営業用の笑顔で言う。

「身長は一七〇センチくらいで、青いシャツを着てるんですけど。一人で来たはずです」

「うーん。そういったお客様は何人かいまして、お名前分かりますか？」

「えっと、村上……」

何度も何度も聞いて、忘れられないはずの名前が出てこない。苗字は出てきても、下の名前が思い出せなかった。

「村上？」

「ちょっと下の名前が分からないんですけど」

「お知り合いですか？」

「はい」

「下の名前は分からない？」

「はい。ほら、男同士だから、下の名前で呼び合うことなんてなくて、ど忘れしちゃって」

「ああ、そういうことありますね」笑顔が引きつっていく。

「そうなんですよ。それで、村上さんは来ていませんか？」

「申し訳ありません。お客様の個人情報については、お答えできません。お知り合いだっていうことを疑っているわけじゃないんですよ」

「そうですよね」

男がこれからここに来るということはなさそうだ。

ガラス扉の向こうに見える船着き場には、係員しかいない。タクシーが到着するが、お客さんを送って戻ってきただけのようだ。誰も降りてこなかった。

受付の女の人相手に粘って、ここに来たという証拠を手に入れても何にもならない。粘っている間に、事故が起きてしまう。

「すいません」レンタカーショップを出て、船着き場の前に止まっているタクシーに駆け寄る。

僕も車を借りて追った方がいいかと思ったけれど、気持ちが落ち着かない。このまま運転したら、僕が事故を起こしてしまう。それに、車を借りるには免許証が必要だ。ここでは僕の免許証は使えない。

ドアが開き、タクシーに乗る。

「とりあえず国道をまっすぐに行ってもらえますか?」

「あれ、ロケットじゃないの?」運転手さんが言う。

「途中にある郵便局の前で知り合いと約束しているので、できるだけ急いでもらいたいんです」

「はい、はい。大丈夫」発車する。「もう道もすいてるから、打ち上げには間に合うよ」

「お願いします」

十二時を過ぎた。事故が起きるまで、あと三十分もない。ここからだとどんなに飛ばしても、郵便局まで三十分はかかる。間に合わないかもしれないけれど、行くしかない。

「シートベルトしめて」

「はい？」

「飛ばすから」

「はい」言われるまま、シートベルトをしめる。

僕の方をチラッとだけ振り返り、運転手さんは前を向く。そして、一気にスピードを上げる。

「あの、速すぎませんか？」喋ると、舌を嚙みそうだ。

「任せておけ。俺は、そこら辺のドライバーとは違うからな。この島で育って、この島の道は誰よりも分かってる」

景色がすごい速さで流れていく。これならば、間に合うかもしれない。


しかし、間に合わなかった。

郵便局の前に赤い車が止まっているのが見えた。

女の人が何か叫びながら郵便局から走って出てくる。運転手さんはすぐに事故だと気がつき、タクシーを端に寄せて郵便局の十メートル手前に止めた。シートベルトを外して後方から車が来ないのを確認してから、運転手さんはタクシーを降りる。僕も降りようと思ったが、後方から白い車がきた。通り過ぎるのを待つ。父親の車だ。

白い車は、赤い車のすぐ後ろに止まった。

父親は車から降りて、赤い車の前へ駆け寄っていく。

僕もタクシーを降りて、赤い車に近づく。

事故が起きた時に見た光景とよく似ているが、全然違う。

あの時、赤い車は郵便局とは道路を挟んで向かい側にあるさとうきび畑の中に突っこんだ。今、赤い車は郵便局の駐車場に突っこんでいる。

女の子の声が聞こえる。

「丹羽君！　丹羽君！」

忘れてしまったと思っていたのに、誰の声かすぐに分かった。

長谷川さんだ。

赤い車の中を見ると、運転席で男は気を失っていた。

父親と長谷川さん、郵便局から出てきた女の人、タクシーの運転手さんが囲んでいる真ん中をのぞきこむ。

写真と鏡でしか、見たことのない男がそこに横たわっている。

つまり、死んだのは僕だ。

十五歳の僕は、父親の車で病院に運ばれていった。長谷川さんも乗っていった。父親は長谷川さんが轢かれた時とは、比べられないくらい動揺していた。とても運転できる状態ではないように見えた。タクシーの運転手さんが「俺が運転する」と言ったけれど、父親は「自分が連れていかないといけない！」と言って聞かなかった。あんな風に動揺している父親は、見たことがない。

郵便局にいた女の人が携帯で、警察に電話した。病院にも、「今、向かっています」と電話した。パトカーが到着して声をかけられると、運転席にいた男は目を開けた。

僕とタクシーの運転手さんは、事故後に来ただけだ。どういう状況だったかは、郵便局にいた女の人が説明した。五十歳くらいの人で近所に住んでいるらしい。打ち上げを見に親戚が遊びにきた。お酒が足りないから買いにいくためにお金を下ろしにきたところだった。大きな音が聞こえて振り返ったら、事故が起きていた。

運転手さんと並んで立ち、そんな話をぼんやり聞いていたら、ロケットが打ち上げられた。宇宙に向かって飛んでいくのが見えた。

打ち上げは無事に成功した。指令破壊されることもなかった。

夕方の高速船で鹿児島港に戻り、電車で博多へ移動した。東京行きの新幹線の最終は出ていたけれど、とりあえず新大阪行きに乗った。大阪から仙台まで深夜バスが出ていて、無事に戻ってこられた。

十二時間のバスの旅はきついと思ったが、どうでもよかった。

十五歳の僕は、死んだ。

でも、僕は生きている。

そんなことはありえないから、十五歳の僕は病院で息を吹き返すのかもしれないと思っていた。しかし、タクシーに乗って船着き場に着いたところで、警察から運転手さんに亡くなったという連絡が入った。

警察の人や運転手さんから見れば、僕は偶然居合わせた観光客でしかない。運転手さんに、今日中に帰らないといけないと伝えると、事故に関して目撃証言とかが必要になった場合には俺と郵便局にいた女の人で対応しておくと言ってもらえた。それを警察の人にも伝えて了承してもらった。船着き場でタクシーを降りる時に、郵便局で知り合いと会うんじゃなかったの？　と聞かれたが、間に合わなかったみたいですと答えたら、それ以上は何も聞かれなかった。高速船が出たばかりだったから、そのまま船着き場で待った。

過去と未来が繋がらない。

どういうことなのかは、ここで考えていてもしょうがない。

二〇一二年に戻り、どうなっているか確認するべきだ。

大学に行き、研究科棟まで走る。

まだ十一時前だ。学生が来るまであと一時間はあるから走らなくてもいい。けれど、少しでも早く二〇一二年に戻りたい。

研究科棟の三階まで階段を駆け上がる。

戦前に建てられたレンガ造りの近代建築だから、研究科棟の建物の雰囲気は、二〇一二年と二〇〇三年であまり変わらない。しかし、よく見ると違うところはたくさんある。掲示物が違うし、階段の滑り止めは二〇一二年よりも古い感じがする。二〇〇三年以降に貼り替えられたのだろう。

三階まで上がり、階段から三番目にある研究室の前には、井神研究室と書かれたプレートが貼ってあった。

魚住さんに「何かあったら、井神先生を頼って」と言われた。「分かりました」と返事をしたが、僕は井神先生にお会いしたことはない。先生の姿を写真でしか見たことがなかった。物理学の雑誌に載っていた顔写真だけだ。子供のように小柄という噂を聞いたことがあるが、実際の背格好がどれくらいなのかは知らない。大学内にいるところに声をかけることはできない。背格好を調べて分かったとしても、先生は常に秘書と一緒にいる。ご高齢だから、一人でいることはあまりなかったと聞いたことがあった。声をかけたところで、その秘書に止められるだろう。話をするのは、面会の約束をとってからになる。身分も明かせない男とは、会ってもらえない。

でも、タイムマシンで二〇一二年に戻れないなんてことはないだろう。状況を正直に魚住さんに話せば、なんとかしてもらえる。

魚住さんからもらった黄色い星のキーホルダーについているのは、タイムマシンの鍵だけだ。研究室の鍵は持っていない。開いていなかったらどうしようと思ったが、開いていた。

「失礼します」

誰かいるかもしれないから、一応声をかけて中に入る。

一週間前にここに来た時には、島に行くことばかり考えていて、研究室の中を見る余裕がなかった。奥に誰かいたりしないか確認しながら、中を見て回る。誰か泊まりこんでいて寝ているかもしれないから、机の下も見る。誰もいないようだ。鍵をかけ忘れたのだろうか。

一番奥に窓を背にして教授の机があり、その横にタイムマシンがある。教授の机の前に、博士課程の学生と秘書をやっている事務員さんの机が並んでいる。あいている机には研究機材や実験用のパソコンが置いてある。仕切りになっている本棚の裏側に修士課程の学生の机が詰めこまれるように並んでいる。机や本棚の配置は二〇一二年とほぼ同じだ。置いてある研究機材の中には、僕の見たことがないものがいくつもあった。井神先生の机の周りには、何に使うのかも分からない機材が並んでいる。引退する際に持って帰ったり処分したりしたものがたくさんあるのだろう。やっぱり、井神先生のもとで研究がしたかった。

しかし、タイムマシンがあるのだから、僕はこれ以上研究する必要はない。作る過程なんて、どうでもいい。長谷川さんが生きているという結果だけが欲しかった。その結果はとりあえず得られた。

二〇一二年に戻ったら、僕は何をしたらいいんだろう。

島に帰って、宇宙開発研究所で働きたい。自分が開発したロケットを飛ばしたい。捨てたはずの夢が胸の中によみがえる。

大学には、宇宙開発研究所と共同研究をしている研究室もある。魚住さんも島にある宇宙開発研究所ではないが、関東にある支部で共同研究をしていた。諦めず誰かに相談すれば、就職の伝手（つて）はあるだろう。

戻ろう。

そこから僕の新しい人生が始まるんだ。

魚住さんにもらった鍵でタイムマシンの鍵を開ける。鍵を抜いてドアを開ける。天井のライトがつく。中に入ってドアを閉めて、中から鍵をかける。

ブラウン管型のモニターが置かれているから、狭い。でも、操作方法は同じだ。

モニターの電源を入れると、真ん中に懐中時計のデザインのアイコンが一つだけ出てくる。デスクトップの背景は、アイドル歌手の写真になっていた。二〇〇三年頃に人気があった歌手だったら、僕にも分かるはずだ。高校生の時にテレビをよく見ていたわけではないが、斉藤とかが話しているのを聞いて誰が人気があるかくらいは知っていた。けれど、誰か分からなかった。テレビに出るにはちょっと太っているように見える二人組だ。タイムマシンの管理者である井神先生の趣味ということはないだろう。井神先生は研究室にいても、管理は学生に引き継いでいるのかもしれない。

懐中時計のアイコンをクリックすると、白い画面の真ん中に年月日と時間を入れる欄が出る。来た日に戻ればいいから、二〇一二年の十二月十六日と入力する。

これで戻れば、ドアを開けたところに魚住さんがいる。

お茶を淹れて、おにぎりを用意してくれているだろう。用意にかかる時間を考えて、来た時間より十分遅く戻るように設定する。

島で僕が死んだところを見た時には焦ってしまい、何も考えられなくなったが、ここまで来れば大丈夫だと思えてきた。

だって、僕は生きている。

エンターを三回押す。

円筒が揺れはじめ、モニターの画面が赤くなり、日付が回りだす。ライトとモニターが消えて、真っ暗になる。すぐにつき、日付が二〇一二年十二月十六日に戻ったところで止まり、揺れも止まる。

鍵を開けて、ドアを開ける。

そこには、誰もいなかった。


「魚住さん」タイムマシンから出る。

修士の学生の机が並んでいる方まで見るが、いない。

戻る時間を十分遅くしたから、何かあったと思って慌ててどこかに行ってしまったのだろうか。それとも、自動販売機にジュースでも買いにいったのだろうか。トイレに行っているだけかもしれない。

しかし、そのどれでもないだろう。

ここは、僕がいた二〇一二年十二月十六日ではない。

机の配置は変わっていないから、パッと見は同じだ。でも、博士課程の学生の机に置いてあるのは、僕の荷物でも魚住さんの荷物でもない。あいていて研究機材を置いてあったはずの机にも、知らない誰かの荷物が置いてある。教授の机には見たことがない研究機材のパーツが並んでいる。さっき、二〇〇三年で見たものに似ているが、パーツだけでは何になるかは分からない。

二〇一二年と設定したはずだけれど、間違えたのだろうか。

窓の外には雪が降っている。

グラウンドを挟んだ正面に新校舎が建っている。

あの校舎ができたのは去年だから、ここが二〇一一年より後であることは、確かだ。

日付が分かるものがないだろうか。

棚に並ぶ過去の論文は二〇一一年度までしかない。研究機材の下にスポーツ新聞が敷いてあるが、二〇一〇年のものだ。古新聞をもらってきたのだろう。イタリアのチームに移籍する日本人のサッカー選手の記事が載っている。見たことがない選手だ。僕はサッカーに詳しいわけではない。夜中にアパートへ帰って、スポーツニュースが放送されていたら見る程度だ。でも、海外で活躍する選手の顔くらいは知っている。この選手は、いったい誰なのだろう。他に何か分かることがないかと思ったけれど、新聞を研究機材の下から引っ張り出すわけにはいかない。他人の研究機材に勝手に触らない。それは研究室の基本的なルールだ。パソコンの電源を入れれば日付が分かるが、それもやめておいた方がいいだろう。

確信を得られるものは何もないけれど、ここは二〇一二年だ。

論文の保管は徹底されている。もしも二〇一二年度以降のものを誰かが借りているならば、その分の空白ができるはずだ。しかし、そう思える空白はどこにもない。一冊や二冊は押しこめば入れられるかもしれないが、ここは二〇一三年や二〇一四年でもないだろう。僕はタイムマシンの使い方を魚住さんに教えてもらった時に二〇一三年に行った。その時に見た研究室とも、ここは違う。二〇一四年でも、僕はまだ博士課程の三年目で研究室にいるはずだ。

魚住さんが僕をだますために、十分間で室内を変えた。

そう思いたいけれど、思えない。ここには、さっきまで人がいた気配もなかった。昨日の夜に学生が掃除をして帰って、それから誰も来ていないのだろう。

これがどういうことか冷静に考えようと思っても、脳が拒否する。導き出される答えは分かっている。そんなことはあるはずがないと思いたいが、答えはそれしかない。答えに辿りつかないように、思考回路が混線していく。

考えられなくても、冷静に行動するべきだ。

まずは、もう一度二〇〇三年に行こう。そこから、また二〇一二年に戻る。

遅らせるのが十分では足りなかったのかもしれない。来た時間ちょうどに戻ろうとしたところで、戻れないだろう。その時間にタイムマシンは使われている。魚住さんはFAXに近いと言っていたが、行き来に関しては電話に近いと考えるとよさそうだ。電話をかけているところに電話をかけたら、話し中で繋がらない。十分遅らせただけでは、まだ話し中の状態がとけていない。それで、本来戻るべき場所とは違うところに飛ばされた。その上で、ここがどこか考えるとまた思考回路が混線していく。

これ以上は考えないようにして、タイムマシンの中に戻る。

モニターは薄型のものになっている。デスクトップの背景は、二〇〇三年とは違うアイドルの写真だ。魚住さんは、どこか外国の橋の写真に設定していた。

どういうことか今は気にしない。

鍵を閉めて、懐中時計のアイコンをクリックする。二〇〇三年十一月三十日の十一時に設定する。エンターを三回押す。

円筒が揺れはじめ、モニターの画面が青くなり、日付が回りだす。ライトとモニターが消えて、真っ暗になる。すぐにつき、日付が二〇〇三年十一月三十日に戻ったところで止まり、揺れも止まる。

鍵を開けて、ドアを開ける。

さっきと同じ二〇〇三年の研究室だ。

そのままドアを閉めて、鍵を閉める。懐中時計のアイコンをクリックして、二〇一二年十二月十六日のさっきよりも三十分遅らせた時間に設定する。

円筒が揺れはじめ、モニターの画面が赤くなり、日付が回りだす。ライトとモニターが消えて、真っ暗になる。すぐにつき、日付が二〇一二年十二月十六日に戻ったところで止まり、揺れも止まる。

鍵を開けて、ドアを開ける。

誰もいない。

さっきと同じ二〇一二年の研究室だ。

僕が戻りたい場所ではない。

思考回路が繋がっていき、答えを導き出そうとしている。でも、全力で拒否する。タイムマシンを僕はまだ完全に理解していない。そんな簡単に答えを導き出せるはずがない。この状況は、常識から逸脱している。つまり、僕の知識で処理できる問題ではない。まずは実験を繰り返すべきだ。その結果から正しい答えを導く。

「研究にも人生にも大事なのは、トライアル・アンド・エラー」

　魚住さんがそう言っていた。

　エラーが出ているのは明らかだが、研究者ならばトライアルをつづけるべきだ。このエラーを認めるには、判断材料が少なすぎる。


　二〇〇三年に行き、二〇一二年に戻り、また二〇〇三年に行き、二〇一二年に戻る。何度も何度も繰り返す。同じ二〇〇三年に行けて、同じ二〇一二年に戻れるが、戻りたい二〇一二年には戻れない。時間を変えて、日付を変えてみる。二〇〇三年と二〇一二年以外にも行ってみる。あらゆるパターンを試しつづける。

　二〇〇三年で井神先生に会うべきかもしれない。魚住さんを探し出すべきかもしれない。しかし、誰かと接触したら、さらに状況が変わりそうだ。

　何年に行っても、研究室の机や本棚の基本的な配置は同じだ。時代によって、パソコンや機材が変わり、机や椅子が変わり、本棚に並ぶ資料や論文も変わる。それら全てが繋がっていることを確かめるためには、一週間かせめて一ヶ月ごとで見ていく必要がありそうだ。大きなものだけではなくて、細かい間違いを探さなくてはいけない。その中に、戻りたい二〇一二年との共通項が見つかれば、そこがエラーを修正する突破口になる。僕と魚住さんがいた二〇一二年の研究室が消えるなんてことは絶対にないから、探し出せるはずだ。

二〇〇三年の研究室の机を借りて、状況を一度整理する。

最初のエラーの時よりも、思考のパターンが増えてきている。

カバンの中から手帳とボールペンを出す。

行った先の様子をデータにしよう。全部をチェックしなくてもいい。博士の学生の机に置いてある文房具、教授の机に置かれた書類、修士の学生の机に並ぶフィギュア、違いが出るとしたらそういう細かいところだ。この三つをチェック項目として見ていこう。

廊下から足音が聞こえる。誰か来るのかもしれない。

耳を澄ます。

研究室の鍵を開けて、ドアを開ける。廊下の様子を確認する。誰もいない。気のせいだったのだろうか。それともどこか他の研究室に入ったのだろうか。他の研究室には学生がいるはずだが、どこからも声が聞こえなかった。

日曜日だし、誰にも会わないように時間を十時に設定した。でも、タイムマシンを使う誰かが来る可能性はある。

ここに長居しない方がいい。

ドアを閉めて研究室の中に戻り、タイムマシンに入る。

二〇一二年十二月十六日に行き、チェック項目に関係するものを探す。一ヶ月ずつ戻り、確認していく。一年経ったところで一度、二〇〇三年に戻って状況が変化していないかを確かめる。二〇一一年の一年を見て、二〇〇三年に戻る。二〇一〇年の一年を見て、二〇〇三年に戻る。円筒が揺れるから、繰り返すうちに乗り物に酔ったように気持ち悪くなる。

タイムマシンから出て椅子に座り、チェック項目のメモを見る。今のところ、特に変わりはない。

時間設定を十時で固定したのだけれど、これを変えてみたらどうなるだろう。十二時には学生が来るからギリギリになるが、十一時半にしてみたらいいかもしれない。十時より早い時間だと、部活に来ている学生もいない。十一時半になれば、雪が降らない季節にはサッカー部や野球部が練習や試合をしている。十一月の学園祭前には準備に来る学生もいる。窓の外の景色が変わるから研究室以外の変化も分かる。

タイムマシンに入り、十一時半に時間設定を変えて、また二〇一二年十二月から見ていく。さっき見たところも再度確認する。一年経ち、二〇〇三年に戻る。

何度も行き来を繰り返し、時間の感覚がなくなってきた。何時間経ったのだろう。でも、僕は時間を行き来しているから、時間は経っていないと考えるのが正しいのかもしれない。

眩暈（めまい）がする。少しだけでも休みたい。とりあえずタイムマシンの外に出よう。

鍵を開けて、ドアを開ける。

「何してるの？」

博士の学生の席に人が座っていた。

魚住さんではない。

男の人だ。

ボサボサの白髪頭のじいさんだけれど、目鼻立ちははっきりしている。漫画化したアインシュタインみたいだ。その顔に見憶えがあった。

じいさんの正面にもう一人、男の人がいる。

こっちは学生だろうか。十代後半か二十代前半くらいだろう。

「ぼくのタイムマシンで、何してるの？」じいさんは立ち上がり、僕の前に立つ。

子供のように小柄だ。

井神先生だ。

「ふうん」

何があったかを僕が話し終えたところで、井神先生は怠（だる）そうにうなずく。

ご高齢だから体調が悪いというわけではないだろう。面倒くさそうな、興味なさそうな顔をしている。

「あの、どうしてこうなったのでしょうか？」

「そんなんも分からないの？」井神先生は目を大きく開き、僕を見る。

「はい」

「夜久君、お茶もう一杯淹れて」

井神先生の隣に座って僕の話を聞いていた男の人は立ち上がり、応接室から出て台所へ行く。僕はお茶を一口も飲んでいなかったが、冷めているのが気になったみたいで湯呑(ゆの)みを持っていかれた。

研究室には学生が来るから、井神先生の家に来た。

大学から車で三十分来た山の中腹に建つ木造の日本家屋だ。町中より寒くて、雪が深い。広い庭は、白く染まっている。

車は夜久君と呼ばれた男の人が運転した。彼も井神先生と一緒にここに住んでいるようだ。井神先生に奥さんや子供はいない。男二人で住むのに、この家は広すぎる。周りに家がなくて、不安になるくらい静かだ。

台所から夜久君が戻ってきて、井神先生と僕の前にお茶を置く。

「ありがとうございます」

お礼を言うと、夜久君は無言で微笑む。そのまま、井神先生の隣に座る。

研究室で見た時は学生かと思ったが、違うようだ。彼が井神先生の秘書をやっている事務員さんなのだろう。大学や派遣会社と契約している事務員さんではなくて、私設秘書なのだと思う。僕より年下にしか見えないけれど、年上かもしれない。切れ長の目の整った顔は年齢を感じさせない。車の運転がうまくて、お茶を出す仕草は教育されたものに見える。これだけのことができて二十歳くらいならば、他にも仕事はある。こんな山奥にじいさんと二人で住まなくていい。

「君さ、その二〇一二年ではぼくの研究室にいるんだよね？」井神先生が言う。

「いえ、井神先生はもう引退していて、あそこは別の教授の研究室になっています」

「ああ、そうなんだ」お茶をすする。

「はい」僕もお茶を飲む。

お茶の淹れ方は、魚住さんの方がうまいかもしれない。

人に話したことで少し気持ちが落ち着いたからか、急にお腹がすいてきた。お昼ごはんには、魚住さんのおにぎりを食べられるはずだった。食べたいと思っても、あれは彼女にしか作れない。

「そうだよね。君みたいにバカな学生がぼくのところにいるはずないよね」

「はい」むかつくじいさんだと思っても、今は黙って話を聞くべきだろう。

「なんで、君がタイムマシン持ってんの？」

「あの、僕の先輩が井神先生からもらったらしいです。それで、先輩が僕にくれました」

「先輩って、男?」

「女です」

「かわいい?」

「うーん」

魚住さんを知らない人に対して、かわいくないですと言うのは間違っている気がした。毎日一緒にいるから、かわいくないと感じるようになる。でも、知らない人として客観的に見たら、小さくて丸っこくてかわいいって思えるのかもしれない。ただ、それは遊佐君とも話したが、女性としてのかわいさではない。

「どっち?」

「普通ですかね」

「ぼく、普通の女の子なんかにあげないけどな」不満そうにして、お茶を一気に飲み干す。

「はあ」

井神先生から鍵をもらった話を魚住さんに聞いた時、これあげるよなんて気軽な言い方はしないいんじゃないかと思ったが、気軽な言い方をしたのだろう。

「しかも、君みたいなバカに鍵を渡しちゃうバカな女の子なんだろ?」

「あっ、魚住さんはバカじゃないです。とても優秀です」

「信じられないな」

「運動が苦手で、人間関係もあまり得意ではないですけど、研究者としては誰よりもマジメで優秀な人です」

「運動や人間関係なんて、どうでもいいよ！」怒鳴り声を上げる。「研究者としてだって、どうでもいいんだよ！　どうせ、ぼくよりバカなんだから！　ぼくはね、かわいい女の子にしか興味ないんだよ！」

「そうですか」

この人が本当に井神先生なのだろうか。変わった人だという噂は聞いたことがあったが、こういう人だとは思わなかった。

「ちょっとトイレ」立ち上がり、井神先生は部屋から出ていく。

応接室には、夜久君と僕の二人が残される。さっき以上に静かになったように感じる。雪の降り積もる音が聞こえてきそうだ。

黙っているのが、ものすごく気まずい。

「あの、夜久君は、あっ、すいません、夜久さんは」

「夜久君でいいです。学生さんにもそう呼ばれています」

「夜久君は井神先生の秘書なんですか？」

「井神先生には、付き人と言われています。身の回り全てをお世話させてもらっています」

「まだお若いですよね？」

「そんなことないです」微笑んで、僕を見る。

　女の人と話しているような気分になる。同世代の男同士という感じでは、話せない。年上だとしても、三十歳にはなっていないだろう。顔にも首にも一つの皺もない。

「あの人、本当に井神先生ですよね？」

「はい」

「いっつも、ああなんですか？」

「今日は、ご機嫌がいいみたいです」

「あれで？」

「常に何か考えていらっしゃるので、いつもは話しかけられません」

「へえ」

「今日は、タイムマシンの利用者と会えて、嬉しいのでしょう」

「利用者って、僕以外にもいるんですか？」

　ドアが開き、井神先生が戻ってくる。

「何、話してたの？」

「いえ、何も」

　僕がごまかしても夜久君が何か言うかと思ったが、黙って微笑んだだけだ。

「だいたいさ」井神先生が言う。「仙台から九州まで行ったりしたら、未来が変わっちゃうって分からないかな」

「僕は、何もしてませんよ」

「あのね、因果律ってものが分からないの？　君が移動する間に色々な人と関わって、ものごとは変わっちゃうんだよ」

　バスに乗ったり電車に乗ったりするのだって、過去を変える行為だと魚住さんも言っていた。

「過去での僕の行動も因果律に含まれているってこともあるじゃないですか。僕が過去を変えたことで、採算が合うみたいな」

「ないよ。何言ってんの？」

「いや、ＳＦ小説で、そういうのありませんでしたっけ？」

「小説だろ？　これは現実なんだよ」

「そうですよね」自分でも何を言っているのか、分からなくなってきた。

「大学で何を勉強してたんだ？」

「タイムマシンについてです」

「それなのに、こういうことが起こる可能性は考えられないのか？」

「でも、それで未来が消えちゃうっておかしくないですか？」

「おかしいとか、おかしくないとか、そういう問題じゃない！　どうしてこんなバカにタイムマシンが渡っちゃうのかな。あれは、ぼくの最高の発明なんだよ」

「なんか、すいません」

「その先輩って、君の彼女？」

「違います」

「じゃあ、君のことを好きだったんだよ」

「はい？」

「君のことが好きで、君が他の女を想っているのが嫌だから、タイムマシンを君なんかに渡しちゃったんだろ？　優秀な子なのに、冷静に考えられなくなっちゃったんだろうね」

「魚住さんが僕を好きなんて、ありえません」

「なんで、そう言い切れるの？」

「そういう感情がある人じゃないんで」

「バーカ」

「えっ？」

　バカバカ言われるのも腹が立つが、伸ばされるとより腹が立つ。

「そういう感情がない人もいるだろう。でも、その魚住って子は、そうだったの？　君が気がつかなかっただけで、彼女は君が好きだったんだよ。それなのに、こんなことになって」

「この話は、今はどうでもいいです」井神先生は魚住さんを知らないのだから、議論しても意味がないことだ。

「どうでもよくないよっ！」

「また後で話しましょう。それより、僕はどうやったら元の二〇一二年に戻れるんですか？」

井神先生は僕の顔を見て、大きく溜め息をつく。鼻から漏れた息で白い髭が揺れる。

「戻れるわけないだろ」

「いや、でも」

「君がやったことだ。全部、君のせいだ」さっきまでとは違い、感情を表さずに淡々と話す。

「戻れる方法はないんですか？」

「ないとは言わない。ぼくだって物理学者だからね。簡単には、不可能と言わないよ。でも、どうしても戻りたいならば、その方法は自分で考えなさい。ここにいられるようにしてあげるから」

「はい」

「鍵、出しなさい」

「えっと」

「タイムマシンの鍵だよ」

「……でも」タイムマシンがなかったら、二〇一二年に戻る実験もできない。

「君なんかに持っていてほしくないんだよ!」怒鳴り声がさっきよりも大きくなる。

「はい」

ポケットから鍵を出し、黄色い星のキーホルダーを外してから、井神先生に渡す。

「夜久君、後は頼みましたよ」井神先生は、応接室を出ていく。

―4―

平沼昇一。

それが僕に用意された名前だ。

その名前で、銀行口座を開き、携帯電話を持ち、健康保険証や運転免許証やパスポートも作った。仮名ではなくて、戸籍がある。

井神先生の研究室に平沼昇一として籍を置き、博士号を取得した後も先生の助手として大学に残った。大学から坂道を下って踏み切りを渡り、駅の反対側に行ったところにあるアパートに一人で住んでいる。こっちの世界に来てから一ヶ月間は井神先生の家でお世話になり、年が明けた後に夜久君が見つけてきた部屋へ移った。

前の世界で僕は、大学に入学した時から同じアパートの隣の部屋に住んでいた。当たり前だけれど、二〇〇六年の春になっても、隣の部屋に大学一年生の僕は引っ越してこなかった。アパートに引っ越してきた時には、住民票など役所関係の手続きも全て終わっていて、夜久君に「今日から平沼昇一として暮らしてください」と言われ、健康保険証を渡された。その後も何かあれば、夜久君に頼めばなんでもやってもらえる。

気になることはたくさんあったが、考えないようにして研究にだけ集中した。

ここは僕のいるべき世界ではない。

丹羽光二として生きていた世界に戻りたい。そのための方法だけを考えつづけた。

しかし、成果は出なかった。

二〇一二年の九月がもうすぐ終わる。あと三ヶ月で、前の世界で過ごした日々の先へ進む。

「おはようございます」研究室に学生が入ってくる。

「おはよう」

一応あいさつはするが、彼らや彼女達と話すことはほとんどない。僕は大学ではなくて、井神先生に個人的に雇われている助手だ。学生とは関わらなくていい。

「おはようございます」続々と学生が入ってくる。

「おはよう」

九月いっぱい、大学は夏休みだ。

休み中も研究室は開いているけれど、それぞれ研修に行ったり、帰省したり、旅行に行ったりしていたから、八月中はいつもよりも学生が少なかった。今月に入ってから増えてきて、先週からは通常に戻りつつある。

前の世界では、研究室には基本的に院生しかいなかった。学部生がいても、大学院への進学を希望している三年生と四年生だけだ。こっちの世界では、一年生のうちから学部生が研究室に出入りしている。大学改革みたいなことで、希望する学部生は積極的に研究に参加できるように方針が変わってきている。

研究室の場所も広さも、机や本棚の位置も前の世界と変わらないのに、来る学生が多すぎる。

本棚の裏に詰めこまれている修士の学生達に、手伝いにきている学部生達が交ざって、騒いでいる。研究のことではなくて、夏休みにどこへ行った？　何してた？　という話で盛り上がっていた。遊びにきているような学生は、いつもならば追い出すが、夏休み中は放っておく。博士の学生は来年三月までに、修士の学生は年末までに論文を書かないといけないから、遊んでいられるのはあと少しだ。

僕の机は、井神先生の前にある。前の世界では、魚住さんが座っていた席だ。

パソコンに向かう僕の背中に降り注ぐように、学生達の声が聞こえてくる。会話の断片を聞いていると、島にいた頃のことを思い出す。夏休み明けのバスや学校に充満する空気が苦手だった。もう十六年も前のことなのに、鮮明に思い出せる。でも、映画やドラマで見た景色のようにも感じる。

こっちの世界に来て九年が経ち、平沼昇一としての生活に慣れてしまった。前の世界での出来事は、知らない誰かの人生のようだ。

「平沼さん、今日は夜久君っていないんですか？」

修士の学生が横に来て、僕の顔をのぞきこむように見てから話しかけてきた。顔色をうかがっていたのだろう。

こちらが距離を置いているから、向こうも遠慮がちにしか声をかけてこない。けれど、彼らの中には、僕に憧れてこの研究室に入ったという学生も何人かいる。

六年前に僕は、物質が時空間を超える理論を発表した。タイムマシンを可能にするかもしれないと言われ、世界的なニュースになった。理論を考えたのは僕ではなくて、魚住さんだ。前の世界で研究中だった理論に、手を加えただけだ。そして、その方法では未来にしか行けない。また、人間が未来に行こうとすると、強い光によって全身が焼け焦げる。僕が望んだ成果ではなかった。

「夜久君は、研修で井神先生とイタリアに行っています。今日の夕方に帰ってくるので、明日は来ると思います」

「分かりました。ありがとうございます」学生は、自分の席に戻っていく。

こっちに来たばかりの頃は夜久君がいないと、何かあった時に誰を頼ればいいのか不安になった。最近は十日間くらいいなくても、平気だ。役所関係の手続きは自分でできるようになった。頼る必要があるような何かは、起こらない。

「おはようございます」小さな声であいさつをしながら、男子学生が入ってくる。

今年度、修士の学生は二十七人いる。博士の学生は三人いる。出入りしている学部生は何人いるか分からないが、みんな仲がいい。その中で彼だけは、誰とも仲良くできずにいる。

前の世界とこっちの世界で同じままのこともある。しかし、違うと感じることの方が多い。

大学や研究室の方針以外にも、日々のニュースやオリンピックやワールドカップの結果も違う。こっちの世界にも携帯電話はあるが、スマホはない。スマホが出るよりも前に、タブレットが普及した。タブレットを小型化したものとしてスマホが出たけれど、小さくて使いにくいと言われて普及しなかった。携帯電話とタブレットを持つのが普通で、パソコンを使う人も少なくなってきている。井神研究室ではまだパソコンを使っているけれど、タブレットにキーボードをつけて使っている学生も多い。

文明の進むペースは、こっちの世界の方が明らかに速い。去年の夏には、家庭用ロボットが発売された。企業や研究室では事務員や受付係として、ロボットを使っている。大学の守衛さんも去年からロボットになった。見た目は人間と変わらないので、しばらく気がつかなかった。前の世界ではまだ開発段階で、一般向けには小型犬ロボットが発売されていたくらいだ。

その中でも、僕が一番に違うと感じたのは、魚住さんがこの研究室にいないことだ。前の世界では二〇〇五年の四月に、魚住さんは大学に入った。学部の一年生の頃に井神先生からタイムマシンの鍵をもらっている。その頃は研究室に出入りしていなかったはずなので、井神先生の授業を受けていたのだろう。こっちの世界では、一年生のうちから研究室に出入りするようになるに違いない、もうすぐ来ると待ち構えたが、来なかった。それどころか、その年に入学した学部生の中にも、魚住という学生はいなかった。

次に違うと感じているのが彼だ。

「おはよう。遊佐君」

顔を見てあいさつを返すと、遊佐君は会釈したまま下を向いてしまう。

夕ごはんは学食で済ませて研究室に戻り、日付が変わる頃にアパートへ帰る。

部屋には、何もない。

眠るためだけの部屋だ。

帰ってきたらシャワーを浴びて、ニュース番組を少し見て、ベッドで眠る。

電気をつけても、テレビをつけても、部屋の中が暗いと感じる。

前の世界でも、何もないと感じていたが、そんなことはなかったと気がついた。中学生の時から使っていた文房具や、母親から送られてきた甘い醤油や、父親にもらった植物の図鑑があった。長谷川さんに借りたままの『美しい星』があった。魚住さんや遊佐君が電話をかけてきたり、母親からメールが届いたりした。そして、長谷川さんに借りたままの『美しい星』があった。

タイムマシンを使う時、どうして『美しい星』を持ってこなかったのだろう。

他の物はしょうがないけれど、あれだけは持ってこられたはずだ。

二〇〇三年十一月以前の過去は、前の世界でもこっちの世界でも同じことが起きている。個人の生活がどうだったかまでは分からないが、日本史や世界史の本に書かれていることに変わりはない。三島由紀夫は同じように、昭和三十七年十月に『美しい星』を出版して、その八年後の昭和四十五年十一月二十五日に市ヶ谷駐屯地で割腹自殺をした。

書店に行けば、長谷川さんに借りたままのものと同じ装幀の『美しい星』の文庫本が売っている。でも、それは僕が欲しい『美しい星』ではない。

こっちの世界で、長谷川さんは生きている。

身分を明かさず、事情を話さず、平沼昇一として彼女に会うことはできる。過去に戻った分、僕は彼女よりも九歳年上になってしまった。二十五歳の長谷川さんが三十四歳になる僕を見ても、丹羽光二だと気がつくことはない。初めて会った他人として、話せる。長谷川さんがどこで何をしているか分からないが、探し出すことはそれほど難しくないと思う。インターネット上には、個人情報が溢れかえっている。検索に検索を重ねていけば、探偵や興信所に頼まなくても、僕にだって人ひとりくらい見つけられる。人間が過去や未来に行くタイムマシンを作るよりは、簡単だ。

けれど、その長谷川さんは僕が会いたい長谷川さんではない。

見た目や話し方や趣味が同じでも、高校一年生の時に僕の目の前で死んでしまった長谷川さんとはどこか違うだろう。

僕がこっちの世界に来たからといって、前の世界が消滅したわけではないはずだ。パラレルワールドとして、この宇宙のどこかに存在している。その証明ができれば、前の世界に戻る方法が見つかる。タイムマシンを使ったことによってこうなったのだから、証明にもタイムマシンが必要になる。しかし、井神先生に没収された鍵はまだ返してもらえていないし、自分でも作れない。魚住さんに聞いた理論を応用するだけで、精一杯だ。

研究室にいても、パソコンや研究機材に向かって、長谷川さんのことを考えているだけで一日が終わる。

丹羽光二として生きていた世界に戻れないとしても、せめて高校一年生の僕と長谷川さんが共に生きつづけられた世界を見たい。

パラレルワールドがあるならば、前の世界とこっちの世界の二つだけではなくて、無限と言えるくらいの数の世界が存在している方が自然だろう。たった二つしかない世界の両方を僕が見たとは考えられない。その中には、僕の望む過去を持った世界があるはずだ。

そこで、僕と長谷川さんが共に生きつづけた後、どうなったのかを知りたい。

朝五時に携帯電話が鳴って緊急地震速報かと思ったら、井神先生だった。

イタリアのお土産があるから家に来いと呼ばれた。「行けません」と答えたら、しつこく電話がかかってきてメールも怖くなるくらい送られてきたから「行きます」と、返事をした。大学からならば夜久君に車で送ってもらえるが、電車とバスを乗り継いで行くには、井神先生の家は遠い。

電車に二本乗るのだけれど、二本目の電車はローカル線で一時間に一本しかない。その先で乗るバスも一時間に一本だけだ。乗り換えに失敗すると大変だから調べて行っても、ローカル線かバスのどちらかを三十分は待つことになる。前は、夜久君が駅まで迎えにきてくれたが、井神先生に「ぼくの付き人を自分が楽するために使うな！」と言われて、頼めなくなった。

先生の家の近くに着く頃には、バスの乗客も僕と山奥にある温泉に湯治に行くおばあちゃんの二人になっている。

バスを降りると、山の緑の香りに包まれて、遠くまで来たことを実感する。

大学の周りも山だけれど、ここまで強い香りはしない。

土地を切り拓き、大学の校舎を建て、周りに住宅街や商店街ができていく中で、においや空気の質も変わっていったのだろう。井神先生の家の辺りは、車もたまにしか通らない。むせ返るような緑の香りは島の空気と似ているけれど、全然違う。

前の世界での記憶は日に日に薄れていくのに、感覚は不思議なくらい鮮明にあの頃のことを思い出す。

島の空気は、潮の香りが強かった。海から吹く風が島中を包んでいた。

家の前に立ち、インターフォンを押すより前に、夜久君が玄関の戸を開けて出てくる。

「いらっしゃいませ。お待ちしていました」

「おじゃまします」

どこで見ていて出てきたんだろうと思っても、聞いたところで教えてもらえない。この家には、井神先生の論文や研究資料が保管されている。タイムマシンに関する論文だってあるだろう。日本家屋でセキュリティは甘いようなフリをしながら、小型カメラとかを仕込んでいるのだと思う。

「イタリア、どうでしたか？」廊下を歩いていく夜久君に聞く。

「楽しかったですよ。ベネチアでゴンドラに乗りました」

「研修に行ってたんですよね？」

「はい。向こうの先生達に街を案内していただきました」

「へえ」

「こちらでお待ちください」

奥の居間へ通され、僕は座布団に座る。

玄関から入ってすぐ右手に、初めてここへ来た時に通された応接室がある。何度か来ると、居間へ通されるようになる。一階には他に、台所と洗面所とトイレとお風呂場と井神先生の寝室がある。二階に、先生の書斎と夜久君の寝室と客間がある。書斎には、先生と夜久君しか入れない。こっちの世界に来たばかりの頃、僕は客間で寝ていた。タイムマシンの鍵が書斎にあるはずだと思って、二人がいない隙に入ろうとしたら鍵が三つもかかっていた。開いた窓から涼しい風が入ってくる。町はまだ夏の暑さだったが、ここはもう秋だ。

夜久君は、台所へ行く。

九年経つのに、夜久君の姿は少しも変わらない。髪型や服装が変わっただけで、顔は同じままだ。一つの皺もないし、太ったり痩せたりすることもない。学生の何人かは、夜久君を井神先生が作ったロボットだと思っていたらしい。ロボットは井神先生の専門外だし、九年前にここまで高性能のものは存在していなかった。

「何しに来たの？」眠そうな顔で、井神先生が居間に入ってきて僕の正面に座る。

「先生に呼ばれたから来たんですよ」

「遅いよ」

「ここが遠いので」

「だって、五時に電話したんだから、すぐに出れば七時前には着くじゃないか」

もうすぐ十二時になる。「行きます」と返事をしてから二度寝してしまった。行くのやめようかなと思ったが、どうして来なかった？　と、問い詰められるのも面倒くさく感じた。

でも、来ても来なくても面倒くさいのは変わらない。何をしても、こうして責められる。

「すいません」

「だいたい、君は鈍くさいよね。もうちょっとキビキビ動けないのかな。研究室に置いてあげているのに、成果出せないし。あんな、たった一回の成果に甘えているから駄目なんだよ」

時空間を超える理論を発表してから、井神先生の僕に対する態度は、前以上にきつくなった。

発表後、ノーベル賞候補と騒がれただけではなくて、イケメン物理学者と女性誌や週刊誌に書かれた。背が高いだけで、たいしてかっこよくないくせにイケメンと騒がれたことが、先生は気に入らなかったようだ。ノーベル物理学賞の受賞者がアメリカの研究者に決まった時には、腹を抱えて大爆笑して研究室中を転げ回っていた。人生で初めて「ざまーみろ」と言われた。

博士号を持っているので、僕は他の大学に行けば、講師や准教授になれる。アメリカやドイツの大学から、うちの研究室に来ないかと誘われたこともある。井神先生と一緒にいるかぎり、助手のままだ。講師や准教授になると事務仕事が増えるからなれなくてもいいが、海外の研究室には行ってみたい。日本で平沼昇一として生きるより、海外で平沼昇一として生きる方が楽な気がする。丹羽光二だった時のことを思い出さないようになれるだろう。でも、井神先生は許可してくれないし、もしも何かあった時に夜久君と何ヶ月も会えないというのは、不安だ。

何も起こらないと思っても、予期せぬ出来事が起こる可能性はゼロではない。

「失礼します」紅茶のセットが載ったお盆を持って、夜久君が居間に入ってくる。

先生の前にカップを置いてから、僕の前に置いて、紅茶を注ぐ。

僕や学生の前だけではなくて、どんなお客さんが来ても、夜久君は先生を優先させる。

「写真は？」先生は、夜久君に聞く。

「僕の部屋で、印刷しています」

「持ってきて」

「はい」夜久君は居間を出ていく。

二階の寝室に行ったのだと思うが、階段を上がる足音が聞こえない。

「先生、お疲れならばどうぞ寝てください」僕が言う。

「時差ボケで、やっと眠れたのにさ、君が来たせいで起きちゃったよ」

「どうぞ、もう一度ベッドの中へ」そして、そのまま永遠に眠っていてほしい。

先生に年齢を聞いても「忘れた」という答えしか返ってこないけれど、もうすぐ九十歳になるはずだ。いい加減引退すればいいのに、いつまでも元気だ。このまま死なないのかもしれない。夜久君よりも井神先生の方がロボットのように思える。先生も会った頃から姿が変わらない。じいさんだからこれ以上老けないというところまできているのかもしれないが、やつれたりするはずだろう。

「一度起きちゃったら、もう眠れないんだよ」

「横になっていれば、そのうち眠れますよ」

「いいよ。今から眠ったら、夜眠れなくなるし」

「そうですね」

「ぼくがいない間に、研究室で何かあった？」

「何もないです。学生達は浮かれていますが、論文を書きはじめたらおとなしくなるでしょう」

「ああ、そう。誰かと誰かが付き合ったりしてないの？」

「してません」

「つまんないなあ」

「研究室で付き合われても、困ります」

「なんでだよ？　まだ若いんだから、付き合ったり、別れたりして、揉めればいいんだよ」

「それが困るって言ってるんです」

「いいんだよ。女を奪い合って、男は成長するんだよ。そういう姿がぼくは見たい」

「女子も、そんなにいませんからね」修士の学生のうち、女子は三人しかいない。博士の学生にも、一人しかいない。

「今年の女子、かわいくないからな」

「そんなことないですよ」

四人とも、かわいい顔をしているし、とても頭がいい。研究室の中学生みたいな男達を彼女達が相手にしてくれることはないだろう。けれど、彼女達は細すぎて、井神先生の好みではない。ぽっちゃり系の健康的な女子が好きなようだ。タイムマシンのモニターの画像も井神先生の趣味だった。ぽっちゃり系好きの中では有名な、でも世間的には無名なアイドルらしい。

「失礼します」

夜久君は居間に入ってきて、先生の隣に座る。写真と紙袋をテーブルに置く。

「これ、ほら、楽しそうだろ？」嬉しそうな顔で、先生はテーブルに写真を並べていく。

ゴンドラに乗っていたり、ピザやパスタを食べていたり、観光名所の前でピースしていたり、楽しかったことが伝わってくる。研修と言って、どこかの大学に行っただけで、遊びが目的だったことも伝わってくる。研究費を使って遊びにいってはいけないが、大学の誰も先生に文句を言わない。それだけの成果を出しているからだ。

ノーベル物理学賞レベルのあらゆる研究の陰に井神あり、と言われている。井神先生は、欲しい！　欲しい！　と言っているくせに、受賞できそうな研究の手伝いはしても、表には立たない。タイムマシンを発表したら、その瞬間にでもノーベル賞の受賞が決まるだろう。

「イタリア、行ったことある？」

「ないです」

「ベネチアが一番良かったな。街中が美しくて」

楽しかったことを話したいのではなくて、イタリアに行った自慢をしたくて、僕を呼び付けたのだろう。

「良かったですね。羨ましいです。僕も行きたかった」羨ましいとは全然思わないが、話に乗ってあげておく。

「そう？　君ももう少し研究がんばれば、行けるようになるよ」

「はい」

「今みたいに、研究室でぼうっとしているだけじゃ駄目だけどね。この夏、何してたんだよ？」

「研究室で、ぼうっとしていました」

「駄目だな。全然、駄目。ぼくが君くらいの頃は、アインシュタインの再来って言われていてね、女の子にも大人気で大変だったんだよ。研究科棟の前にファンが集まって、大騒ぎだったんだから」

この話が始まると、長くなる。

何十回も聞いているが、聞く度に話が違う。研究室に恋人がいた話になる時もあれば、ファンの女の子に手を出した話になる時もあり、何人もいる恋人より研究を優先させた話になる時もある。どの話も、嘘だろう。

「先生が取れなかったノーベル賞を取れるように、がんばります」

「ぼくは、まだノーベル賞を諦めてないんだよ！」嬉しそうにしていたくせに、急に怒りだす。

「はい、はい」

「それ、君にお土産」怒った顔のままで、紙袋を指さす。

「ありがとうございます」紙袋を自分の方に引き寄せて、中を見る。

絶対に使わないと言い切れる仮面が入っていた。白い仮面で、金色の模様が入っている。ベネチアで買ったのだろう。

何もない僕の部屋の押入れには、井神先生が世界中で買ってきたいらないお土産が詰まっている。

☆

学生が集まりすぎてうるさい時には、図書館へ行く。

こっちの世界に来てから小説を読むようになった。

一階で、三島由紀夫や太宰治の本を一冊選び、二階の窓側の席で読む。長谷川さんが読んでいたと思い出せる本は一通り読んでしまったが、繰り返し読んでいる。研究以外にやることはないし、その研究も進んでいないから、時間があまる。前の世界では研究室のバーベキューとかに参加していたけれど、こっちの世界ではそれも参加しなくなった。

最初は、あまった時間を埋めるために小説に手を伸ばしてみた。高校生の時は読めなかった小説を読めるようになっていた。ここに書かれていることは現実ではないと思うと、一気にのめりこんだ。小説を読んでいる時、僕は平沼昇一ではないし、丹羽光二でもなくなる。長谷川さんは放課後の図書室以外に、教室でも小説を読んでいた。現実から逃げたくなるようなことがあったのだろうか。兄が死んだ話をした時、彼女は「人が死ぬのって怖いの」と言って怯えていた。「分からないから、怖いの」とも言っていた。小説にのめりこむきっかけになるようなことが、僕と知り合うよりも前にあったのかもしれない。話したいことや、聞きたいことがたくさんあったのに、何も話せなかったし、何も聞けなかった。

高校一年生の僕が目の前で死に、長谷川さんは今どんな気持ちで生きているのだろう。その気持ちは、きっと僕が一番に理解できる。前の世界で、僕はその気持ちを抱えつづけた。

本から顔を上げると、書棚の奥に遊佐君がいて、僕を見ていた。

前の世界に戻ったように感じたが、違う。

研究室の後輩だった遊佐君は、自信に満ち溢れ輝いていた。頭がいいからって調子に乗っていて生意気なのに、明るくて愛想がいいからみんなに好かれていた。目の前にいる遊佐君は、後輩だった遊佐君と顔も背格好も変わらない。好んで着るシャツの色が違うくらいで、服装もよく似ている。それなのに、他人のようだ。

「どうしました？」僕から声をかける。

「あっ、あの」遊佐君は、下を向いて話す。

長めの前髪で顔を隠すようにして、いつも下を向いている。

後輩だった遊佐君も同じ髪型をしていたが、アイドルの真似だとか言っていた。研究中は邪魔だと言い、前髪を女子に借りた花の飾りがついたピンで留めていた。

「何かありました？」

「えっと」

「こっちに来て、座ってください。その方が話しやすいでしょう」隣の椅子に置いていたカバンをどかす。

「はい」遊佐君は、椅子に座る。足を揃えて、手を膝の上に乗せる。

「研究室で、何かあったんですか？」

イタリアに行って疲れたと言い、井神先生は今日も研究室に来ていない。そう言いながら、昼から開いているぽっちゃり好き専門のキャバクラにお土産を配りにいっているのだろう。先生が来ないと、夜久君も来ない。学生達は資料のことや備品のことで何かあると、夜久君に相談する。いてもうるさいだけの井神先生は来なくていいが、夜久君がいないと困る。

「違います」

「じゃあ、どうしました?」

「僕、博士まで残りたいんです」

「そういう話は、井神先生にしてください」

「井神先生は、あの、その、聞いてくれないんで」

「まあ、そうですね」

進路のことを井神先生に相談しても、好きにすればいいとしか言ってくれない。あとは、ぼくの研究室にいたいならば、成果を出せ! と言われるだけだ。夜久君に相談すると、がんばってくださいと微笑まれて、終わる。人間関係の相談にもたまに乗っているみたいだけれど、研究テーマのことや進路のことは、夜久君にとって専門外だ。僕のところに相談に来る学生もたまにいる。しかし、僕だって大した助言はできない。前の世界では、博士課程が終わった後のことや、タイムマシンができた後のことを考えていたが、こっちの世界では将来について考えないようにしている。考えたら、平沼昇一として生きつづけると受け入れることになる。

「平沼さんみたいになりたいんです！」顔を上げ、遊佐君は僕の目を見る。

「へえ」一気に鳥肌が立つ。

他の学生ならばいいが、遊佐君に言われるのは気持ち悪い。

研究室には、前の世界でもいた学生が他にも何人かいる。彼らや彼女達は前とこっちで、そんなに性格は変わらない。少し違うと感じることはあるが、こんなにも違うのは遊佐君だけだ。学部の三年生の頃から、遊佐君は研究室に出入りしている。三年半経っても、話していると違和感があるし、たまに見せるまっすぐさや純粋さに慣れることができない。

「平沼さんみたいに井神先生に信頼される研究者になりたいんです！　それで、博士課程が終わった後も大学に残りたいんです！」

「井神先生は、僕のことを信頼なんてしていませんよ」

「そんなことないですよ！」

「先生が信頼しているのは、この世界で夜久君だけだと思います」

「夜久君に対する信頼は人としてですよね。平沼さんのことは研究者として信頼しているじゃないですか」

「いや、それはないです。あったとしても、信頼しているから僕を助手にしてくれたわけではないです」

「そうなんですか？」

「はい」

「じゃあ、なんで？」

「なんででしょうね？　僕も分かりません」

井神先生は僕のことを研究者として信頼なんてしていない。比べることではないのに、ライバル意識はあるのだと思う。理論を発表するのに、魚住さんに聞いた話を利用したことは言っていない。あの理論を見つけられたのだから、この先も何かすると思っているようだ。

助手にしてくれたのは、タイムマシンのことをばらさないように見張るためだろう。

「僕、どうしてもタイムマシンを作りたいんです」また下を向いてしまう。「そのためにどうするのがいいか迷っているんです。井神先生はまともに指導してくれないし。平沼さんみたいになるためには、このまま研究室にいるよりも留学した方がいいんでしょうか？」

僕は、高校卒業後にアメリカの大学に留学して、博士課程の途中で日本に帰ってきたことになっている。

「どうして、タイムマシンを作りたいんですか？」

「人生をやり直したいんです」

「タイムマシンを作っても、人生はやり直せませんよ」

「そうですよね」

「はい」

「でも、こんな人生はもう嫌なんです。世界を変えたいんです」

「何かあったんですか？」

「それは、言えません」

こっちの遊佐君には、彼女がいない。今まで、女性と付き合ったことはないらしい。研究室の女子とも、ほとんど話さない。後輩だった遊佐君には八年近く付き合っている彼女がいた。

二〇〇三年より前の過去が前の世界とこっちの世界で同じならば、それより後に何かが起きて、遊佐君の人生が変わったのだろう。その人生を彼は不幸だと考え、前の世界の僕と同じように過去を変えたいと願っている。

日本史や世界史として同じことが起きているのだから、二〇〇三年より前は個人の生活も同じだったと考えるべきだろう。ほとんど同じということではなくて、完璧に一致していた。たとえば、駅に行くのに二本の道がある場合に、AとBのどちらかを選んだ時点では大きな差はないように感じる。駅に着く時間が少し変わるぐらいだ。けれど、その「少し」が次の変化をもたらす。Aを選んだことによって駅に早く着き、急行に乗れる。Bを選んだことによって駅に着くのは遅くなったが、各駅停車で座れる。その先でどちらかが事故に遭うというような大きな出来事はなくても、選択と結果を繰り返すうちに、人生は大きく変わっていく。誰かと誰かの選択と結果が重なり、そこからまた多くの選択と結果が生まれる。

前の世界でもいた学生の何人かは、見た目や性格はそんなに変わらないように見えても、研究内容が違ったり、付き合っている友達や恋人が違ったりする。その友達や恋人に影響されて、彼らや彼女達は前の世界とは違う選択肢を選び出し、卒業後は違う未来を進む。選択の先で、偶然目にした景色が人生を変えることだってある。

つまり、ほとんど同じ人生なんてない。

同じ歴史を歩むためには、個人の生活も同じであるべきだ。

それが井神先生が最初に言っていた因果律ということだ。

後輩だった遊佐君も、もとはおとなしい子だったんじゃないかと思う。高校生になって恋人ができて自信がつき、彼の人生は変わった。こっちの遊佐君には恋人がいなくて、おとなしいままだ。

前の世界とこっちの世界で変わらないのは、二〇〇三年以前から計画が進んでいたビルの建設やイベントの開催だ。計画されていた通り、研究科棟の前には新校舎が去年できた。証明はできないけれど、個人の生活も二〇〇三年以前は前の世界とこっちの世界で完璧に一致していたと考えるべきだろう。

因果律を壊したのは、僕だ。

僕が来なければ、遊佐君は彼女と付き合ってもっと明るくなっていた。

「井神先生と同じことしか言えませんが、好きにすればいいと思います。冷たく聞こえるかもしれません。でも、自分の人生は自分で決めるべきです」

「はい」

「誰かに何か言われて決めたら、それに頼ってしまいます」

「ありがとうございます」

立ち上がって頭を下げ、遊佐君は階段の方へ行く。背中が丸まっていて、小さな身体がより小さくなっている。

こうなったのは僕の責任かもしれないからどうにかしてあげたいとは思うが、どうすることもできない。何があったとしても、この世界で今の人生を選択したのは、彼だ。この先のことも、彼が自分で背負っていくしかない。

しかし、こうなったのは本当に僕の責任なのだろうか。僕だけの責任ではないという気がしている。

あの日、打ち上げられたロケットは、欠陥が見つかって指令破壊されるはずだった。それなのに、無事に宇宙まで到達して、その一部は情報収集衛星として今も空の彼方に浮かんでいる。指令破壊されないように、打ち上げ前に修復された。誰かと出会った人達の選択と結果が重なって修復されたのかもしれないし、誰か一人によって修復されたのかもしれない。どちらにしても、前の世界にはいなかったはずの誰かが、こっちの世界には存在している。

僕が来るより前、その誰かが過去を変えた。

「こんにちは」遊佐君と交替するように、夜久君が来る。

「来てたんですね」

「備品のことを確認したかったので」僕の隣に来て、座る。「遊佐君と何か話していたんですか？」

図書館から出ていった遊佐君とすれ違ったのだろう。

「進路のことを相談されました」

「迷っているみたいですね」

「彼は、苦手です」

「優しい子ですよ。優秀だし」

こっちの世界の遊佐君は、後輩だった遊佐君よりも優秀だ。マジメで研究熱心で、誰よりも努力する。井神先生はその姿を見て、かわいそうだけれど研究者には向いていないと言っていた。なぜですか？　と聞いたが、そんなことも分からないの？　と、聞き返されただけだ。

「いい子すぎて、苦手なんです。僕の後輩だった遊佐君は、もっと嫌な奴でしたから」

「いい子になって良かったじゃないですか？」

「後輩だった遊佐君と話している時は、生意気だし鬱陶しいと思っていました。でも、あれが楽しかったんだと思います。僕のことをバカにしながら慕ってくれていたんだって、こっちに来てから気づけました」

「そういう童話ありますよね」

「なんか、ありましたね」

子供の頃に母親が話してくれた気がするけれど、はっきり憶えていない。

こうやって話していると、事務的なこと以外でも夜久君がいないと困ると感じる。

前の世界でのことを気軽に話せるのは、夜久君だけだ。井神先生に話すと、忘れろっ！と、怒鳴られる。

「井神先生は？」僕が聞く。

「家で寝ています。お疲れみたいで」

「キャバクラに行ったんじゃないんですか？」

「行く準備はしてたんですけど、体調が優れないと言っていました」

「もうすぐ死ぬかもしれませんね」

「さあ」顔色一つ変えず、夜久君は首を傾げる。

死なないのかもしれないと思っても、あと十年もしないうちに死ぬだろう。医療の進歩もこっちの世界の方が早いが、寿命は同じくらいだ。もし井神先生が百歳より先まで生きられたところで、今のままではいられない。今だって、どこへ行く時も、夜久君が一緒にいる。

前は、先生の寝室も二階にあった。夜久君がお茶を淹れたり食事の用意をしたりする音が気になると言って、書斎は二階のままだけれど、夜中にトイレに起きて一人で階段を上り下りするのは危ないから、寝室は一階に移した。元気そうに見えるが、確実に老いは進んでいる。ある年齢を超えたら、表面ではなくて見えないところが蝕(むしば)まれていくのだろう。内臓が弱くなり、骨が弱り、前と同じ生活を送れなくなる。

「井神先生にもしものことがあったら、夜久君はどうするんですか？」

「その時に考えます」

「そうですか」

先生には奥さんも子供もいないから、あの家も他の財産も夜久君が相続すると学生達の間で噂されている。しかし、全て寄付するように手続きしてある。文明の進みは早いのに、こっちの世界では前の世界以上に、貧困が問題になっている。ロボットが開発されたことによって、仕事を失った人達が世界中で暴動を起こしている。石油に代わるエネルギーを巡って、戦争も起きた。今も井神先生は、教育を受けられない子供達や戦争の被害に遭った子供達に、財産のほとんどを寄付している。名誉教授になってからも、教授同様の仕事をつづけているのは、少しでも多くの子供に、自分の智恵を伝えるためなのだと思う。大学のお金で贅沢するのもやめればいいと思うが、それとこれとは別問題らしい。

「平沼さんは、どうするんですか？」

「はい？」

「井神先生にもしものことがあったら」

「その時に考えます」

「そうですか」

「はい」さっさと引退すればいいと心の底から願う日もあるが、実際に井神先生がいなくなったらどうすればいいのだろう。

こっちの世界に来て九年が経つから、知り合いも増えた。この先どうしたらいいか相談できる人は何人かいる。井神研究室がなくなったとしても、就職先には困らない。けれど、僕がこの世界にいる事情を知っている人がいなくなってしまう。先生がいなくなれば、夜久君も大学から去る。

そしたら、僕は一人ぼっちになる。

誰かの存在を証明するのは、健康保険証や運転免許証やパスポートではない。過去に関わった人達だ。人との関わりが僕を作り上げた。

前の世界で僕がいなくなった後、父親や母親や斉藤はどんな気持ちで暮らしているのだろう。魚住さんはふざけているように見せてマジメで責任感が強いから、いつまでも僕の帰りを待っているかもしれない。遊佐君や他の後輩は、どうしているのだろう。

思い出さないようにしていることが胸を覆う。

でも、考えてもしょうがないことだ。考えるべきことは他にある。この世界から抜け出す方法を僕は考えなくてはいけない。井神先生がいなくなるより前に、成果を出す。

「先生、平沼さんと海外に行きたいって言ってました」

「なんのために？」

「物理に関することは、僕にも分からないことがありますから、色々と話したいんですよ」

夜久君は、本当は物理のこともよく分かっている。専門外と言いつつも、学生が研究機材の備品でこれが欲しいと頼みにいくと、その実験ならばこっちの方がいいんじゃないですか？　と、アドバイスしたりする。井神先生と何年も一緒にいるうちに分かるようになったのだろうと思ったが、何年一緒にいるかは誰も知らない。僕が井神研究室の博士課程に入った時にいた先輩は、自分達が学部生だった頃からいると言っていた。年齢も出身地も、どうして井神先生といるのかも、何もかもが謎だ。

誰に聞かれてもはぐらかすし、学生がしつこく聞くと夜久君の代わりに井神先生が怒る。

「話すだけならば、家に行きます」

「海外の観光地を巡りながら、お酒飲んだりしたいみたいですよ」

「なぜ、わざわざ」

僕は、こっちの世界に来てから、ほとんどアルコールを口にしていない。お祝いの席で、口をつける程度だ。酒を飲むと、思い出さないようにしていることを思い出してしまいそうだ。

「仲良くしたいんですよ」

「やっぱり、もうすぐ死ぬんじゃないですか？」

「そうかもしれません」声を立てずに、夜久君は笑う。

「研究室、行きますか？」

「はい」

　立ち上がり、階段を下りて一階の貸出カウンターで本を借りてから、外へ出る。研究室に向かって、桜並木の下を歩く。

　青々とした葉の間から、蟬（せみ）の声がまだ聞こえる。

「島にも行きたいと言っていました」夜久君が言う。

「どこの島ですか？」

「平沼さんの生まれ育った島です」

「そうですか」

　どこでどのようにして戸籍を作ったのか、僕の出身地と誕生日は変わっていない。

　高校卒業後にアメリカ留学をしていたということだけ間違えなければ、平沼昇一がここに来る前にどんな風に生きてきたかは考えなくてよかった。アメリカでのことを聞かれた場合の質疑応答集も夜久君が作ってくれた。時空間を超える理論を発表した時には、アメリカにいる井神先生の親友の研究者が口裏を合わせてくれた。彼が僕の恩師ということになっている。他にも何人か、タイムマシン利用者の口裏を合わせてくれる人がいるようだ。僕は、他のタイムマシン利用者に会ったことはない。聞いたところで、井神先生も夜久君も教えてくれなかった。二人の様子を見ていると、他にもいるのだろうという気はする。

「連れていってほしいのに、言えないみたいです」

「僕が連れていかなくても、行けるじゃないですか。井神先生が行くって言えば、宇宙開発研究所の人が案内してくれます」

「平沼さんの人生が変わった場所に行きたいんですよ」

「嫌ですよ」

島には、あの日から一度も行っていない。

行けば何かが変わる気がしているが、気のせいだろう。

見たくないものを見てしまう可能性の方が高い。僕が生まれ育った家、斉藤の家や学校、父親が勤めている植物の研究所が島には残っているはずだ。あの島で進化していくのは、宇宙開発研究所だけだ。島中の人達も建物も、ロケットが打ち上げられる南の空を見上げながら、止まった時間の中で生きているようだった。

「どこか行ってあげてください。死ぬ前に」

「こうやって話してると、やっぱり死なない気がしてきますね」

「死を冗談にできるくらいには元気です」

「長生きするよう、伝えてください」

「直接言えば、喜びますよ」

「僕の前では、喜びませんよ。あのじいさんは」

山の上から強い風が吹く。木々が音を立てて、揺れる。

蝉の声が一斉に止まった。

☆

二〇一二年十二月十六日になった。

今の僕に何が起こるわけでもないのに、眠れなかった。

眠れないならば研究の資料をまとめよう、論文を進めよう、小説を読もうと思っても何もできず、ベッドに座ってぼうっとしていた。

隙間から陽がさしてきたからカーテンを開けた。

雪が積もっているが、空は晴れている。

前の世界での二〇一二年十二月十六日はどんな日だったのか、憶えていない。

研究科棟まで上がっていく坂道に雪は積もっていた。でも、晴れていたのか、雪が降りそうだったのか、暖かかったのか、寒かったのかは思い出そうとしても、思い出せない。タイムマシンのドアを閉める時に「いってらっしゃい」と手を振った魚住さんは、どんな顔をしていたのだろう。

思い出さないようにしようと自分に言い聞かせているうちに、本当に忘れてしまった。

タイムマシンを使ってこっちの世界に来たなんて、自分の妄想でしかないのかもしれない。研究テーマと現実が混乱して、仮説をもとにした夢を見ているだけだ。

そう思うことがたまにある。しかし、そうだったらいいと願う気持ちもあり、妄想でも夢でもないと気づかされる。

台所でお湯を沸かし、コーヒーを淹れる。

マグカップを両手で持つと、指先がとけるように温まっていく。

電気ストーブをつけて、その前に座る。

部屋の中でも息が白くなるほど寒いのに、夜中ずっとそれを感じなかった。

ただただ、暗闇を見つめていた。

この九年間に起きたことが全て夢で、明るくなったら、僕はまだ二十四歳で前の世界の二〇一二年十二月十六日に戻っていればいい。期待してもしょうがないと分かっていることを考えてしまう。

今日になれば何かが変わるかもしれないという気がしていたが、何も変わらない。

もうすぐ三十四歳になる独身の研究者が一人で住むアパートで、コーヒーを飲んでいるだけだ。

昨日も一昨日も一週間前も一ヶ月前も一年前も繰り返された日々が、今日も明日も明後日も来週も一ヶ月先も一年先にも繰り返される。

身体が温まると、涙が零れ落ちた。

泣きたいわけじゃない。

酒を飲んで酔っ払って、大声を上げて泣き喚いたりしたら、楽になれるのだろうか。思い出さないようにと感情を閉じこめずに、ワーッと吐き出せればいいのだろうか。けれど、僕にはそれができない。

僕は、前の世界で長谷川さんが死んだ時も泣かなかった。泣いてはいけないと最初は思っていた。そして、気がついた時には泣こうとしても泣けなくなっていた。あの時も、両親や斉藤の前で泣ければいいんじゃないかと思っていた。悲しいはずなのに涙は流れず、感情も感覚もなくなった。しばらくは何も食べられなくて、食べられるようになっても味がしなかった。母親が草餅を作ってくれて、それを食べたら味覚は戻ったが、まだ戻っていない感情や感覚がある。

前の世界で長谷川さんが死んでから十八年が経った。こっちの世界で十五歳の僕が死んでから九年が経つ。感情も感覚も、もう戻らないだろう。

この涙は、目が乾いているせいだ。

ずっと起きていたせいで、目の水分バランスが悪くなっている。テーブルにマグカップを置いて、ティッシュを一枚取る。涙を拭き、洟をかむ。

今日は研究室には行かない。

午前中に研究室に行けば、二十四歳の僕に会えるかもしれない。タイムマシンを使って、二〇一二年に来たり二〇〇三年に戻ったり、他の年に行ったりを繰り返しているはずだ。何が起こっているのか教えてあげたいけれど、邪魔しない方がいい。邪魔をして彼の世界がさらに分裂して、井神先生と夜久君にも会えなくなったら大変だ。二十四歳の僕にとっては、二〇〇三年の十一月に戻ったところで二人に会うことが最善の選択だ。他の年に留まったり、違う誰かに会ってしまったりして二人に会えなければ、生活していくことさえ難しかった。

二十四歳の僕の邪魔はせず、今日はアパートで静かにしていよう。

明日から、初めて過ごす日々が始まる。

☆

僕の前の席に座って、夜久君が折り紙を切りつづけている。

赤や青や黄色やピンクの折り紙を二センチ幅の短冊状に、カッターで切っている。どれだけ切るつもりなのか、二時過ぎに研究室に来てから二時間くらい黙々と手を動かしていた。

「何を作っているんですか？」夜久君に聞く。

「チェーンです」顔を上げずに答える。

「チェーン？」

「クリスマス会の装飾です」

「ああ、折り紙のチェーンですね」

子供の誕生日会じゃないんだからと思うが、そう言ったところで、夜久君はチェーンを作りつづけるだろう。

「平沼さんも参加しますよね？」

「いや、僕は帰ります」

今日の夜、忘年会とクリスマス会を兼ねて、研究室で軽い飲み会をやる。

博士の学生は年が明けたら論文を仕上げなくてはいけないし、今月のはじめくらいまでに論文を提出しなくてはいけなかったはずの修士の学生はほとんどがまだ書けていない。提出したのに、井神先生から書き直すように言われた学生も多い。僕も全員のを読んでいるが、よくできていると思っても、井神先生はなかなかＯＫを出さない。熱心に指導をするわけでもないのに、論文に対しては厳しいことで有名だ。全員が提出期限ギリギリの年明けまでパソコンと向き合う。忘年会やクリスマスで浮かれている場合ではない。

僕の背後から、何日も研究室に泊まりこんでいる修士の学生達の声にならない悲鳴が聞こえてくるようだ。

井神先生は夜久君と一緒に研究室に来て、学生達の机の間を歩き回り「まだできていないの？」とだけ言い、会議へ行った。

「たまには、少しだけ参加しませんか？」

「僕がいても、学生達は楽しくないでしょうから」

「そんなことないですよ。こういう時だからこそ、平沼さんと話したいと思っている学生はいると思います」

「こういう時？」

「論文のこととか、今後のこととか、誰かに話を聞いてもらいたいって、みんな思っています」

「夜久君が聞いてあげてください」

「僕には分からないこともありますから」カッターを置き、顔を上げて微笑む。

「はあ」

学生達は、前の世界でも論文に苦しめられていた。でも、こっちの世界に比べると呑気だったと感じる。

文明が発達して、大学改革が進んでいるため、こっちの世界では論文にも高いレベルが求められる。どこかの研究所に持っていったらそのまま採用されるような、実用性が見こめることを書かなくてはいけない。学部生は卒業するための論文になってしまってもしょうがないが、修士や博士の学生はそうはいかない。そして、井神先生はその実用性にこだわる。先生が、それはいらないと感じたものに関しては、テーマを相談する時点で却下される。

前の世界で後輩だった遊佐君は、修士論文をさっさと書き上げて、クリスマス会を計画していた。詳しくは聞かなかったが、軽い飲み会程度ではなくて、年を忘れるほど酒を飲む会にするつもりだったのだろう。

それは、今日と同じ十二月二十二日だったはずだ。

こっちの世界と前の世界がどういう関係で存在しているのか全く分からないが、いわゆるパラレルワールドとして存在しているならば、両方の世界が同じ日を過ごしていると考えられる。前の世界の二〇一二年十二月は、僕にとっては九年前のことだ。しかし、それは僕がタイムマシンで九年前に行ったからだ。この広い宇宙のどこかで、前の世界もこっちの世界と同じように今日、二〇一二年十二月二十二日を送っている。

ただ、広い宇宙のどこかというのは考えやすいようにそう表現しているだけであり、仮説でもない。たとえ、宇宙のどこかに地球と同じ環境の星が存在しているとしても、そこが前の世界とは考えられない。僕は、タイムマシンに乗ったことにより、宇宙を何光年も飛ばされたことになってしまう。

前の世界とこっちの世界は、合わせ鏡のように存在しているんじゃないかと思う。

鏡と鏡の間に立った時に鏡の中の遥か彼方に見えるのが前の世界だ。そこにいるべき僕がここに来てしまったから、十五歳の僕は死んだ。十六日に研究室に来て、タイムマシンを使っている僕に会ったとしても、それはまた僕とは違う僕になる。けれど、その僕は今は二〇〇三年にいるはずで、そうすると同じ月日を過ごすパラレルワールドという考えはできなくなる。

左右だけではなくて、前後にも鏡があって、そこにも無数の僕が存在している。

子供の頃に両親と一緒に遊園地へ行った。その時に、ミラーハウスに入った。壁が全て鏡になっている。右を見ても、左を見ても、前を見ても、後ろを振り返っても、自分がうつっている。通路の奥にも鏡があるため、どこを通れるか分かりにくい。

その時の気分に似ているが、通り抜けられるところはどこにもない。

「平沼さん？」夜久君は立ち上がり、僕の顔をのぞきこんでくる。

「ああ、すいません。考えごとしてました」

「話している途中にですか？」座り直し、折り紙を輪にして糊で貼りつけ繋げていく。

「そうですよね。すいません」

「疲れていらっしゃるんじゃないですか？」

「そんなことはないんですけどね」

疲れているわけではないが、感覚がいつもと違う気はする。頭の中がぼうっとしていて、手足が重い。十六日からこういう状態がつづいている。

体調が悪いというのとは、違う。世界と自分の間に薄い膜があるような感じだ。何を見ても、何に触れても、何か食べても、感じるまでに時間がかかる。寝不足でもないし、体重が増えたり減ったりしたわけでもない。情けないけれど、精神的なものが原因だろう。それだけ十二月十六日に期待していたものが大きかったんだと思う。

期待していたから、絶望している。

自分の心理なのに、自分ではコントロールできない部分がある。そこで僕の感情は、僕の考えだけではどうしようもない方へ動いていく。

こういう時は、抗わない方がいい。

帰れる場所があるわけでもないし、年末年始は少し休もう。

前の世界で、魚住さんや遊佐君は予定通りにクリスマス会をやるのだろうか。魚住さんは僕がいなくなったことを遊佐君や教授になんて説明したのだろう。クリスマス会を楽しみにしている後輩達には言い出せずにいるんじゃないかと思う。クリスマス会をやって、修士の学生全員の論文提出が終わるまでは、家族が病気で実家に帰ってるとか言ってどうにかしてごまかして、それから行方不明であることを教授に話す。研究に行き詰まって、逃げ出す大学院生はたまにいるから、僕はその一人として扱われているかもしれない。

クリスマス会、行きたかった。

嫌だ嫌だと言いながら参加していたバーベキューや合宿が息抜きになっていた。わがままを言う僕にみんなは付き合ってくれていたんだ。

「おはようございます」遊佐君が研究室に入ってくる。

「おはようございます。少しは眠れましたか？」夜久君が聞く。

遊佐君は黙って、首を横に振る。

顔色が悪すぎるし、昨日よりやつれたように見える。

修士の学生の中でも特に、遊佐君は論文が遅れている。研究テーマを相談する時点で、井神先生から五回もやり直しを命じられ、今月はじめに提出した論文も全面的に書き直すように言い渡された。内容としては悪くなかったから、先生の趣味の問題だろう。書き直しをはじめたみたいだが、進んでいないようだ。

泊まりこんでいる学生は「大変、大変」と言いながら、みんなで学食にごはんを食べにいったり、今日の夜に軽くお酒を飲むくらいの余裕はある。遊佐君は誰とも話さず、ごはんも食べずに机に向かっていたから、夜久君が休むように言って昨日の夜はアパートへ帰らせた。

机が並んでいる方へは行かず、遊佐君は僕の横に来る。

「どうしました？」僕が聞く。

「僕、井神先生に嫌われているんでしょうか？」

「そんなことはないと思いますよ」

「他の学生みたいに、みんなと仲良くできないし明るくないから」

「先生は、そんなことで学生を判断しませんよ」

井神先生は他の研究者に対しては、あいつが嫌いだとか気が合わないとか言うが、学生に対してはそんなことを言わない。学部生が研究室に来るのも、勉強する気があるならば好きにすればいいと言って、寛大に受け入れている。人数制限があるからゼミ生や院生として研究室に入る時点では篩（ふるい）にかけるけれど、研究テーマに対する好き嫌いはあっても、学生個人の人間性で好き嫌いは言わない。遊佐君のことはよく話すし、気にしているんじゃないかと思う。

「でも、論文をどれだけ書いても駄目だとしか言ってもらえません」

「まだ一回じゃないですか。駄目って言われたのは」

「書き途中のも駄目だと言われました」

「そうなんですか？」遊佐君ではなくて、夜久君に聞く。

夜久君は心配そうな顔で小さくうなずく。

「このままじゃ、卒業できません。博士にも進めないし」

「大丈夫ですよ。井神先生は遊佐君のことを考えてますから」

「僕、博士に進みたいんです」

「それを僕に言われても」

「進みたいんです！」そう言って、遊佐君は泣き出してしまう。

論文を書いていた修士の学生達も気がついているが、本棚と本棚の間からのぞきこむようにこっちを見ただけで、誰も声をかけてこなかった。

遊佐君は、博士課程に進みたいと井神先生にも相談したが、断られた。卒業後は企業の研究所に入ることが決まっている。井神先生が紹介した研究所だ。その企業にも論文のテーマにも遊佐君は不満があるのだろう。でも、きっと彼は、どこに就職できても、何を書いても満足できない。望みはただ一つ、過去に戻って人生をやり直すことだ。

「遊佐君、ちょっと外に出ましょうか？」立ち上がって、夜久君は遊佐君の横に立つ。

「僕、どうしたらいいんですか？」

「外で話しましょう」

「平沼さんも来てください」遊佐君が言う。

「僕と話してもしょうがないですよ」

ドアが開き、井神先生が入ってくる。

パソコンや研究機材の作動音まで止まったように、静かになる。

井神先生はまっすぐに歩き、夜久君と遊佐君の横を通りすぎ、僕の隣に立つ。

平手で僕の頭を叩く。

「えっ？　なんでですか？」

「学生が泣いてるからだよっ！」
「いや、僕は何もしてませんって」
「何もしないっていうのが一番良くない」
「はあっ？」
「こっちに来なさい！」振り返って、井神先生は研究室から出る。

井神先生は階段を上がっていく。僕もそのうしろについていく。

屋上に出る。

柵の前に井神先生は立つ。隣に僕も立つ。

研究科棟は戦前からあるから、大学内の他の校舎に比べて低い。去年できた新校舎は十階建だが、研究科棟は四階しかない。しかし、大学内で一番高い場所に建っているので、屋上からは大学全体とその向こうに広がる町が見渡せる。

昨日は冬至だった。

まだ四時半を過ぎたところだが、空は暗くなりはじめている。

クリスマスの装飾で、駅の辺りがいつもよりキラキラ輝いている。ベランダに赤や緑のライトをつけているマンションもあった。

空は晴れていて、白い雲が一つだけ浮かんでいる。

強い風が吹く。

真っ白な井神先生の髪の毛と髭が風になびく。

「世界、終わらなかったね」

「ああ、はい」

二〇一二年の十二月二十一日に世界が滅亡すると言われていて、テレビや雑誌で特集していた。マヤ文明がどうとか、予言がどうとか言っていたみたいだが、よく知らない。

「残念だったね」

「信じてたんですか？」

「まさか」

「そうですよね」

学生達は論文の息抜きとして話していたけれど、世界中で核兵器が暴発して滅亡するという穏やかではない結論に達していた。理系の人間にとっては、あまり興味を持てない話だ。前の世界では、僕の周りの誰も話題にしていなかった。

「怖いよね。世界が終わったら」

「終わりませんよ。どうしたら終わるんですか？」

「ぼくならできるよ」

「そうですか。それより研究室に戻りませんか？」

「なぜ?」先生は僕を見る。

「寒すぎます」

先生はツイードのジャケットを着ているが、防寒できるほどではないだろう。僕はシャツの上にセーターしか着ていないから、風を通す。

「情けないな。これくらいのことで」

「先生のために言ってるんですよ」

最近、先生はよく体調を崩す。先週も大事な会合で東京に行かなくてはいけなかったのに、欠席した。サボったのかな? と思ったが、会合にはアメリカから親友が来るから楽しみにしていたはずだ。

「君は南で生まれたから寒さに弱いんだな」

「その理論って、合ってるんですか?」

「動物は環境に適応できなければ、生き残れないから、暑いところで生まれたら暑さに強くなるように育つはずだよ」

「僕、人間ですよ」

「人間だって動物だよ」

「こっちに来て十六年目になるんで、そろそろ寒さに強くなってもいいと思うんですけど」

「環境に適応できず、死ぬんじゃないか?」

「先生より先には死にませんよ」

「ぼくは死なないよ」正面を向いて、笑う。

飛行機が飛んで、まっすぐに雲ができる。晴れているが、空気は湿っているようだ。

明日は、雪が降るかもしれない。

「遊佐君に僕は何もしていません」

「分かってるよ」

「じゃあ、なんで？」

「あの場にぼくと君がいたら、彼は自分の弱さをぼくか君のせいにしようとする。君を羨ましがり、ぼくに嫌われていると思いこんでいるからね。大学に残って好きな研究をすることが彼の希望だから、夜久君にはあたらない。夜久君にあたってもどうしようもないことが分からないような、頭の悪い子ではない」

「はい」

井神先生は、お忙しいし体調もあまりよくないみたいだから、研究室にいつもいるわけではない。自分の研究や院生の指導以外にも、学部生の授業やゼミもあるし、会議や会合の他に事務的な仕事も多い。研究室の飲み会やバーベキューには参加するが、学生と親しくするわけではない。それでも、学生全員のことをよく見ている。

「心配だね、ああいう子は」

「はい」

「頭が良くて、心が弱い。そういう人間が一番危ない」

「博士課程に進ませて、先生の近くにいさせた方がいいんじゃないですか？」

「そうした方がいいとも思ったけど、そうすれば彼は狭い世界に閉じこもってしまう。社会に出て、自分のわがままが通らないことを知った方がいい」

「そうですね」

「君もだよ」

「ああ、はい」

「親しい友人も、恋人もいない。十八年も前に好きだった女の子のことをずるずる引きずっている」

「はい」

自分は正しいと思って生きてきたが、もしも学生が同じ状況だったら、もっと違うことに目を向けた方がいいと言う。けれど、目を向けようと決めたからって向けられるわけではない。そう決めてもどうしても、僕は長谷川さんのことを思い出してしまう。

「でも、君みたいに頭が悪くて心が弱い人間を紹介できる研究所はないからな」

「頭悪くないです」

「ぼくや遊佐君に比べたら、ただのバカだろ」

「それはそうかもしれませんけど、研究所に勤めるくらいはできますよ。今だって、他の大学から誘われたりしていますから」

「他の大学には行くなっ！」

先生は一瞬だけ僕を睨(にら)み、また前を向く。

「行きませんよ」

「ぼくが君くらいの頃はね」

「またその話ですか？」

「黙って聞きなさい！」

「中に入りませんか？」階段の方を指さす。

「いいから、聞くんだよ」

「じゃあ、せめて向こうに座りましょう」

屋上の隅に一つだけ置いてあるベンチに座る。

「ぼくが君くらいの頃、いや、もっと若い頃だな。この大学に学生として通っていた頃は、戦争の真っただ中だったんだよ」

今日の話はいつもと違うようだ。

戦争のことを井神先生はあまり話さない。過去のことを話しても、戦中のことは抜け落ちている。魚住さんはタイムマシンを「井神先生が戦争から逃げるために作ったものです」と、言っていた。

「学徒出陣というのは、聞いたことあるだろ？」

「はい」

第二次世界大戦の時、戦況悪化によって兵士が少なくなり、二十歳以上の学生も召集されることになった。確か、文系の学生と一部の理系の学生だけだったはずだ。井神先生みたいに物理学をやっている学生は召集されなかったのだと思う。

「昭和十八年、一九四三年のことだ。ぼくはその時まだ十九歳で大学生になったばかりだった。でもね、関係ないとは思えなかったよ。この辺りはこうして建物もいくつか残っているし、大きな被害に遭ったわけじゃない。仙台は終戦の約一ヶ月前の七月十日に空襲に遭ったが、その時もこの辺りまでは被害が及ばなかった。大学の周りには何もなくて、のどかな雰囲気が漂っていた。しかし、人々の気持ちは、のどかとはほど遠かった。ぼく達のような学生が召集されずに何をしていたか、分かるか？」

「いいえ」

「戦争のための研究だよ」

「はい」

「どうしたら大量に人を殺せるのか。それを考えるために勉強をするんだ。勉強も研究も好きだったし、世間の流れ同様に戦争を正しいとも思っていた。けれど、勉強すればするほど、それは違うという気持ちがこみ上げてきた。友人の兄が戦地へ向かった。ぼくの姉の婚約者も召集された。研究の成果を計算すると、彼らの勝利よりも死という結論が出る。しかし、研究をつづけなければ、いつか自分も召集されるかもしれない。その時に、あのタイムマシンを作り上げた」

「逃げるためですか？」

「そう言ったら、それまでだけれど、未来を見たかったんだよ。戦争がつづけば、日本は負ける。それは分かっていた。どう計算してもそれは絶対だ。いつ、どのようにして負けるのか、知りたかった。長引く戦争の中でじわじわ負けていくのか、それとも一瞬で終わるのか。ぼくの人生で、あの時ほど一生懸命に何かやったことはない。文字通りに命が懸かっていた。昼間は学生として勉強や研究を進めて、夜は今の研究室にこもった。当時は、研究科棟ではなくて、法学部校舎だった。学生が少なくなって、あの部屋は使われていなかったんだ」

「それで、未来に行ったんですか？」

「行ったよ。拍子抜けしたよね。タイムマシンが完成したのが一九四四年の夏で、あと一年後には戦争が終わるって言うんだから」

「一九四四年には、戻ったんですか？」

「戻らなかったよ。一度は戻ったけれど、そこにいる意味はないと感じた。戦争のための研究をしても、すぐに不要になる。戦後の世界で、違う研究をした方がいい。行方不明になったとしても、どこかで死んだとしか思われない。戦後のゴタゴタにまぎれて、一九四四年から来たぼくは一九四五年で生きられるようにした。一九四五年にいるはずのぼくは仙台空襲で死んだみたいだ。家をのぞくだけのつもりだったのに母親と姉に見つかってね、泣かれたよ。空襲の中ではぐれて、ぼくの遺体は見つからなかったらしい」

「それって、なんかおかしいですよね？」

仙台空襲で死んだ井神先生は、タイムマシンを作った後も一九四四年に戻り、そのまま暮らしたことになる。

「おかしいよ。おかしいけど、何が真実かなんて分からない。そういう時代だったんだ。今みたいに全ての記録が機械の中にデータ化されて残っているわけじゃない。戸籍も何もかも、色々な紙が戦争で焼かれた。死んだと思われていたのに、生きていた人が何人もいた。生きていると信じて待っていたのに、死んでいた人もいる。仙台空襲で死んだとされているぼくがどう考えて、どんな行動をとったのか、本当のことは分からない。生きているのか、死んでいるのかさえも」

「はあ」

「実は生きていたっていうことでぼくが大学に戻っても、誰も何も疑わなかった。そうしているうちに、前にいた世界に戻れなくなった。タイムマシンで戻っても、それはこの世界の過去でしかない。いつかタイムマシンを壊すつもりだったけど、そのままにした。建物の内装工事をして研究科棟になる時にも、動かせないからと言って残してもらえた。それもあって、ぼくが今の研究室を使うことになった」

「はい」

「ぼくがどうして君の世話をしているか、少しは分かっただろ？」

「いや、ちっとも」

「君、やっぱりバカなんだな」

「冗談ですよ。なんとなくは分かりました」

僕の話を否定するくせに、井神先生も僕と同じような状況にいるということだ。そして、この世界がどのように成立しているのか、先生も分かっていない。

「たまに考えるんだよ。ぼくが前にいた世界では、まだ戦争をしているんじゃないかって」

「はい」

「この世界でも、日本が戦争をしていないだけで、世界中で戦争やテロがつづいている。ぼくはね、学生達に軍事目的の研究だけはさせないって決めているんだ」

「だから、遊佐君の研究テーマを却下しつづけたんですね」

「そうだよ」

遊佐君自身が意識して、軍事目的の研究をしようとしているわけではない。けれど、それを利用しようとする人はいると思えるテーマだった。後輩だった遊佐君と併せて考えても、彼の性格はとても弱い。自信を持てるような出来事が起これば、こっちの世界の遊佐君も後輩だった遊佐君のように、態度が大きくて生意気な人間に一日や二日もかからないで変わる。

そのきっかけが恋人や友人ならばいいが、軍事目的の研究所からの勧誘だったらと考えると怖い。そういう研究所は目的をはっきりと言わず、最初に多額の契約金を提示してくると聞いたことがある。その金に目がくらむ人間はいる。

「だから、タイムマシンも公表しないんですか？」

「違うよ、あんなもん公表しても意味がないからね。でも、公表していないことはたくさんあるよ」

「ノーベル賞をもらえるかもしれないのに」

「いらないよ。ダイナマイトを発明した奴の賞なんて」

「欲しい！　欲しい！　って言ってるじゃないですか？」

「賞金とか、地位とか、名誉とかは欲しい。ストックホルムに呼ばれて晩餐会に出て、チヤホヤされたい。他の奴らがノーベル賞もらって調子に乗っていると、むかつくから欲しい」

「どっちなんですか？」

「決められるもんじゃないんだよ。気持ちなんて」

「はい」

「迷うんだよ。人は。何もかも論理的に語ることで、理系ぶる奴がいるけれど、そんな奴は大したことができない。ぼくのように優秀な人間は、人間の本質を分かっている。割り切って語れることではない。迷って、迷って、結論を出せず、それでも前に進むんだ」

「はい」

「ぼくはね、飛行機を見る度に思うんだ」

「何をですか?」

空を見上げるが、タイミングよく飛行機は飛んでこない。さっきできた飛行機雲は横へ広がって、消えた。

「正しいことは何かって」

「どういうことですか?」

「飛行機がなければ、あの戦争もなかった。あったとしても、もっと違うものになっていた。飛行機の研究が進めば、戦争は酷くなっていく」

「そうですね」

「すぐに同意するんじゃないよ。戦争のことなんか、何も知らないくせに」

「すみません」

「でも、飛行機に乗って海外へ行くのは、素晴らしい経験だよ」

「はい」

「大切なのは、人間の精神だ」

「どうしたんですか？　まともな話して」

「クリスマスプレゼントだよ」

「はあ」

大切なことを話してくれたんだと分かっているが、どうして話してくれたのかが分からない。

やはり、どこか悪いのだろうか。

「研究者は、何を研究するべきか考えなくてはいけない。地球を丸ごと破壊する兵器だって、作れないわけじゃないんだよ。ノーベルだって、悪気があってダイナマイトを発明したわけではないだろう。でも、それがどういう結果になったのか、ぼく達は知っている。どんな未来になるか想像して、正しいことをやるべきだ」

「はい」

「夜久君がどこから来たのか、ぼくも知らない。彼は、話したがらないからね。でも、きっとそこはとても寂しいところだ」

それは、僕も感じていた。夜久君が現代人とは思えない。遠い未来からタイムマシンで来たのだろう。そこはどんな世界なのか、彼がいつか話せるようになるといい。

「文明が発達するというのは、いいことばかりじゃないよ。君も気をつけなさい。バカでも、研究者なんだから」

「分かりました」

「本当に分かってんの？」

「分かったとは言えませんけど、考えます」

「僕の親友だって、君を気にしている。嘘を通すために、恩師を演じてもらっただけなのに、君を自分の研究室の学生と同じように心配してくれている。この前、日本に来た時にも、体調の悪いぼくのことよりも君を気にしていた。彼も、公表するべきではないと思った研究をいくつか隠しているよ。それなのに、君は勝手に、時空間を超える理論なんて発表して、恥ずかしいと思え！」

「すみませんでした」頭を下げる。

時空間を超える理論を発表した頃、僕と井神先生の関係は今の遊佐君と井神先生以上に悪化していた。常に井神先生に監視されているような気がして、ストレスを感じていた。僕のことを心配してくれているとは、考えられなくなった。先生から「公表するな！」と、何度も言われたのに、僕は勝手に公表した。

「過ぎたことはしょうがないけど。ぼくも君とちゃんと話すべきだった」井神先生は立ち上がり、また柵の方へ行く。

僕も立ち上がって、隣に立つ。

「すみませんでした」

「すみませんじゃ、済まないことがあるんだよ」

「はい」

「時間っていうのは、不思議だね。ああいう山道みたいなものなんじゃないかってぼくは思うんだ」

正門の先に見える蛇行した道を指さす。

「蛇行してるってことですか？」

「進んでいるように見えて戻っている。平らな道を歩いているつもりが少しずつ上っている。何年何月何日何時何分何秒なんて、人間が勝手に決めただけだ。時間はそんなに分かりやすく進んでいない。進んでなんていないかもしれない」

「存在さえしていないかもしれない？」

タイムマシンと僕や井神先生の人生について考えると、時間が何か分からなくなる。しかし、時間が存在しなければ、この問題は驚くほど簡単に解ける気がする。

「そうだね。でも、人間の決めたルールはある。ぼくらは、本来はまっすぐに進むべきところをずるして、近道をした。道がないところで上り下りした。それはルール違反だ」

「はい」

「いつか君は罰を受ける」

「えっ？」

「それに耐えられる人間になりなさい」

僕を見てそう言い、井神先生は階段の方へ行く。

「どういうことですか？　罰ってなんですか？」先生の後を追う。

「それは、ぼくにも分からない」

「先生は、罰を受けたんですか？」

「教えないよ」

「教えてくださいよ」

「時が来たらな」

「なんですか、時って？」

「だから、それは今話しただろ！　人の話を聞いてないのかっ！」先生は短い足で階段を駆け下りていく。

「あの、そういうことじゃなくて」

「過去も未来もないってことだ」三階まで下りたところで振り返る。

「いや、だから、罰って何か教えてくださいよ」

「ぼく、すごくいい話をしてるって、分かってる？」

「分かってますよ。ありがたいって思ってます」

僕も三階まで下りて、並んで廊下を歩く。

一九四三年に十九歳だったならば、井神先生は一九二四年生まれで今年で八十八歳になる。けれど、一九四五年に逃げたから一歳引いて八十七歳ということだ。簡単な計算だから合っていると思っても、間違っている気がする。そもそも時間が存在しないとしたら、年齢も存在しなくなる。生まれて成長して衰えて死んでいく肉体があるだけだ。

衰えているはずなのに、先生は歩くのが速い。

「ああっ、そうだ！」研究室の前で立ち止まり、大声を上げる。

「どうしました？」

「大事な話があったんだ」

「なんですか？」

「これ、あげるよ」ジャケットのポケットから研究室の鍵を出す。

「持ってますよ」

土曜日の夜や日曜日の昼に井神先生や夜久君が来られない時のために、僕も鍵を持っている。

「教授の鍵だよ」

「どういうことですか？」意味が分からないが、鍵を一応受け取る。

「平沼君、来年度から君が教授だ」

「……えっ？」

「君が教授だ」

「いや、いや、意味分かんないです。僕、助手ですよ。授業も個人の研究室も持っていない、井神先生の個人的な助手ですよ。講師も准教授も飛ばして、教授とか無理ですって」

「肩書きなんか、どうでもいいことだ」

「それでも、いきなり教授にはなれませんよ」

「もう決まっているんだよ。ぼくは今年度で引退して、来年度からは君がうちの研究室の教授になるんだ」

「はあっ？」

「時空間を超える理論を勝手に発表しちゃったおかげで大学からの信頼もあるし、人気もあるし、話は意外とスムーズだったよ。他の大学に引き抜かれるより、うちの大学にいて欲しいって。まあ、どっちにしても、ぼくが決めたことに逆らう奴はいないんだけどね。平沼君がいい！　って、ぼくが言ったら、それで通った」

「ちょっと待ってください」

目をつぶって、深呼吸をする。

これは覚悟を決めるしかなさそうだ。嫌だ！　と言ったところでどうしようもないところまで、話が進んでいるのだろう。

「あと、これもあげる」

目を開けると、見えないくらい近くに銀色のものがあった。一歩下がって確認すると、鍵だった。

タイムマシンの鍵だ。

「ありがとうございます」鍵を受け取る。

「メリークリスマス。今を見つめて生きなさい」井神先生は、研究室に入っていく。

感覚がいつもと違うと感じたのは、精神的なものではなかったようだ。

風邪だった。

井神先生と話して研究室に戻ってから、クリスマス会に少し参加した。乾杯の時だけビールに口をつけて、あとはお茶を飲んでいた。夜久君による子供の誕生日会みたいな飾りつけの中で、学生達が楽しそうにゲームをしているのをぼんやり見ていたら、眩暈がした。倒れそうになったところを夜久君が支えてくれて、車で送ってもらった。

アパートに帰ってきて熱を測ったら、四十度近くあった。

もともと体調が悪かったところに、井神先生と外で話して熱が上がったのだろう。体温計を見た瞬間に力が抜けて、ベッドに倒れた。そのまま寝ない方がいいと夜久君に言われて、薬を飲んで、スウェットに着替えてから眠った。

どれだけ眠ったのか、目が覚めたら外は明るくなっていた。

朝なのか、昼なのか、夕方なのか、何日の何時なのか。

携帯電話で確かめようと思ったが、そんなのはどうでもいいことだ。

熱は下がったみたいだ。

頭がぼうっとするのは、寝過ぎたせいだ。

ベッドから出て、台所へ行く。

ガス台に鍋が置いてあった。中にはお粥が入っている。夜久君が作ってくれたのだろう。

冷蔵庫を開けると、ヨーグルトやいちごが入っていた。これも夜久君が買ってきてくれたのだろう。何か作ってくれたり買ってきてくれたりする人は、他にいない。スポーツドリンクがあったからグラスに一杯飲む。

井神先生が引退したら、夜久君もいなくなってしまう。

無意識にそう考えて、先生と話したことを一気に思い出した。

グラスを流しに置いて、部屋に戻り、脱いで椅子にかけておいたズボンを取る。

ポケットの中から鍵を二つ出す。

テーブルに置いておいて、押入れを開ける。

井神先生からお土産にもらった仮面や魔除けの人形やマトリョーシカが入った段ボール箱を開ける。箱の底に入っている封筒を出す。傷つけないように、なくさないように、ここに入れておいた。

封筒を開き、テーブルの上でひっくり返す。
黄色い星のキーホルダーが落ちる。
タイムマシンの鍵をキーホルダーにつける。
鍵を持つと、黄色い星が揺れた。
窓の外では、雪が降っている。
今日は、金星は見えない。

—5—

誰かが廊下を走ってくる。

走ってきた勢いのまま、ノックもせずにドアを開ける。

西村さんだった。

どれだけの距離を走ってきたのか、西村さんは息を切らしている。研究室の中を見回して他に学生がいないのを確認してから、僕の席まで来る。息を切らしつつも、机と研究機材の間を素早くすり抜けていく。

今日は大晦日(おおみそか)だから、論文が終わっていない修士の学生もアパートや実家へ帰った。

二〇一六年がもうすぐ終わる。

「実家に帰らないんですか?」僕の前に立つ西村さんに聞く。

一度深呼吸をしただけで息は整ったみたいで、西村さんは笑顔で僕の顔をのぞきこんでくる。

「これから帰ります」まっすぐに立ち、改めて微笑む。

「そうですか。また忘れ物ですか？」

「違います。平沼先生にちょっとお願いがあるんです」

「嫌です」

「まだ何も言ってません」

「嫌です」

「どうしてですか？」

「西村さんの笑顔には嫌な予感しかしないからです」

「失礼ですよ」

「どうせ、タイムマシン使わせてください！　って、言うんですよね？」

僕が教授になって四年目になる。

三年間は何をやればいいのか、どうしたらいいのか分からないまま、過ぎた。夜久君がたまに手伝いにきてくれて、どうにかして教授の仕事をおぼえていった。井神先生も学生の様子を見るためにたまにくるけれど、僕には何も教えてくれない。四年目になってやっと落ち着いた頃に「鍵を引き継ぐ相手を探しなさい」と、井神先生から言われた。僕が持っているのがやっぱり嫌なのかと思ったが、もしもの時のためにということだった。もしも僕が事故や事件に遭ったとしてもタイムマシンの管理者がいなくならないように、引き継げる相手は探しておいた方がいい。

西村さんは、研究室に来る学生の中でもずば抜けて頭がいいし、身体能力が高い。恋愛や人間関係に問題を抱えていなくて、性格は冷静沈着だ。まだ学部の二年生で院まで進むだろうから、大学にいる期間も長い。条件が揃っていると思って選んだが、間違えたかもしれない。

「違います」西村さんが言う。

「そうなんですか？」

「使っていいならば、使います」

「駄目です。使いたかったら、まずはレポートを書いてください」

「はじめは、僕に言ってくださいとしか、言わなかったじゃないですか？　それなのに、レポートって」

数字に対する感覚はいいのに、西村さんは理論立てて話すのはあまり得意ではない。直感で話し、自分の好きなように動く。彼女のそういう態度を支えてくれる彼氏が東京にいる。彼氏がなんでも聞いてくれるから、研究室では静かにしていただけなようだ。

タイムマシンを西村さんに引き継がせようと決めたが、今はその危険性や使い方を説明している段階で、鍵は渡していない。いつか彼女が管理者になるから好きに使ってもらえばいいと最初は思ったけれど、何をするか分からないところがある。危険性を予測するよりも先に動いてしまう。エラーが起きた後で、原因を考えるタイプだ。過去や未来で何かあって戻ってこられなくなっても、彼氏やご家族に事情を説明できない。慎重に使わせるために、彼女が苦手とするレポートを課すことにした。

「レポートが嫌ならば、鍵は渡しません」

「その問題は、また年が明けたら話し合いましょう。今日は、あまり時間がありませんので」

「じゃあ、良いお年を」

「まだ帰りません」

「早く帰った方がいいですよ。彼氏も実家に帰ってきてるんじゃないですか？」

彼氏は幼なじみで、実家が近所だ。大学に入る時に初めて離ればなれになった。遠距離恋愛になってうまくいかないと感じた時期もあったが、何があっても別れる気はないらしい。西村さん本人と研究室の学生からそう聞いた。研究室には、西村さんをいいと思っている男が何人かいるけれど、彼女は誰にも興味を示さない。

「お願い、聞いてくださいよ」

「嫌です」

「とりあえず、話をさせてください」

「聞くだけですよ」

「はい」

「どうぞ」

「年明けに彼氏と彼氏の先輩とそのお友達が仙台に遊びにきます」

「そうですか」

「先生、お正月も研究室にいますよね？」

「はい」

今日はたまっている事務仕事を片づけたら、井神先生の家に行く。夜久君と先生と三人で年を越して、明日の午後にはアパートに帰ってくる。アパートにいてもやることはないから、二日から研究室に来る予定だ。論文が終わっていない修士の学生も来るだろう。

「彼氏の先輩とそのお友達が平沼先生に会いたいって言ってるんですよ」

「なぜ？」

「二人ともデザイン事務所に勤めていて、不思議な力を持ったおもちゃのデザインをやってるんですって」

「不思議な力を持ったおもちゃ？」

「知りません？　超能力者じゃなくても超能力を使えるようになるとか、そういうやつです」

「なんとなくは知っています」

文明の発達が人間の未知の能力を引き出したのか、去年くらいから超能力者が出るテレビ番組が流行っている。手品みたいなことをする人が多いが、超能力としか思えない人もいる。僕もコメンテーターとして、一度だけ超能力特集の番組に出た。専門家の意見を聞かせてくださいという取材が来たことも、何度かある。超能力の専門家ではないけれど、時間を操れると話題になっている女の子がいて、時空間を超える理論と繋がりがあるんじゃないかと思われたようだ。その時に、超能力のような力を持つおもちゃの開発が進んでいるという話を少し聞いた。

「それで、彼氏が先輩に先生の話をしたら、会ってみたいって言われたらしくって」

「どうして？」

「タイムマシンの話を聞いてみたいって」

「タイムマシンのことを彼氏に話したんですか？」

「違います、違います。研究の話です」

「そうですか」

「いいですよね？」

「良くないです」

「どうしてですか？」

「論文を書く学生の邪魔になります」

「邪魔にならないようにしますから。三日の午後に少しだけ」

「彼氏とは、それくらいのことも断れない仲なんですか?」

「断れますよ。彼氏には」

「じゃあ、断ってください」

「でも、彼氏は先輩には断れません」

「昭和の運動部みたいな上下関係があるんですか?」

「昭和でも運動部でもないのでそれはないですけど、日雇いのバイトを紹介してもらったり、お世話になっているみたいなんで」

「そうですか」

「お願いします」

「うーん」

三日はまだ学生も少ないだろうし、不思議な力を持ったおもちゃの話も聞いてみたいとは思うが、三が日はゆっくり過ごしたかった。研究室で自分の研究を進められる時間は限られている。冬休みが終われば修士論文の審査が始まるし、学部生の試験や入試がある。落ち着く暇もなく、博士論文の提出期限になって春が来て、新入生が入ってくる。

「タイムマシンのこと、ばらしますよ」

「はあっ?」

「先生、わたしには日曜日の午前中しか使っちゃいけないって言うのに、他の日にも使ってますよね」

「使ってませんよ」

「いいえ、そんなはずありません。メンテナンスの跡がありました」

「メンテナンスはしますよ。ここに誰もいなければ大丈夫ですから。日曜日の午前中にメンテナンスをしていて、過去や未来から来た人に会ったら気まずいですし」

今年の春にどうしてもすぐに手に入れたい本があって、学生が裏の公園へ花見に行っている間に使った。それ以外に平日に使ったことはない。

「そういう問題ですか？　井神先生に言ったら、怒られますよ」

「いいですよ。言って」

学園祭の時に井神先生が研究室に来たから、西村さんと会わせた。背が高くて細くてきれいな顔をしている西村さんを、先生は気に入っていない。

「もっと広く世間にばらしますよ」

「西村さん、君はそれがどれだけ危険なことか分からないほど、頭悪くないですよね？」

「はい」反省したのか、下を向く。

「いいですよ。三日の午後に少しだけ会いましょう」

「いいんですか？」顔を上げて、嬉しそうにする。

「少しだけですよ」

「ありがとうございます。古書のことも秘密にしておいてあげますね」西村さんは本棚を見て、微笑む。

「はい、はい」

本棚には三島由紀夫や太宰治の本が並んでいる。古いものだけれど、タイムマシンを使って集めたわけじゃない。古本屋巡りは今の僕の趣味だ。しかし、できるだけ状態のいいものが欲しくて、過去に戻って買った本が一冊だけある。

「では、良いお年を」頭を下げてそう言ってから、西村さんは研究室を出ていく。

「良いお年を」後ろ姿に向かって言う。

廊下を歩く足音が遠くなり、静かになる。

僕もそろそろ帰ろう。

今は晴れているが、夜は雪が降るという予報だ。井神先生の家の辺りは、町中よりも先に雪が降る。早めに行った方がいい。

机の引き出しから研究室の鍵とタイムマシンの鍵を出して、カバンに入れる。本棚から『美しい星』の初版本を取り、それもカバンに入れる。

井神先生から来るように言われて山奥まで来たのに、先生はずっと二階の書斎にこもっている。

　年越しに合わせて居間に下りてくるかと思ったが、来なかった。机に向かったまま寝ているのかもしれないと言って夜久君が様子を見にいったけれど、起きていた。話しかけられる雰囲気ではなかったみたいなので、僕と夜久君の二人で蕎麦(そば)を食べて新年のあいさつをして、それぞれの部屋で眠った。

「おはようございます」

　客間から出て一階の台所に行くと、夜久君はもう起きてお雑煮を作っていた。テーブルにはお節のお重が置いてある。

「おはようございます」

「先生は、寝室ですか？」

「書斎にいます」

「寝てないんですか？」

「はい」夜久君は心配そうにうなずく。

「何をしているんですか？」

「書き物をしています」

「それ、前も言ってましたよね？」

前にも同じような会話をした。

　タイムマシンを使った後、研究科棟の前で花見をした時だから、四月の半ば頃だ。

「はい」

「それからずっと同じものを書いているんですか？」

「僕にもよく分からないんです。新しい研究を始めようとしているのかもしれません。最近は、書斎にいる時間が日に日に長くなってきています」

「身体は、大丈夫なんでしょうか？」

「病院にも行っていないので」

「そうですか」

台所から顔を出し、階段の上を見てみるが、井神先生の書斎からは物音も聞こえない。客間は書斎の隣にある。夜の間中、人の気配も感じられなくて、隣の部屋に誰かいるとは思えないくらいだった。

「夜久君は、ちゃんと寝ていますか？」

「僕は大丈夫です」

「何かあったらすぐに来るので、連絡をください」

「平沼先生もお忙しいでしょう」

「忙しいですけど、仕事より大事なことがありますから」

最初に会った頃から常に「死」ということが纏(まと)わりつくように、井神先生の背後に見えていた。年齢がそう感じさせるのだと思っていたけれど、違うのかもしれない。先生はいつも「死」について、考えている。タイムマシンで過去や未来に行けても、自らを若返らせることはできない。どれだけ文明が発達したところで、人間は必ず死ぬのだ。戦中にタイムマシンを作った時からずっと、先生はそのことだけを見つめてきたんじゃないかと思う。死神がいるなんて少しも信じていないが、その大きな鎌が先生の首にかかっているのがたまに見えるような気がする。

先生がいなくなってしまう前に、教えてもらわなくてはいけないことがまだまだたくさんある。

「お雑煮に何個入れますか?」ジッパー式の袋から夜久君はお餅を出す。

「三個、お願いします」

大学の近くの商店街にあるお煎餅屋さんが年末になると売り出すお餅だ。お煎餅屋さんでは、のしもちの状態で売っている。夜久君は毎年必ず五枚は買ってくるのだが、今年は一枚だけにしたようだ。先生もあまり食べないだろうし、大学の関係者や学生達に新年のあいさつには来なくていいと言ったらしい。誰も来ないと寂しいから、僕を呼んだのだろう。お節も三人で食べ切れる量しか、用意されていない。

「寂しいですね」お餅を焼きながら、夜久君が言う。

「夜久君でも、そういうことを思うんですか?」

「思いますよ」

「パーティーとか好きですもんね」

「はい」

いつもは学生と親しく付き合うわけではないのに、井神先生が飲み会やバーベキューに参加したのは、夜久君のためでもあったのかもしれない。クリスマス会の飾り付けも、バーベキューの買い出しも夜久君が中心になって学生達と一緒に動いていた。親が子供に世界の広さを見せるような気持ちで、夜久君にも自分といる以外の世界を見せようとしていたのだろう。今はもう、そんなことをする余裕もなくなっている。

「お重、居間に運びますね」

「はい、お願いします」

お節のお重を居間に運んで、テーブルに並べる。

庭に雪は積もっているが、空は晴れている。

山の方から枯れ葉が一枚飛んできて、雪の上に落ちる。

「井神先生に声かけてきましょうか？」台所に戻り、夜久君に聞く。

「そうですね。昨日の夜から何も食べていませんし」

「様子、見てきますね」

しかし、廊下に出て階段を上がろうとしたところで、井神先生が書斎から出てきた。眠そうな顔をしているが確かな足取りで、階段を下りてくる。

「君、いたの？」井神先生は僕を見て、驚いた顔をする。

「昨日からいました」

「昨日？」

「去年です」

「去年？」

「年を越しましたよ」

「いつ？」

「八時間ほど前に」

「ああ、そう」

「明けましておめでとうございます」頭を下げる。

「ぼく、用があるから、君はさっさと帰りなよ」

「はい？」

「午後からガールフレンドが来るんだよ」

「ガールフレンド？」

「彼女だよ！　彼女！」そう言って、井神先生はお風呂場へ行く。

研究のためでも、健康状態のためでもなくて、彼女のために来客を断ったということのようだ。寝ずに机に向かったのも、彼女が来るより前に終わらせたいことがあったからだろう。

やっぱり、西村さんのお願いは聞かない方がよかったのかもしれない。

まだ三日だから町はお正月ムードで、いつもより時計の進みが遅いのではないかと感じられるくらい、のんびりした空気に包まれていた。駅前の商店街で開いているのは、コンビニとファストフードくらいだ。運動部の練習は休みだし、用もないのに来るような学生もいないから、大学の中も静かだ。研究室の中も静かだが、空気が緊迫している。

修士の学生達が十五人くらい来て、無言でパソコンに向かっていた。キーボードを叩きつづける音だけが響き渡る。大晦日と一日、二日と遊んでしまった分を取り返そうとする気持ちが痛いほど、伝わってくる。

「明けましておめでとうございます」ドアが開き、遊佐君が入ってくる。

「おめでとうございます」

「今年もよろしくお願いします」僕の席まで来る。

「よろしく」

一通りのあいさつを終えて、遊佐君は修士の学生達の方をのぞきこむ。

「大変そうですね」

「遊佐君が修士の時よりは大変じゃないですけど」

「やめてください、過去のことです」恥ずかしそうにする。

「遊佐君ほどやる気のある学生もいなくなったっていう話ですよ」

「それならいいんですけど」

遊佐君は話しながら、自分の席へ行く。

井神先生に紹介された研究所に三年間勤めて、遊佐君は去年の四月に大学に戻ってきた。今は、僕の研究室の博士課程に所属している。一昨年の秋の入試で会った時には、前の世界で後輩だった遊佐君が来たのかと思えるくらい雰囲気が明るくなっていた。話を聞いてみたら、ちゃんとこっちの世界の遊佐君だった。研究所に入ってすぐの研修で、地元の秋田へ行った時に高校の同級生と会い、そこで彼女ができたらしい。結婚も考えているが、大学院に戻ることは彼女の勧めで、その間は待つと言ってくれている。その彼女に去年の学園祭で会ったのだけれど、後輩だった遊佐君が付き合っていたのと同じ女の子だった。

世界が変わっても、遊佐君の人生を変えて支えるのは、同じ女の子ということだ。

彼女を見た瞬間に、僕が考えつづけてきた仮説の全てが崩れていくのを感じた。違う世界に何度行っても、出会うべき相手とは出会うのかもしれない。こうだからこうという理論では説明できないことが、人と人の間では起こる。

「今日の午後、お客さまが来ます」遊佐君に言う。

「新年のあいさつですか？」

「いえ、西村さんの彼氏と彼氏の先輩とそのお友達です」

「何しにくるんですか？」

「僕の研究について聞きたいと言われました」

「研究者なんですか？」

「東京のデザイン事務所に勤めていて、不思議な力を持ったおもちゃのデザインをやっているらしいです」

「へえ、おもしろそうですね」

「知ってますか？　不思議な力を持ったおもちゃ」

「研究所に勤めていた時の友人から聞いたことがあります」

「そうですか」

友人という言葉が遊佐君の口から出る度に、驚いてしまう。修士課程で井神研究室に所属していた頃は誰とも仲良くできなかったのに、研究所には友達がたくさんできたらしい。今の彼ならば、タイムマシンを渡してもいいと思えた。西村さんではなくて、遊佐君を後継者にしようと考えていた。けれど、今の彼はタイムマシンを必要としていない。研究内容は時空間に関することだが、宇宙開発への応用がメインになっている。前の世界で魚住さんが研究していた分野だ。

僕も、いつまでもここにいないでどこか違う場所へ行っていれば、違う人生が拓けていたのだろうか。

研究所に入らずに大学にいたままだったら、遊佐君は友達とも彼女とも会えなかったんじゃないかと思う。出会うべき相手と出会うためには、行動が必要という気がする。どこへも行かず、誰かが来るのを待っていても、何も起こらない。

「でも、そんなに便利なものが必要ですかね?」パソコンの電源を入れて、遊佐君はコーヒーを淹れる。

入口の横に冷蔵庫があり、その隣の棚の上にコーヒーメーカーが置いてある。棚には、マグカップやお菓子が並んでいる。

「これ以上便利になる必要はないという気はしますね。自分達のやっていることと反する気もしますけど」

人間が不自由なく暮らしていけるものは、揃っている。それらをより良い状況で使用するための再生可能エネルギーなど、環境破壊を防ぐための研究が最先端分野になってきている。壊してきたものを直していく。それは重要なことだが、エネルギー資源が見つかれば、その権利を求めて政治が乱れ、また新たな暴動や戦争が起こる。このまま何もしないというのが最も安全に思えるけれど、このままというわけにはいかない。

人類全員が「このままでいたい」と願ったとしても、それだけは叶えられない。現状維持という選択肢は、この世界に存在しない。間違っていると感じながらも、前へ進んでいく。

でも、自らの前には何もなくて、一秒先の未来だって、正確な予測はできない。

過去だけが腕や足に絡みつくようにして、僕を引っぱる。

「難しいところですけど、子供のうちからそんなに便利にならなくていいですよね」コーヒーメーカーの前に立ったまま、遊佐君は話しつづける。

「僕が高校生の頃なんて、携帯電話もありませんでしたよ」

「えっ？」驚いた顔で、僕を見る。

「二十年近く前ですからね」

計算を間違えたかと思ったが、合っている。前の世界で二〇〇三年に高校生だった僕が携帯電話を持っていなかったのだから、こっちの世界で二〇〇三年に二十四歳だった僕が高校生の時に携帯電話を持っていたはずがない。

教授になって研究以外の仕事が忙しくなり、前の世界を思い出すことも減ってきた。たまに前の世界とこっちの世界の記憶が混同する。古書を集めるのは、忘れていないことを確認するためでもある。

タイムマシンを使って昭和三十七年に行き『美しい星』を買った時には、自分の気持ちが変わっていないのだと感じた。

『美しい星』は休み中はアパートに持ち帰って、また今日持ってきた。何か起きた時に手元にあるように、できるだけ持ち歩いている。前の世界に置いてきた文庫本の代わりにはならないけれど、長谷川さんへの気持ちを思い出せるものを持っておきたかった。

「ああ、そうですよね」遊佐君が言う。「この何年かは色々なものの進化が速くなってきていますから、何がいつ頃に発売されたのか、忘れちゃいますよね」

「どこかの大学で、超能力者の研究を始めたらしいですよ」

「テレビに出ているような人の研究ですか？」

「はい」

「研究してどうするんですかね？」

「その原理を解明して、増やすんでしょうか？」

「増やしてどうするんでしょう？」

「軍事目的じゃないですか？」

「最終的には、そうなりますよね」

コメンテーターとしてテレビに出た時に、収録の後で中学生の女の子と少しだけ話した。念力と時間を伸縮する力を使える子だ。時間が伸縮するというのはどういう感じか詳しく聞きたかったが、研究対象として見るべきではない。超能力なんて、子供の遊びの範囲で留めておくことだ。研究して力が強くなれば、悪用される。だいたいの子供は、どんなことに使えるかも考えられないうちに、力が衰えていく。衰える前に解明しようとしているならば、研究対象はまだ小学生にもならないような小さな子供なのかもしれない。

「でも、不思議な力を持ったおもちゃの話は聞きたいですよね」

「そうなんですよね」

嫌な世の中になっていくのを感じつつも、おもしろそうな研究の話や自分が知らないことは聞いてみたい。

誰かが研究室のドアをノックする。

「西村さんの彼氏とその先輩とお友達でしょうか？」遊佐君はマグカップを机に置き、ドアの方を見る。

「西村さんが連れてくるはずなので、違うと思いますよ」

「そうですよね。僕、出ますね」

「お願いします」

遊佐君はドアを開ける。

小柄な男の人なのか女性なのか、ちょうど遊佐君とドアの陰になっていて、見えなかった。

何か話しているけれど声が小さくて、僕の席までは聞こえない。

「どうしました？」遊佐君に聞く。

「西村さん達とはぐれちゃったみたいです」

遊佐君が身体ごとこちらを向いたので、そこに立っている人が見えた。

そこには、まっすぐで長い足を揃えた女の人が立っていた。困っているような恥ずかしそうな顔で、僕を見ている。西村さんの彼氏の先輩か、先輩のお友達なのだろう。勝手に、男だと思いこんでいた。

「すいません」僕を見たまま、女の人が言う。「あの、平沼先生にお会いできるっていうことで来たので、ここに来れば西村さんがいるかと思って」

あの時と同じだ。

二十四歳の僕は、その声も顔も忘れてしまったと思っていた。タイムマシンで二〇〇三年の十一月に来て、その声を聞いたら全てを思い出した。

声も顔も、どうしたって忘れられない。

長谷川さんだ。

遊佐君の正面のあいている席に、長谷川さんに座ってもらった。

「どうぞ」遊佐君が長谷川さんにコーヒーを出す。

「ありがとうございます」

「西村さん、どこ行っちゃったんでしょうね」

「私がぼうっとしていたから悪いんです。周りの景色を見ていたら、三人ともいなくなっていて。雪道にも慣れていなくて」

「ああ、年末年始は雪かきをちゃんとしていないから、歩きにくいですよね。いつもはロボットがやってくれるんですけど、正月休みをとってるんですよ」

「ロボットなのに？」

「帰る家はありませんけど、冬休み中はメンテナンス期間ということです。守衛ロボットはいつも通りに稼働しているので、正門から学生課の辺りまでは雪かきしてもらえます」

「へえ」

長谷川さんと遊佐君が喋っている。

僕は自分の席で、パソコン越しに長谷川さんを見る。

よく似ている他人じゃないかと思うが、本人だ。化粧をしているし、服装も高校生の時とは違う。雰囲気も大人っぽくなっている。今年で三十歳になるのだから、立派な大人だ。変わったところはいくつも見つけられそうだけれど、どこがどうなっていても、長谷川さんだ。

人間が人間を憶えるのは、感覚なのだと思う。

その感覚は変化に対応できる。一目見ただけの相手だと話は違うのだろうけれど、何度も会っている相手ならばどんなに変わっても、会った瞬間に確信が持てる。

目元が少し違うし、口元も違う気がする。それでも、僕の脳が「長谷川さんだ」という信号を出しているから、目の前にいる彼女は長谷川さんで間違いない。

夢かもしれないということも一応は考えてみるけれど、考えるだけ無駄だ。長谷川さんの夢は何度も何度も見ている。前の世界にいた頃は事故の記憶が鮮明すぎたのか、あまり見なかった。こっちの世界に来てから、よく見るようになった。夢と現実の違いは説明できないが、今が夢ではないことはよく分かる。夢の中で「これは夢だ」と思うことはあっても、現実を生きている時に「これは現実だ」と、わざわざ考えない。

「携帯には電話してみたんですか？」遊佐君が長谷川さんに聞く。

「はい。でも、誰も出なくて」

「そうですか」

「ここにいたらご迷惑ですよね？」

「大丈夫です。というか、ここにいた方がいいですよ。構内は建物が多くて分かりにくいですし。そのうちに西村さん達も来ますよ」

「でも……」長谷川さんは、修士の学生達の方を見る。

「気にしないでください。周りの音が耳に入らないくらい集中していますから」

「いいんですか？」

「いてもらっていいですよね？」遊佐君は、僕に聞いてくる。

「あっ、はい、いいですよ」

平静を装って答えようとしたら、怒っているような低い声になってしまった。

「すいません」僕を見て、長谷川さんは頭を下げる。

「西村さん、彼氏が来ると周りが見えなくなるからな。いそうなところを見てきますね」携帯電話を持って立ち上がり、遊佐君は研究室から出ていく。

研究室に、僕と長谷川さんの二人きりになってしまった。

本棚の向こうには修士の学生達がいるが、何も言ってこないだろうから、背景みたいなものだ。彼らに余裕のある時だったら、誰かに長谷川さんの相手を任せて僕も出ていきたいけれど、今日はそんな学生は一人もいない。

「あの、私、先生と出身地が同じなんですよ」緊張しているのか、長谷川さんは遠慮がちに話す。

高校生の時は、人見知りするという印象はなかった。そもそも島中に知らない人なんてほとんどいなくて、人見知りする必要のある相手もいなかった。島の一学年二クラスしかない高校で八ヶ月間一緒に過ごしただけでは知ることができなかった、彼女の表情がたくさんあるのだろう。

「島ですか？」

「はい、高校は先生とは違いますけど」

「僕のところは廃校になってしまったから」

丹羽光二だった僕が卒業したのとは別の高校を平沼昇一になった僕は卒業したことになっている。その高校は廃校になったから、経歴を探られたり卒業生として騒がれたりすることはなかった。

「東京に出てきて十年以上経つのに、雪はまだ珍しいです」

「四月に桜が咲くのも？」

「はい」共通の話題で気持ちが落ち着いたみたいで、長谷川さんの声と表情が柔らかくなった。

「高校卒業してすぐに東京に出たんですか？」

「そうです。大学から東京です」

「美大とか？」

「大学は文学部です」

「デザイナーなんですよね？」

「デザインの勉強は、ダブルスクールで夜間の専門学校に通ったんです」

「へえ」

「すいません、名刺も渡さず」

カバンを持って立ち上がり、長谷川さんは僕の前に来る。

「大丈夫ですよ、仕事じゃないんですから」

「そうですよね。でも、一応」名刺ケースを出して、名刺を一枚出す。「長谷川葵と申します」

苗字が長谷川のままなことに、心が揺らいだ。

仕事では旧姓で通す女性も多いが、指輪もしていないし、結婚はしていないのだろう。独身であることに対して良かったと思う気持ちと、どうして一人でいたのか心配になる気持ちが僕の心の中で入り乱れる。

「ありがとうございます。じゃあ、僕も」机の引き出しから名刺を出す。「平沼昇一と申します」

「ありがとうございます」名刺と見比べるようにして、僕の顔を見る。

「どうかしました?」

「いえ」

廊下を走ってくる足音が聞こえる。

この足音は、西村さんだ。

「葵さん、ごめんなさい」ドアを開けて、西村さんは研究室に駆けこんでくる。

「静かに」僕から注意する。

「すいません」修士の学生達の方を見て、謝る。

開いたままのドアのところに男性が二人いて、入っていいのか迷っている顔をしている。

安心したのか、長谷川さんは笑顔で彼らを見る。

笑顔は、高校生の時のままだ。

背の低い方が西村さんの彼氏のあゆむ君だ。会うのは初めてだが、西村さんから何度も話を聞いているし、写真や動画を見たことがある。背の高い方があゆむ君の先輩で、そのお友達が長谷川さんということだ。あゆむ君の先輩は、研究室にいる学生より若く見えるけれど、長谷川さんと同い年くらいなのだろう。

「どうぞ、入っていいですよ」後ろから来た遊佐君が二人に言う。

「失礼します」

二人は恐る恐るという表情で入ってきて、研究室を見回す。

「紹介しますね」西村さんが言う。「わたしの彼氏のあゆむ君です」

「はじめまして」あゆむ君は僕の前に立ち、頭を下げる。

久しぶりに彼氏と会えて浮かれちゃっている西村さんに対し、あゆむ君の態度は冷静だ。西村さんは結婚したいと言っていたが、そのうちに別れるかもしれない。西村さんの熱をあゆむ君が受け取ることでバランスを取っているように見せて、そうでもないいんじゃないかという気がした。

「あゆむ君の先輩の田中(たなか)さんです」

「田中です。今日はお忙しいところ、ありがとうございます」カバンから名刺入れを出し、名刺を一枚出す。

「平沼です」受け取ってから、僕の名刺を渡す。

「そして、田中さんの彼女の葵さんです」

「違うよ」田中君が否定する。

長谷川さんも顔を真っ赤にして、首を横に振る。

さっきの笑顔は、田中君に向けられていたんだ。

東京から仙台まで一緒に来ているのに、冗談で恋人なんて言えないくらい、大切な相手ということだろう。


研究室にはみんなで話すようなスペースがないから、研究科棟一階にあるミーティングルームに移動した。

学食も開いていないし、研究科棟以外の建物には鍵がかかっている。ミーティングルームも閉まっていたが、正門にいる守衛さんに言ったら鍵を貸してもらえた。

主に遊佐君が田中君の質問に答えていて、西村さんまで遊佐君に質問して、補足として僕が答えた。田中君はデザイナーということだが、理系の話にも強いようだ。超能力やロボットについては、僕や遊佐君よりもよく知っていて、論理的に説明していた。あゆむ君は興味がないのに連れてこられたみたいで、ずっと眉間に皺を寄せていた。長谷川さんもなんの話をしているのかよく分からないという顔で、首を傾げていた。田中君と西村さんが白熱して、途中からは僕と遊佐君も黙って二人の話を聞いているだけになった。

「それだったら、研究室で見せてもらいますか？」田中君と西村さんに、遊佐君が言う。

タイムマシンの話から、宇宙開発の話になり、遊佐君が共同研究をやっている研究室の話になった。そこでは、ワープの研究を進めている。宇宙で時空間を飛び越えるのだ。まだまだ研究の初歩段階でしかないため門外不出とされている機材が、うちとは別の研究室に置いてある。

「見られるんですか？」田中君は、目を輝かせる。

「駄目ですよ」西村さんが言う。「わたしだって、見たことないのに」

「いいですよ。見た目で何か分かるものではないので、おもしろくないと思いますけど」

「見たいです」

「確認してきます」携帯で電話をかけながら、遊佐君はミーティングルームから出ていく。

「お願いします！」

ただでさえ若く見える顔で、田中君は子供みたいに嬉しそうにする。

作り話としか思えない話も信じていてだまされやすそうではあるが、純粋でマジメで、悪い男ではないようだ。

「大丈夫そうです」遊佐君が戻ってくる。

「行きましょう」田中君は立ち上がり、僕達も立ち上がる。

長谷川さんは田中君に寄っていく。

「私、ここで待ってようかな」小さな声で言う。

「なんで?」

「話が難しくて」

「そっか。ごめん」

「いいよ、気にしないで」

「ここは閉めちゃうんで、研究室にいますか?」二人の横にいた遊佐君が言う。「先生は、研究室に戻られますよね?」

「はい。あゆむ君はどうしますか?」僕の横にいるあゆむ君に聞く。

彼にも話は難しかっただろう。長谷川さんと二人になるのは気まずいから、あゆむ君も来てくれると助かる。

「僕は、せっかくなんで見にいきます」

「そうですか」

遊佐君が先に連絡を入れていたみたいで、僕達がミーティングルームを出たら、守衛さんが鍵を取りにきた。

「お願いします」遊佐君は守衛さんに鍵を渡す。

「あれって、ロボットなんですよね?」あゆむ君が言う。

「そうですよ」僕が答える。

「見えませんね」

「最近は、一般家庭用にも高性能のものが出てますよね」

「そうですけど、男性型は珍しいですよ。うちの大学の守衛さんは人間です」

「いつの間にかロボットになっているかもしれませんよ。僕はしばらく気がつきませんでしたから」

「ええっ、そうなんですか？」

「はい」

家庭用の女の子型ロボットを、あゆむ君が西村さんには言わずに買ってけんかになったことを僕は知っているが、知らないフリをしておいた。表面的にはうまくいかなそうに見えても、二人の間にはいくつもの出来事が積み重なっていて、他人がどうしたって崩れないような強い関係になっているのかもしれない。

研究室に戻ったら、修士の学生達がいなくなっていた。

まだ三日だし、早めに帰ったようだ。休み明けで集中力もつづかないだろう。

長谷川さんと本当に二人きりになってしまった。

僕もどうしたらいいか分からないが、長谷川さんはもっとどうしたらいいか分からないようだ。さっきと同じ席に座って、見ていいのか見ちゃいけないのか迷っているような顔で、研究室の中を見回している。

「コーヒー、飲みますか？」コーヒーメーカーの前に立ち、長谷川さんに聞く。

「いえ、大丈夫です」

「お菓子、食べますか？」

「大丈夫です」

「疲れてますか？」

「少し」

「話、難しかったですよね？」

「田中君に言ったの、聞こえてました？」

「はい」

「本当は、そんなに難しくなかったです」

「じゃあ、なんで？」

「ちょっと色々と思い出しちゃって」僕から目を逸らし、窓の外を見る。

「何を？」

「島にいた頃のことです」

「高校生の頃のことですか？」

「はい」

「どういうことを？」

「高校一年生の時に仲良くしていた男の子がいたんです。彼の夢は、宇宙開発研究所で働いて、自分が開発したロケットを飛ばすことでした」

「はい」

「死んだんです」長谷川さんは、僕を見る。

「えっ？」

「ロケットの打ち上げを見にいく約束をして、その待ち合わせ場所で、私の目の前で交通事故に遭いました」

「はあ」

僕の話であり、僕が見ていたことの話でもある。どう返せばいいのか分からなかった。

「ごめんなさい、こんな話をされても困りますよね」下を向き、恥ずかしそうにする。

「いいですよ。気にしないでください」

「すいません」

「田中君は、その話を知っているんですか？」

「はい。でも、全部は伝わらないんだって思いました」

「全部？」

「事故の時の気持ちとか、その後のこととか、辛いや悲しいという言葉では言い表せない感情とか」

「そうですね」

「もういないって分かっているのに、宇宙関係のニュースがあると彼に話を聞きたいって思っちゃうんですよね。先生の時空間を超える理論のニュースも見てました。タイムマシンができたらどんなにいいんだろうって」

長谷川さんの姿を探して、僕は図書館へ行って本を読んだ。それと同じように、長谷川さんは丹羽光二の姿を探していたんだ。

「タイムマシンができても、彼と生きることはできませんよ」

「そうですよね。でも、もう一度だけでいいから会いたいんです」

「一度だけ?」

「はい」

長谷川さんの真横にある銀色の円筒がタイムマシンだとは、言わない方がいい。研究室には誰もいないし、今すぐにでも事故が起こるより前に行くことはできる。向こうで使うお金のこととかは、とりあえず一度タイムマシンを使ってみてから説明するのでもいいだろう。その後で、島に行くかどうするかまた相談すればいい。けれど、そんなことをしても彼女の気が済むわけではない。そのことは、僕が一番よく知っている。

何も知らず、無理だと思っていた方が先へ進める。

「先生、彼とよく似ています」

「僕がですか？」

「テレビに出ていらっしゃった時も、表情とかメガネを上げる仕草とか話し方とか似てるなって思って見てました。同じところにホクロがあるし」右頰を指さす。「彼は先生より十五センチくらい身長が低かったから全然違うはずなんですけど、事故に遭わないで生きていたら背が伸びることもあったかなって」

「男の子は、高校生で急に背が伸びることがありますからね」

「はい」

「僕も高校二年生の夏頃から背が伸びたんです」

「そうなんですか？」

「今より十五センチくらい低かったので、彼と同じくらいでした」

「やっぱり、似てますね」

「はい」

「さっき、遊佐さんの向こうに平沼先生が見えた時、ビックリしたんです。あっ、丹羽君だ！　って思って。丹羽君っていうのが彼の名前なんです。テレビや雑誌で見て似ていても実際に会ったら似てないんじゃないかなって思ってたのに、そっくりだから」

「そうですか？」

「本人みたい」

「僕も会ってみたかったですね、丹羽君に」

「それもあって、ちょっと疲れちゃったんです」

「僕のせいですか？」

「ごめんなさい、そういうことじゃないです」笑顔で、首を横に振る。

田中君に向けた笑顔とは違い、どこか苦しそうに見えた。

どうにかして彼女の気持ちを楽にしてあげたいが、それができるのは僕じゃない。僕が丹羽光二で、今日までどんな生活をしてきたかを話せば、余計に苦しめることになる。

「これって、先生の本ですか？」長谷川さんは立ち上がり、本棚の前へ行く。

そこには、買い集めた古書が並んでいる。

僕も本棚の前へ行って、長谷川さんの隣に立つ。

「そうですよ」

「貴重な本もありますね。触ってもいいですか？」

「どうぞ」

「すごい」三島由紀夫の本を一冊取り、嬉しそうにする。

「そんなにすごくはないですよ。どれも、市内の古書店で買えるものですから」

「そうなんですか？」

「出張で東京に行った時に買った本もありますけど」

「小説、お好きなんですね？」

「趣味程度です」

「そこは丹羽君と違うところです。丹羽君、小説が読めなかったから」

「僕も高校生の時は、小説が読めませんでした。その頃に好きだった女の子に読むように言われても読めなかったけど、大人になったら読めるようになりました」

「その女の子と付き合っていたんですか？」本から顔を上げて、僕を見る。

「いいえ、好きとは言えないままでした」

「青春の思い出なんですね？」

「はい」

「その女の子は、今どこでどうしているんですか？」

「東京で働いているみたいです」

「会ってないんですか？　テレビに出たのを見て、連絡がきたりとか」

「もう何年も会っていませんし、連絡もありません」

「そうですか」

「三島、好きなんですか？」僕から聞く。

「高校一年生の頃によく読んでいました。三島とか太宰とか読んでるとかっこいいかなって思って。大人っぽい感じがして、憧れていたんです」

「そうだったんですか？」そんな理由とは、思いもしなかった。

「えっ？」

「いや、えっと、そうなんですか？」

「あと、その頃なぜか、自分がもうすぐ死んでしまう気がしていたんです」長谷川さんは、視線を本に戻す。「病気でもないし、身の回りで誰かが死んで考えるようになったとかきっかけがあったわけでもないのに、もうすぐ死ぬと感じていました。家族も、友達も、通学中に見る景色や生まれ育った島も、全てが遠のいていく気がしました。未来には、闇しか広がっていない。私の身体を包むように、その気持ちが纏わりついてはなれてくれませんでした。でも、死んだのは、私ではなくて丹羽君だった」

「丹羽君が死んだ後は、そういう気持ちになることはなくなりましたか？」

「死にたいと思ってしまったことはありました。でも、死ねないという気持ちが強くなりました」

「それは、良かったです」

「死に対する意識があったから、三島や太宰に向かったんだと思います。心中はちょっといいかなって考えていました。割腹自殺は嫌ですけど」

「嫌ですね。割腹自殺は」

「三島も太宰も今も好きですけど、事故の後しばらくは読めませんでした」本を本棚に戻す。

「彼を思い出すから？」

「はい。大学で文学部に入ってからもまだ読めなくて、東京の生活にもなじめなくて、島のことばかり考えていて、丹羽君のことも思い出しちゃって、事故の前に戻りたいと願っていました。そんなことできるはずがないし、忙しくして何も考えられないようになろうと思って、バイトしてお金貯めて、夜間のデザイン学校に通ったんです。落ち着いて読めるようになったのは、この三年くらいです」

「この三年くらいで何かありましたか？」

「田中君のおかげかな」

「田中君？」

「彼とは同期入社で七年近く一緒にいるんですけど、その間ずっと私のことが好きみたいです。いつも近くにいて、優しくしてくれます。そのうちに私のことを好きじゃなくなって違う女の子と付き合うんだろうなって思っていたんですけど、そういうこともないみたいで。必死になって、私のことを理解しようとしてくれる。毎日毎日顔を見ているうちに、この人は私の前からいなくならないんだって思えるようになりました。そしたら、少し楽になりました」

「それが最近は、苦しい？」

「えっ？」

長谷川さんは驚いたような顔をする。

彼女の苦しさを田中君以外の誰も理解しようともせず、過去のことなんか忘れた方がいいと言われてきたのだろう。

僕は、魚住さんのことを思い出していた。

前の世界で、魚住さんはいつも僕のそばにいて、前を向くように言ってくれた。あの頃の僕は、それを鬱陶しいとしか思えなかった。もしも僕が魚住さんの気持ちや優しさに気がつき、一緒にいることを選んでいたら、僕の気持ちを正確に理解してもらえないことに、苦しむようになっただろう。それなのに、僕の過去を彼女にまで背負わせてしまうことにも、苦しんだと思う。

「そうですね」長谷川さんは、困っている顔で笑う。「彼に求めるものが多くなってしまったんだと思います」

「彼ならば、それに応えてくれるんじゃないですか？」

「応えてくれるけど、それでいいのかなって思うんです。私の人生を背負わせてしまう」

「長谷川さんも田中君の人生を背負えばいい。あなたを理解しようと七年も待つ彼の人生にも何もなかったわけじゃない」

研究室の外ではいつも一人でいた魚住さんの人生にも、何もなかったわけじゃない。

「ありがとうございます」

「何がですか？」

「えっと、話を聞いてもらって、すっきりしました」

「それは、良かった」

「先生と丹羽君が似てるって私が話したから、田中君はここまで連れてきてくれたんだと思います。私の中で何かが変わればいいって考えて。先生には全然関係ないことなのに、迷惑かけちゃいましたね」

「そんなことないですよ。また学園祭の時にでも、遊びにきてください」

「はい」大きくうなずき、強張（こわば）っていた身体をほぐすように、長谷川さんは腕を伸ばす。

雪が降りはじめていた。

「雪、降ってきちゃいましたね」僕が言う。

「あっ！」

窓の外を見ようとした長谷川さんの視線は、その手前にある僕の机の上で止まった。

「どうしました？」

「これ」

机に『美しい星』が置いたままになっていた。

「ああ」

「私、三島由紀夫の本は、文庫ですけど一通り持っているんです。でも、これだけは持っていません」

「なぜ？」

「丹羽君に貸したままなんです。彼の実家にまだあると思うんですけど、返してくださいって言いにいけなくて。返してもらったら、彼の死を認めることになってしまう」

「そうですか」

「高校生の時に、この話が大好きだったんです」

「どの辺りが？」

「私、人付き合いってあまり得意じゃないんです」

「意外ですね」

「今日は例外って感じです。先生とは話しやすいです」

「そんなこと、初めて言われました」

「そうですか？」

「はい」

「島の生活って、ちょっと特殊じゃないですか？」

「はい」

「人口も島としては多い方なんでしょうけど、少ないし。高校の友達とノリとか合わないと、行き場がなくなりますよね」

「そうですね」

ノリが合わないなりにうまくやっているように見えたが、そんなことはなかったんだ。

「小説の中にだけ自分の世界があるって思っていました。それで、『美しい星』の家族が地球以外の星から来たって考えていることに共感したんです。空に光る星を見上げて、私は金星人だって信じていました。小説をちゃんと読めばそんなことはないって分かるのに、自分に都合のいいようにしか、読めていませんでした」

「はい」

「丹羽君に、ロケット飛ばして、金星まで会いにきて！　って言ったこともありました。子供だったんです」

「青春の思い出ですね」

「私の人生で、あの時が一番輝いていました。そんな風に思っているから、いつまでも引きずってしまって。今でもたまに金星を見ると、丹羽君が先に行ってるんじゃないかなって思います。忘れなきゃいけませんね」

「そうですね」

「私達は、地球人で、この星で今を生きるしかない」

「はい」

「私、逃げてばっかりだな。高校生の時は小説に逃げて、東京に出てきてからは仕事に逃げて」

「みんな、そうなんじゃないですか？」

「そうでしょうか？」

「僕も、仕事に逃げてます」

「考えたくないことがあるんですか？」

「ありますよ、たくさん」

「そうですよね。みんな、ありますよね」

窓辺に立ち、並んで窓の外を見る。

長谷川さんと二人で、雪が降るのを見る日が来るなんて、思わなかった。

今日やっと、僕達はあの事故の日の先へ進めたんだ。あの日の先にあった冬に辿りついた。島の冬とは違うけれど、ここが僕達の目指していた場所なんだ。

「これ、良ければプレゼントしますよ」

『美しい星』を取り、長谷川さんに差し出す。

「もらえませんよ。だって、高いものですよね？」

「そんなに高くありません」

「でも……」

「もらってください。これは僕にとっても思い出のある本です。長谷川さんがもらってくれたら、僕の気持ちもすっきりする」

「じゃあ」

「どうぞ」本を渡す。

「ありがとうございます」両手で持ち、愛しむように本の表紙を見つめる。

「一つだけ、気になっていることがあるんです」

「なんですか?」本から顔を上げて、僕を見る。

「長谷川さんは、丹羽君のことを仲良くしていた男の子と言いました」

「はい」

「友達というわけではないですよね?」

「そうですね。でも、恋人ではありませんでした。気持ちを伝える前に彼が死んでしまった。彼は親しい友達にも、私に対する気持ちを言っていなかったみたいです。だから、彼は私のことを友達としか思っていなかったのかもしれません」

高校生の時、僕は長谷川さんを好きだということを斉藤にもはっきり伝えなかった。誰かに言っていれば、よかったんだ。その誰かは、斉藤とか他の友達とかではなくて、長谷川さん本人だ。ロケットの打ち上げの日を待たずに、僕の気持ちを彼女に伝えるべきだった。そうすれば、僕も彼女も違う今を送れていた。

「長谷川さんの気持ちは、どうだったんですか？」

僕が聞くと、長谷川さんの目から溢れた涙が頬を伝い、本を持った両手の上に落ちる。

「好きでした」本を抱きしめ、その場にうずくまる。

声を上げて、泣く。

隣に座って彼女の背中を擦っていたら、僕の目からも涙が溢れた。

きっと、長谷川さんもあの事故から泣いていなかったのだろう。溜まっていた涙が全身から流れ出ていく。

「ごめんなさい」長谷川さんは、泣きながら言う。

「いいですよ。何も気にしないでください」

彼女の涙が、僕の中で固くなっていた疑問や感情をとかしていく。

雪がとけるように、消えていく。

―6―


なぜ、陽射しの強い季節に炭で火をおこして、熱くなった鉄板や網を囲んで、バーベキューなんてやるのだろう。なぜ、わざわざ炎天下に出ていくのだろう。焼きすぎた肉も、汚れた鉄板で作った焼きそばも大しておいしくないのに、食べたくなるのはなぜなのだろう。

「ほら、肉焼けたぞ」網の上でこげそうになっている肉をトングで取り、学生達に配る。

「ありがとうございます！」

昨日まで試験だったから、七月の後半だというのに、みんな青白い顔をしている。

いつもは夏休みが終わる頃にバーベキューをやる。しかし、今年は研究室に出入りしている学部生達が試験勉強をしながら、うなされるように「肉が食べたい。肉」と言いつづけていたので、前期試験の打ち上げとしてやることになった。大学の裏の公園にあるキャンプ場では、運動会で使うようなテントとバーベキューセットを借りられる。うち以外にも、いくつかの研究室が来ている。近所に住む家族連れも多くて、子供達が走り回っていた。

「先生、わたしにもお肉ください」西村さんも紙皿を持って、僕の隣に来る。

「働かざる者、食うべからずです」

「わたし、働いてますよ」

「さっきから、子供達と遊んでいるだけじゃないですか」

研究室に所属する院生もゼミ生も、男が八割ぐらいだから、女子は少ない。出入りしている学部生も男の方が多い。女は率先して料理をするべきなんて思わないが、西村さんは近くにいた家族連れの子供達と遊んでいただけで、準備の手伝いもしていない。

「子供達にうちのバーベキューを邪魔されないようにしていたんです」

「そうですか」

「お肉くださいよ。わたし、全然食べてません」

「はい、はい」網から落ちそうになっている肉を取り、紙皿に載せる。

「これだけですか？」

「新しいお肉持ってきてください。焼きますから」

「はあい」

西村さんは、クーラーボックスから牛肉と鶏肉のパックを持ってくる。

「ここに出してください」

「はい」破るようにラップをはがし、網の上でパックを引っくり返す。

雑な動作に、魚住さんを思い出した。魚住さんと西村さんは見た目は全然似ていないけれど、行動がたまに似ている。四月から西村さんは、研究室のゼミ生になった。みんなの前に立ち、堂々と話す姿も魚住さんとよく似ていた。

正月に長谷川さんと会ってから、魚住さんを思い出すことが多くなっている。それは、西村さんが似ているからというだけではないのだと思う。

「あゆむ君に聞いたんですけど」西村さんはトングで鶏肉のかたまりをほぐして焼いていく。

「なんですか？」僕は、牛肉のかたまりをほぐして焼く。

「田中さんと葵さんが婚約しました」

「あの二人、付き合ってないって言ってませんでした？」

「東京に帰ってから付き合いはじめたんです」

「それでも、まだ半年くらいですよね？」

「半年間毎日かかさず、田中さんが結婚したいって言いつづけたらしいです」

「すごいですね」

「これからお互いの家族にあいさつして、年内には籍を入れるそうです」

ショックを感じる以上に、良かったという思いで涙が溢れそうになった。田中君ならば、長谷川さんの全てを受け止めて、幸せにしてくれるだろう。

「葵さん、高校生の時に好きだった男の子を事故で亡くしているんです」

「はい」

「この話、しましたっけ？」西村さんは、僕を見る。

「長谷川さんから聞きました。みんなが他の研究室に行っていた時です」

「そうですか」

「はい」

「彼のお墓にも二人で行くんですって」

「そんなことしなくていいんじゃないですか？」

長谷川さんには、僕のことなんか忘れて未来を見てほしい。

「冷たいですね。最近はマシになったと思ったのに」

「あっ、すいません」

「でも、わたしもちょっとそう思います。田中さん、辛いんじゃないかなって」

「田中君の過去も長谷川さんが受け止めて、理解し合っていくんじゃないですか？」

「そういうもんですかね？」

「多分」

「先生に恋愛のことは分かりませんもんね」からかうように、笑い声を上げる。

「うるさいですよ」

「彼女、作った方がいいですよ」

「はい、はい」

「仕事ができれば恋愛しなくていいなんて理論は、成立しませんから」

「分かってますよ」

「これ、もういいですよね？」トングで鶏肉を取る。

「もう少し焼いてください」

テントの下にいるから直接陽が当たっているわけではないのに、背中が灼けるように熱い。網の前に立っていると顔も熱い。首筋を汗が流れていく。

「学園祭に来るって言ってました」

「それまでに結婚祝いを用意しておきます」

何をプレゼントしたら、長谷川さんは喜ぶのだろう。

こういうことを考えられる日が来るなんて、思わなかった。前の世界の長谷川さんには、二度と会えない。こっちの世界の長谷川さんと前の世界の長谷川さんは、別人と考えるべきだ。僕は、こっちの世界の長谷川さんと友人として親しくなればいい。

「ビール追加です」遊佐君がビールを運んでくる。

「ありがとう」

「交替しますよ。先生も食べてください」ビールを置き、僕の方に来る。

遊佐君はまだ博士の学生だが、僕のサポートもやってもらっている。博士課程を修了した後には、研究室に残って勉強をつづけながら、夜久君のように学生達の相談に乗ったりしてくれるようになるだろう。井神先生とも夜久君とも正月から会っていない。夜久君がいなくても、遊佐君が手伝ってくれるおかげで、仕事で困ることはなくなった。

「お願いします」遊佐君にトングを渡す。

紙皿と割りばしを取ってきて、焼けた牛肉と鶏肉をもらう。鉄板の番をしている学生から、焼きそばももらう。

「先生！　こっち来てください！」ビニールシートに車座になっている学生達に呼ばれる。

「おじゃまします」円の隙間に入る。

「ビールでいいですか？」女子学生が缶ビールを一本取ってきてくれる。

「ありがとうございます」紙皿をビニールシートに置き、缶を受け取る。

今年度に入ってから、学生達との集まりの時には、酒を飲むようになった。

「改めて、乾杯！」僕の隣にいた博士の学生が言う。

「乾杯！」缶を開けて、一口飲む。

テントの向こうに見える木々の緑は、眩しいほど輝いている。よく晴れていて、空は青い。

あちらこちらから子供達の笑い声が上がり、学生達も笑っている。

この時間を共有するために、バーベキューをやるんだ。

片づけをした後で、花火をする学生達と別れて、遊佐君と二人で研究科棟に戻ってきた。外は暗くなっていて時間も遅いし、前期試験が終わったばかりだから、研究科棟にはほとんど人がいないようだ。夜になってもまだ蒸し暑いのに、冷たい風が廊下を通る。明日になればまた、論文や課題や研究発表に追われる学生達が集まってくる。

「これ、なんでしょう?」

研究室の前で遊佐君は、あまった野菜や酒が入った段ボール箱を置き、ドアに挟まっていたメモ紙を取る。

誰もいなかったから、伝言を置いていったのだろう。

「誰ですか?」メモ紙をのぞきこむ。

「お知り合いですか?」

メモ紙の間には、名刺が挟まっていた。

丹羽という苗字が目に飛びこんできて、眩暈がした。

珍しい苗字ではないから、同姓の人に会ったことは何度かある。

落ち着いてもう一度見ると、植物学者と書いてあった。下の名前も確認する。研究所の名前や住所、名刺に書いてある情報の全てを僕はよく知っている。

父親だ。

倒れそうになったのを堪えて段ボール箱を置き、遊佐君から名刺とメモ紙を受け取る。メモ紙には〈植物の研究をしている丹羽と申します。平沼先生にお会いしたくてうかがいました。明日の朝には帰らなくてはいけないので、よろしければ今日中にご連絡ください〉と書いてあった。

「植物？」遊佐君が言う。

「前に研究でお世話になった方です」

自分の口を誰かにあやつられていると感じるほど、簡単に嘘が出てきた。

「なんで事前に連絡せずに来たのでしょう」

「仙台に学会か何かで来て、思い出してくれたんじゃないですか。すごく前にとてもお世話になったんですけど、僕の連絡先はその時と変わったので」

立って喋っていられるのが不思議になるくらい、全身の感覚がない。まっすぐのはずの廊下が歪(ゆが)んで見える。食べたばかりの肉や焼きそばやビールを吐きそうだ。

「連絡した方がいいんじゃないですか？」

僕も遊佐君も、腕時計を見る。

もうすぐ八時になる。

昼過ぎからバーベキューをやっていたが、遊佐君がビールを取りにきたり、学生が花火を取りにきたり、五時くらいまでは誰かが研究室に出入りしていた。その時にメモ紙と名刺があれば、持ってきてくれる。父親が来たのは、五時より後だ。連絡しないで研究室に来るのに七時過ぎというのは遅い。六時前後に来たとしたら、二時間は経っている。大学の周りに泊まれるようなところはない。市の中心部にホテルをとっていると思う。この近くには、もういないかもしれない。

「いいんですか？　連絡しなくて？」

「えっと、とりあえず片づけをしちゃいましょう」名刺とメモ紙をポケットに入れておき、下に置いた段ボール箱を持ち上げる。

遊佐君が先に入り、研究室の電気をつける。

いつもと同じはずの照明を異様なほど明るく感じた。

段ボール箱を遊佐君は床に置き、僕もその隣に置く。研究室でおやつに食べられるものは、コーヒーメーカーの下の棚に入れておく。酒はまた別の機会で飲むから、隅に置いておく。野菜は段ボール箱に入れたままにしておけば、一人暮らしの学生が後で分けるだろう。

片づけを終えて、ポケットから名刺とメモ紙を出す。

「先生、まだいますか？」自分の机に置いてあったカバンを持ち、遊佐君は帰る準備をする。

「もう少しいます」

「じゃあ、お先に失礼します」

「今日は、お疲れさまでした」

何もおかしなことは言っていないはずなのに、遊佐君は驚いたような顔で僕を見る。

「どうかしました？」僕が聞く。

「顔色、悪いですよ」

「外にいて、疲れたんだと思います」

「熱中症とかじゃないですか？」

「大丈夫です。帰って休みます」

「何かあれば、連絡ください」

「はい」

「失礼します」心配そうにしながら、研究室から出ていく。

ドアが閉まる音も、異様なほど大きく聞こえた。

顔を触ると、妙に冷たかった。

血の気が引き、真っ白になっているのだろう。

夜になって、窓は鏡のように僕の顔をうつしている。だが、顔色は分からなかった。

父親には、会いたい。

研究者同士として会って話すだけならば、何も問題はない。名刺によると、父親はまだ島の研究所にいるようだ。ジャンルは違っても、研究の共通点はある。どういう研究をしているか話せば、気まずくない程度に盛り上がる。

しかし、父親は研究の話をするために、僕に会いにきたわけではない。

長谷川さんはテレビを見て、今の僕と高校一年生の丹羽光二が似ていると思ったと話していた。父親や母親が同じように思わないはずがない。何かに気がつき、何かを考え、その結論を伝えるために父親はここまで来た。

二月の誕生日で、僕は三十八歳になった。

僕の顔は、子供の頃に見上げた父親の顔とそっくりだ。

会わない方がいいと決めて、名刺もメモ紙も破り捨てて研究室を出た。

それなのに、研究科棟を出たところで父親が向こうから歩いてくるのが見えた。記憶の中にいる父親よりも、小さかった。

父親も僕に気がつく。

風が強く吹き、葉をつけた桜の木がざわめく。

「平沼先生ですね」父親が言う。

夜になっても鳴きやまない蟬の声にかき消されそうな声だった。

「はい」

「丹羽と申します。研究室に名刺とメモを置かせていただいたのですが」僕の目の前まで来る。

見上げていた顔が今は、見下ろす位置にある。

前の世界で、僕はいつ父親の身長を抜いたのだろう。高校二年生の夏頃から背が伸びはじめて、卒業する前には今と同じ身長になっていた。その一年半くらいの間で、抜いたはずだ。父親も母親も僕のことだけを気にしていたから聞けば分かると思う。でも、それはこっちの世界の父親と母親ではなくて、前の世界の父親と母親だ。聞きたくても、聞けない。高校を卒業して島を出る時、並んで立つ二人を見て、自分が両親より大きくなったと感じたのは憶えている。

「申し訳ありません。名刺もメモも見たのですが、連絡した方がいいのか迷っていまして」

学生が取ってどこかに置いたのを見落としたとか、知らない人だと遊佐君か事務員さんが判断して処分してしまったとか、嘘をつくことはできた。でも、遊佐君と話した時みたいに簡単に口から出てこなかった。子供の頃、父親に嘘をついたことは何度かあるが、すぐに後悔して謝りにいった。父親はいつも、僕の嘘を見抜いていた。

「あんなメモを急に置かれても困りますよね」

「いえ、大丈夫です。よくあることですから」

「そうですよね。平沼先生に会いにくる方はたくさんいらっしゃいますよね」

「はい」

「長谷川葵さんを憶えていますか？」

「今年のお正月にお会いしました」

「今日は、葵ちゃんから聞いた話を確かめたくて、ここまで来ました」

事故の後に長谷川さんの両親は、それまで面識がなかった僕を光二君と呼んで、気にかけてくれた。こっちの世界では、僕の両親と長谷川さんの間に、同じような関係ができあがっているのだろう。

「何を確かめにいらっしゃったのですか?」

「本当によく似ている」

「誰と?」

「私の息子です」

「息子?」

「高校一年生の秋に亡くなりました」

「ああ、長谷川さんから聞いています。そうか、丹羽君って言っていました。その丹羽君のお父様なんですね?」

簡単ではなくても、嘘をつき通すべきだ。

こっちの世界の父親と母親には、どんなことがあっても真実を告げてはいけない。

「去年の十一月に葵ちゃんと久しぶりに会いました。息子の命日にお墓参りに帰ってきてくれたんです。その時にテレビで見た平沼先生と息子がよく似ていると話しました。事故が起きてからもう少しで十四年が経ちます。私も妻も、息子のことを忘れた日はありません。うちは長男も亡くしているんです。私も妻も東京の出身で、お墓も私の実家の方にありました。次男の事故の後で島に移しました。近くにいるのがいいと思ったのですが、夫婦二人だけでいると息子達のことは、どうしても辛い思い出になってしまう。葵ちゃんが訪ねてきてくれて、楽しいこととして思い出せました。光二が、光二というのが次男の名前です。その光二が生きて身長が伸びていたら、平沼先生みたいになっていたのかもしれないと話しました。息子も物理学が好きだったので、先生のような研究者になっていたと思います」

「はい」

「その時は笑い話というか、ありえないこととして話していました。先週、葵ちゃんから電話をもらいました。結婚することになったから婚約者とお墓参りをさせてもらいたいという話でした。私も妻も、事故の後にふさぎこんでしまった彼女を見ています。元気になって自分の人生を生きてほしいと思ってきたので、とても嬉しかった」

「はい」

「その時に、お正月に平沼先生と会った時のことも聞きました」

「何をですか？」

「似すぎていると言っていました」

「似すぎ？」

「日本語としておかしい感じがしますよね。似ているでいいのですから」

「そうですね」

「似ている以上に似ていて、本人としか思えないくらいだった。葵ちゃんは、そう言っていました」

「そうですか」

「ビックリしましたって葵ちゃんは笑いながら言っていて、私もその時は軽く聞いていました。でも、電話を切った後で、何かが引っかかると感じました」

「何がですか？」

「平沼先生は、どうして時間の研究をされているのですか？」

「なぜ、急にそんなことを？」

「私が考えていることは、あくまでも仮説です。しかし、その可能性はあるのではないかと思っています」

「仮説？」

「あなたは、タイムマシンの研究をしていらっしゃる」

「ちょっと待ってください。場所を変えましょう」

花火をしている学生達がそろそろ戻ってくる。ここで、このまま立ち話をしていれば、誰かに聞かれてしまう。

研究室には戻れないし、ミーティングルームも誰か来るかもしれない。駅前のファストフードやファミレスというわけにもいかない。井神先生や夜久君に同席してもらえば父親が考えてきた仮説を否定してくれるだろうけれど、山奥にある家まで行くには時間が遅すぎる。夜久君に車で来てもらうとしても、遅くなる。それに、これは、誰かに頼っていいことではない。僕が一人でどうにかするべきだ。

「すいません、一気に喋ってしまって」父親は、自分の中に溜まっていたものを押し出すように、息を吐く。

「大丈夫です。僕のマンションに来てもらってもいいですか？」

四月に、ずっと住んでいたアパートから隣の駅のマンションに引っ越した。家具を新しく買い揃え、人が来てもいい部屋にした。男子学生がたまに泊まりにくる。女子学生が来ることもあるが、泊まらせはしない。誰にも話を聞かれない場所は他にカラオケボックスぐらいしか思いつかない。これから話すことには向かないだろう。静かなところで冷静に対応しなくては、父親の仮説に僕は立ち向かえなくなる。

「お伺いしてもいいんですか？」

「丹羽先生の泊まっていらっしゃるホテルでもいいのですが」

「仙台駅の周りで探すつもりだったのですが、まだ部屋をとっていないんです。平沼先生とどうしたらお会いできるかだけを考えていて。やっぱり事前に連絡をした方がよかったんじゃないかとか、おかしな話をして不審者に思われないかとか、葵ちゃんが優しい人だと言っていたから大丈夫とか」

　僕の前で、父親がこんなに饒舌(じょうぜつ)に話すことはあまりなかった。いつも僕の話を黙って聞いてくれた。饒舌になるのは、植物の研究に関する話をする時だけだ。

「大丈夫です。とりあえず僕の部屋に行きましょう。正門までタクシーを呼びます」

「はい」

「ちょっと待っていてください」

　カバンからタブレットを出して、アプリでタクシーを手配する。夜久君に〈父親が来ました〉と、メールを送る。

「そこに座っていてください」

「はい」父親はソファーには座らず、床に正座する。

「冷たいお茶でいいですか？」

「あっ、おかまいなく」

「お茶ぐらいしかありませんから、気にしないでください」

　台所でグラスに麦茶を注ぎ、リビングに持っていく。父親の前に置き、自分の前にも置いてから座る。

「きれいな部屋ですね」

「そんなことないです」

リビングは何もないからきれいに見えるだけだ。書斎には、資料や学生が提出したレポートが山を作っている。パソコンやタブレットが普及して、ロボットが日常生活で使われるようになっているのに、物理学や化学関係の資料はなかなか電子化されない。図書館で持ち出し禁止になるような分厚い用語集とかを電子化するコストと需要が合わないのだろう。学生のレポートはメール提出が基本だけれど、印刷した方が読みやすい。

忙しくて掃除ができず、山が崩れそうになっているのを見ると、父親を思い出した。父親もよく、研究資料やレポートに埋もれそうになっていた。資料の山の中に、小説が挟まっているのも同じだ。

「いただきます」グラスを取り、父親は麦茶を一口飲む。

「僕、なんかくさいですね？」

「いえ、大丈夫です」

「そうですか？　学生とバーベキューをしていて、ずっと肉や焼きそばを焼いていたので」

外では気にならなかったが、タクシーに乗ったらくさいと感じた。ポロシャツにも髪にも、炭や油のにおいがしみついている。僕も父親もタクシーの中では一言も喋らなかった。ただでさえ気まずいところに、狭い中でにおいが充満する気まずさがプラスされて、そんなに遠くないはずのマンションがとても遠く感じられた。

「そのにおいなんですね」

「やっぱり、においますよね？　シャワー浴びた方がいいかな」

「すぐに帰りますので、そのままでいいですよ」

「すいません。あっ、先にホテルをとりましょうか？」

ソファーに置いたカバンからタブレットを出す。夜久君から返信は届いていない。返信が届いたところでどうしようもないのだけれど、誰かがついてくれていると思いたかった。

「先に話をさせてください」

「分かりました」タブレットをカバンに戻す。

「これから話すことは、あくまでも私が考えた仮説です。時間の研究の専門家である平沼先生が聞いたら、バカバカしいと思われるかもしれません」

「はい」

「平沼先生が発表された時空間を超える理論の論文、読ませていただきました。何度も何度も繰り返し読みました。物理学は私には専門外なので分からない部分も多くありましたが、テレビ番組や雑誌の特集記事も読んで、理解しました。確かに、あの方法を人間や人間以外でも生物に試すのは危険です」

「はい」

「あの理論に辿りつくまでに何かきっかけになるようなことがあったのではないでしょう

か？」

「きっかけ？」

「研究者ならば分かっていただけると思いますが、何年も何年も考えてきたことでも、一瞬の閃きが全てを解くことがあります」

「そうですね」

「あれだけの理論に辿りつく、もしくはあの理論を導くような、何かがあったのではないでしょうか？」

「何かとは？」

「タイムマシンがあるんじゃないですか？」

「何をおっしゃっているんですか？」

「ちょっと待ってください」父親は、グラスに半分以上残っていた麦茶を飲み干す。

「もう一杯、入れましょうか？　温かいお茶の方がいいですか？」

「いえ、結構です」

「大丈夫ですか？」

「お茶でもなんでも必要でしたら、言ってください」

「つづけます」

「どうぞ」席を外して落ち着きたかったが、無理そうだ。

「時空間を超える理論に私は中途半端さを感じました。世界的なニュースになるすごい理論ではあります。タイムマシンの可能性について、不可能だと言われつづけていたのを覆したのですから。でも、それだけの理論なのに、その前後が見えません」

「前後？」

「平沼先生の経歴についても、調べられるだけ調べさせてもらいました。高校を卒業後、アメリカの大学に留学して博士課程の途中で日本に戻ってきて、井神研究室に入った。アメリカの大学の恩師と井神先生が親しくて、井神先生とアメリカで会った際に研究の話になり、日本に戻る決意をされた」

「はい」

「それは真実なのでしょうか？」

冷房が効いているのに、父親は汗をかいている。僕の背中にも、冷たい汗が通る。

「何を疑っていらっしゃるんですか？」

「留学時代の写真や映像もテレビで見ました。アメリカに渡ったのは真実なのでしょう」

「はい」

写真も映像も、アメリカで撮ったものもあるが、ほとんどは日本で撮って夜久君が加工したものだ。

「テレビや雑誌を見ても、誰もあなたの経歴を疑っていない」

「はい」

「私は、平沼先生が出身地としている島に住んでいます。役所に問い合わせても個人情報なので、何も調べられませんでした。卒業した中学も高校も廃校になっている。しかし、あなたの同級生であるはずの何人かは、今も島に住んでいます。彼らに聞いたところ、誰もあなたを知らなかった」

「そうですか」

夜久君は、僕の戸籍や経歴を作り上げるため、インターネットで情報を操作したのだと思う。何もかもがデータとして記録されているから、それさえ改竄(かいざん)すれば、人間が一人できあがる。ただ、どんなにデータを変えられても、人の記憶までは変えられない。

「先生のことがニュースになった時、彼らのうちの何人かが、テレビ局や出版社に経歴が間違っていないか問い合わせて、卒業アルバム等の証拠も送ったそうです。インターネットに書きこんだ人もいました。ところが全て無視されて、書きこみは翌朝には消えていました。最近また書きこんだものは残っているようですが、今となっては誰も気にしないですよね。それくらい、あなたは研究者として絶対的な存在になっている。中傷や妬みにしか思われない」

「絶対的なんてことはないですけど」

「いいえ、我々がどんなに足掻いても届かないところに平沼先生はいます」

「そんなことはないです」

前の世界でも、こっちの世界でも、優秀な先生や先輩を何人も見てきた。自分が教えている中にも、西村さんや遊佐君のように優秀な学生がいる。それでも、僕が尊敬している研究者は、父親だ。いつまで経っても、その背中には追いつけない。

「あなたの存在は、何か強い力に守られている」

「何かとは？」

「タイムマシンです」

「どういうことですか？」

「タイムマシンを作ったのは、平沼先生ではない」

「僕には作れません」

「平沼先生は、タイムマシンでこの世界に来たのではないですか？」

「何をおっしゃっているんですか？」

「未来から、来たのではないですか？　タイムマシンの存在を明かせないため、時空間を超える理論には前後がない。どんなきっかけがあってあの理論が導かれたのかも、あの理論の先も、先生は分かっていらっしゃるのに、公表できない。タイムマシンは歴史を変える危険な発明です。この世界は、あなたが時空間を超える理論を発表した頃を境にして、急激に進歩した。不可能と思われていたことが覆されたからです。あなたの発表が他の研究者にとって、閃きのきっかけになった。これ以上、進歩すれば、ある日突然に人類は滅亡するでしょう。それは、植物学者である私には分かるんです。生態系は崩れていき、地球はいつか人間が住めない星になる。五年や十年先の話ではありません。百年、二百年先に、その日は必ずやってきます。進歩を遅らせるためには、タイムマシンの存在を隠し通さなくてはいけない。言えないことがあるため、平沼先生の経歴にも、おかしなことが生じる。そして、あなたは私の息子の丹羽光二ではないのですか？」

「丹羽先生、落ち着いてください。おっしゃっている意味が分かりません。息子さんは、高校一年生の時に事故死したんですよね？　長谷川さんは、交通事故と言っていました。飛行機や船の事故で、遺体が揚がらなかったわけではないですよね？」

「光二は、葵ちゃんの目の前で車に轢かれ、私が病院に運びました」

「死んだ人間は、生き返りません。僕があなたの息子であるはずがない」

「それは分かるんです。けれど、たとえば、この地球と同じような星がこの宇宙のどこかにあって、平沼先生はそこで生きつづけた光二なんじゃないんですか？」

「理論が破綻しています。それでは、僕は過去や未来ではなくて、違う星やパラレルワールドから来たことになってしまう」

「でも、じゃあ、どうしてあなたの同級生は、あなたのことを憶えていないのですか？」

「それは僕にも分かりません。ただ、僕は中学生の時も高校生の時も目立つ生徒ではありませんでした。勉強ばかりしていて、友達も少なかった。卒業式にも出ないで、アメリカに渡りました。ちゃんと卒業はしていますが、何かの都合で、アルバムには載っていないのかもしれません。だから、同級生も憶えていないのでしょう」

「そういうものでしょうか？　あの島の中で、アメリカに行くなんて同級生がいたら、それだけで話題になると思います」

「アメリカに行くことは、担任の先生にしか言いませんでした」

「では、出版社やインターネットは、どうなるんですか？」

「出版社に関しては、どういうやり取りがあってそうなったのか僕には分かりません。インターネットに関しても、同じです。中傷は前からありましたから、いたずらと思われたのかもしれません」

「そうですよね」力が抜けたのか、父親は少しだけ笑った。

「そうです」

「すいません、感情的になってしまって」

「いえ、大丈夫です」

「お茶、もらえますか？」

「はい」

自分のグラスも持って、台所に立つ。ぬるくなった麦茶を捨てて、冷たいのを入れる。リビングに戻り、テーブルにグラスを置く。

「ありがとうございます」父親は、麦茶を一口飲む。

「いえ」僕も、一口飲む。

グラスを持つ手まで、そっくりだ。

「理論が破綻しているのは、分かっているんです」

「はい」

「これでは、平沼先生には勝てないということも分かっていました」

「勝ち負けではないですよ」

「そうですね」

「はい」

「最後は、勘だったんです」

「勘？」

「研究科棟の前で平沼先生を見た時、光二だって思いました」

「そんなに似ていますか？」

「いいえ」首を横に振る。「光二はあなたよりも十五センチくらい身長が低かった。高校生なのに、子供みたいな顔をしていた」

「それなのに、なぜ？」

「分かるんです」

「何がですか？」

「長男は、一歳になるよりも前に死にました。まだ小さな赤ん坊でした。その姿しか知らなくても、もしも奇跡と言われるようなことが起こって、大人になった長男に会えたら、私も妻もすぐに分かると思います。次男の光二は、高校一年生になるまで一緒に暮らして、毎日毎日その成長を見てきたのですから、間違えるわけがありません」

「はい」

「こんなことを言われても困りますよね」

「いえ、えっと、たとえばですが、もしも丹羽先生のおっしゃるように、僕がどこか違う世界から来た光二君だとしても、丹羽先生の息子の光二君とは違う人ということになります。違う世界には、丹羽先生と奥さんとは、違う両親がいます。よく似ていたとしても、僕は先生の息子の光二君ではない」

「そっか、そうですよね」

「はい」

「先生のことが気になったのには、もう一つ理由があります」

「なんですか？」

「平沼は妻の旧姓、昇一は亡くなった長男の名前です」

「偶然です」

「そうですよね、すいません」恥ずかしそうに笑う。

「いえ」

平沼昇一という名前を決めたのは、井神先生か夜久君だ。あの二人は僕のことをどれだけ調べて、そう決めたのだろう。

「ありがとうございます。すっきりしました」

「それは、良かったです」

「いや、すっきりはしていないんですけど、お会いできて良かったです」

「僕も、お話しできて良かったです。破綻はしていましたが、おもしろい考えだと思います。またお時間がある時に、研究室にいらしてください。丹羽先生の研究の話もうかがってみたいので」

「はい」

「楽しみにしています」

「島には帰っていらっしゃらないのですか？」

「両親ももういませんし、同級生にも憶えられていないので」

「もしよろしければ島にも帰ってきてください。研究所を案内させていただきます」

「あと、これ、お土産というには、あれなんですが」カバンから弁当箱を出す。

僕が高校生の時に使っていたものだ。ふたが透明になっていて、中には草餅が入っている。

この弁当箱は、前の世界では斉藤が僕のところに持ってきた。こっちの世界では僕が死んでしまったから、弁当箱は家に置いたままになっていたのだろう。

「なんですか？」分からないフリをして聞く。

「妻が作った草餅なんです。光二が好きだったので、持っていくように言われました。あなたのファンなんですよ。私の研究のことも分かっていないのだから、物理学なんてもっと分からないはずなのに、テレビに平沼先生が出ていると必ず見ています」

「ありがとうございます」

母親は、ずっと僕を見てくれていたんだ。

「手作りなんてちょっと気持ち悪いかもしれないですけど、受け取ってやってください」

「気持ち悪いなんて、そんなこと思いません。ありがたくいただきます」

「妻も喜びます」

「お礼を言っておいてください」

「あと、これは葵ちゃんに頼まれました」

文庫本をカバンから出して、テーブルに置く。

三島由紀夫の『美しい星』だ。

「光二が葵ちゃんに借りていた本です。小説なんか読まなかったから誰かに借りたものだろうとは思っていたのですが、その誰かを確認しないまま年月が経ってしまいました。先週、葵ちゃんから電話をもらった時に、この本に関する話も聞きました。東京に送ると言ったのですが、新しい本を持っているから平沼先生に渡したいと言っていました」

「僕が持っていた『美しい星』を長谷川さんにあげたんです」

「そうだったんですね。もらってあげてください」

「はい」

「では、失礼します」父親は、カバンを持って立ち上がり、僕の顔を見る。

「またご連絡させていただきます」目を逸らし、僕も立ち上がる。

「本当は髪の毛の一本でも盗んでいこうと思っていたんです」

「えっ？」

「DNA鑑定をすれば、私と親子なのかどうかが分かります」

「はい」

「でも、やめておきます」

顔を見ると、父親は僕とそっくりの顔で、寂しそうに笑っていた。

「駅までお送りします」

「いえ」

「送らせてください。道、分かりにくいので」

「じゃあ、お願いします」

外へ出て、夜道を父親と並んで歩く。

僕が大学四年生の時にも、父親が仙台まで来たことがあった。

あの日も夏で、夜遅くにこうして並んで歩いた。

駅で父親と別れ、マンションに戻ってきた。

弁当箱のふたを開き、草餅のにおいをかいだ瞬間に記憶が溢れ出した。

こっちの世界に来てから、考えないようにしていたことを次々に思い出す。考えても無駄なことだから考えないようにしようと思いながら、忘れられずに考えていると思っていたが、そんなことはなかった。自分だけが犠牲者のように感じて、父親のことも母親のことも、考えてなんていなかった。

こっちの世界の父親と母親は、僕が死んで、交通事故の裁判を闘ったということだ。長谷川さんの両親を見て大変そうと思っていたが、よく分かっていなかった。自分にも関係のあることでも、僕自身が法廷に立ったわけではない。弁護士さんと話しただけだ。他人事(ひとごと)のようにしか感じられていなかった。僕を轢いたのは、前の世界で長谷川さんを轢いたのと同じ

「村上」という男だ。交通事故の裁判は、判例を基に事務的に進むことが多い。しかし、楽に進められるわけではない。仕事関係の裁判の傍聴に行ったことがある。相手の過失を責め、自分達の正しさを主張する。見ているだけでも、とても疲れた。ただでさえ楽じゃない裁判は、男の持病によってさらに大変になった。基にする判例も少なくて、てんかんの発作による心神喪失状態にあったため無罪と向こうの弁護士が主張しつづけ、裁判は長引いた。こっちの世界でも、同じようなことは起きただろう。前の世界とこっちの世界で、事故の状況は違ったから、裁判の状況も違う。それでも、あっさりと有罪を勝ち取ったなんてことはないはずだ。

兄を亡くし、僕を事故で亡くし、両親はどんな思いで裁判に立ち向かい、どんな思いで生きてきたのだろう。前の世界で長谷川さんを轢き、こっちの世界で僕を轢いた男は、宇宙に夢を抱いていた。許せないと強く思いながらも、高校生の僕と同じ夢を持つ男やその奥さんと娘への同情を感じたこともあったんじゃないかと思う。居眠りや酔っ払い運転ではなくて、発作を責めることも、苦しかったに違いない。もういいですと言ってしまいたくなるのを堪えながら、死んでしまった僕のために悩み、闘いつづけた。

今日だって、父親は自分の言っていることがおかしいと理解していた。それでも、どうしても会って確かめたいと思ったから、ここまで来た。どんなに破綻していても、数式のようにはいかないことが世の中にはあり、父親はそれを信じた。信じると決めるまで、どんな葛藤があったのか、僕には想像もできない。

そして、前の世界で両親はどんな暮らしをしているのだろう。

こっちの世界で、井神先生と夜久君が僕の存在を作り出したように、前の世界では二人と魚住さんが何かしらの処理をして、僕の存在を消したのだと思う。僕は前の世界で夜久君と会ったことはないけれど、井神先生が常に秘書を連れていることは有名だった。それは、きっと夜久君のことだ。井神先生に鍵をもらった魚住さんは、夜久君のことも知っているだろう。研究が嫌になって行方不明になったとか、海外で事故に遭ったとか、海外の研究所に行ったとか、大学内の知り合いやアパートの大家さんぐらいならば納得させられる説明はいくらでも考えられる。大学としては、騒ぎにするのを避け、事務的に処理して終わらせる。教授や後輩達はおかしいと感じても、そういうことがあったぐらいのこととして、忘れていく。けれど、両親や斉藤は、そんな説明では納得しない。行方不明と言われれば僕を捜しつづけ、事故死したと言われれば遺体の確認を望み、海外にいると言われればどこにいるかを聞き出そうとする。どこをどんなに捜して調べても、僕はいない。

死んだ兄を思いつづける両親の姿を僕はずっと見ていた。母親は、いつも僕の心配ばかりしていた。父親と母親がこれ以上悲しい思いをしないように、心配させないように、僕はそう願っていた。こっちの世界の両親は、見た目は同じでも、他人だ。僕を育ててくれたのは、今日来た父親ではない。だから、彼の考えていることの全てを分かるとは言えない。でも、前の世界の両親のことは、分かるんだ。父親と母親がどんな思いで生きているのか、どうしても戻れないほどに離れてしまっても、僕には分かる。そして、斉藤の気持ちだって、分かる。

斉藤はきっと、僕の両親に会いにいって話を聞いてくれている。魚住さんがどうにかして僕のことを隠そうとしても、斉藤は意地で聞き出そうとする。自分の生活の全てを捨てても、僕を捜しつづける。その姿を見て、僕の両親が「もういいよ」と言っても、諦めない。本気で怒ることは滅多になかった斉藤が、魚住さんや学校関係者に向かって怒鳴り声を上げる。怒鳴られても真実は言えず、魚住さんも辛い思いをしている。

これが、井神先生の言っていた罰だ。

☆

インターフォンを鳴らしつづけているのを無視していたら、今度はドアを叩きはじめた。物音を立てないようにして、玄関に出る。のぞき穴から外を見たら、西村さんがいた。

こういう荒い行動をとるのは西村さんだろうと思ったが、やっぱりそうだった。

「はい」ドアを開ける。

陽射しが眩しい。

考えごとをしている間に、朝になってしまったようだ。

「いるんじゃないですか！」西村さんは廊下に響き渡る声を上げる。

「います、います」

「寝てたんですか？」

「仕事してました」

父親が来て、自分がしてしまったことにようやく気がつき、落ちこんでいたとは言えない。

「携帯やタブレットも見てないんですか？」

「だから、仕事してたんですよ」

「なんの？」

「研究です。研究」

「大事な研究ですか？」

「そうですよ。集中したいので、しばらく連絡してこないでください。何かあれば、遊佐君がどうにかしてくれます」

「その遊佐さんから、何度も電話がかかってきてるはずですけど！　メールも何通も送られてきてるはずですけど！」

「学生に何かあったんですか？」

この部屋に、西村さんが来ることはたまにある。院生やゼミ生と一緒に来て、ごはんを食べて帰っていく。一人で来ることはないし、こんな風に突然来たこともなかった。他の学生も一緒なのだろうと思ったのだが、誰もいないようだ。夏休みに入り、学生がトラブルを起こしたのかもしれない。

「学生じゃないです」

「じゃあ、誰に？」

「入っていいですか？」

「どうぞ」

玄関でサンダルを脱ぎ、西村さんは台所へ行く。勝手に冷蔵庫を開けて麦茶を飲んで、流しで顔を洗い、タオルで拭く。

「この部屋、くさいですね」リビングを見回す。

「部屋じゃなくて、僕がくさいんです」

「お風呂、入ってないんですか？」

「昨日、バーベキューから帰ってきて、そのまま仕事していたので」

「昨日？　どこのバーベキューですか？」

「研究室のです」

「バーベキューやったのは、一昨日ですよ」

「えっ？」

「一昨日です」

「そうですか」

落ちこんでいる間に、一日半経ったようだ。

「この一大事にボケてないでください」

「何があったんですか？　まさかタイムマシンに何かあったんですか？」

他に西村さんがこんなに慌てる問題が思い浮かばなかった。本題に入らずに話しつづけようとするのは、問題から目を逸らしたいからだろう。

「ご安心ください。タイムマシン自体に何かあったわけではありません」

「どういうことですか？」

「しかし、タイムマシンにとっても一大事です」

「はあ」

「一大事です」顔を拭いたタオルを握りしめる。

「誰に何があったんですか？」

「落ち着いて聞いてください」西村さんは、僕の目を見る。

「はい」

「井神先生が倒れました」

井神先生は一昨日の夕方、市の中心部で買い物をしていた時に倒れた。意識がなかったため、救急車で病院に運ばれた。二日が経ったが、まだ意識は戻っていない。

「少し休んでください」

廊下の椅子に座っている夜久君に声をかける。

井神先生はＩＣＵに入っている。中に入れる人数も時間も限られているため、廊下で待つことしかできない。別の階に待合室があるのだけれど、夜久君は動こうとしなかった。

「大丈夫です」夜久君は、小さな声で言う。

「一昨日からずっとここにいるんですよね？」

「はい」

「寝てないんじゃないですか？」

「大丈夫です」

「病院の先生は、なんて？」隣に座る。

西村さんと二人で病院まで来た。

夜久君の顔色が悪くて、寝ていないことも食べていないこともすぐに分かったので、西村さんには売店に食べ物を買いにいってもらった。タクシーの中で、研究室に夜久君からどういう連絡があったのかは聞いたが、井神先生の詳しい病状はまだ聞いていない。研究室に連絡するより前に、夜久君は昨日の午後から何度も僕に電話をかけてくれていた。それなのに、僕は自分のことばかり考えて、電話が鳴っていることに気づきもしなかった。

「このままかもしれないということです」

「そうですか」

「ご家族の方に連絡するようにと言われました」

「いるんですか？」

「いません」

タイムマシンでこの世界に来て、井神先生は母親と姉に会ったと話していた。しかし、お母さんは亡くなっているだろうし、お姉さんに子供や孫がいたとしても交流はなかったのだろう。前の世界の家族とこっちの世界の家族は、見た目が同じでもどこかが違う。一緒にいる時間が長くなると、他人という気持ちが強くなるんじゃないかと思う。血は繋がっていなくても、戸籍上の関係がなくても、夜久君がたった一人の井神先生の家族だ。

「すぐに、というわけではないんですよね？」

「分からないそうです。容態が急変する可能性はあると言われました」

「今日の夜は、僕がここにいます。他の学生にも来てもらいます。何かあったらすぐに連絡するので、夜久君は待合室かどこか部屋を借りて、休んでください」

「大丈夫です。僕は、ここにいます」

「意識が戻る可能性もありますよね？」

「それでも、ゼロではない。もしも井神先生の意識が戻ったら、その時は夜久君がそばにいなくてはいけない。その時のために、少しでも休んでおいた方がいい」

廊下の奥にある窓から光が差している。まだ午前中だから、外は明るい。なのに、自分達がいる場所をとても暗く感じる。このまま暗い方に行っては駄目だ。

井神先生が亡くなる日のことは、何年も前から意識していた。僕以上に夜久君は、強く意識して、その日のための準備も覚悟もしてきている。でも、だからって、現実を受け入れて、寿命だからと思えることではない。人が一人いなくなる重さは、その時にならないと分からないことだ。今はまだ、微かな可能性に縋りつきたい。

「ここにいます」

「意識が戻った場合、必要になるものがあります。それを取りに、一度家に帰りましょう」

「それは、西村さんか誰か学生に頼んでもいいですか？」

「夜久君じゃないと分からないものがありますよね？」

「ああ、そうですね」

遊佐君と他の学生も大学から病院に向かってきている。何が必要か書いたメモを遊佐君に渡すのでもいいが、あの家のどこに何があるのか全てを分かっているのは、夜久君だけだ。それだって、細かい指示を書くことはできる。でも今は、夜久君をここから離れさせるべきだ。離れている間に容態が急変することを考えると怖いが、ここでずっとこうしていたら、夜久君まで倒れてしまう。

「買ってきました」西村さんが売店から戻ってくる。「何か食べられますか？」

「いりません」夜久君は、首を横に振る。

「ヨーグルトだけでも、どうですか？」ビニール袋からいちご味のヨーグルトを出す。

「じゃあ、いただきます」

「どうぞ」夜久君の隣に座り、西村さんはヨーグルトとスプーンを渡す。

ふたをはがして、少しずつヨーグルトを食べる夜久君を僕と西村さんは、じっと見つめる。

夜久君は、怒ったり泣いたりしない。感情的にならずにいつも冷静で、大人に見える。でも、本当は誰よりも子供っぽい。井神先生に大切に守られてきた心は、とても弱い。

「それを食べたら、家に帰りましょう」僕が言う。

「はい」

小さくうなずいた横顔は、初めて会った時から変わっていない。

夜久君が井神先生の荷物を揃えている間に、シャワーを浴びさせてもらった。そんなことしている場合じゃないと思ったが、先生に付き添うためには僕も準備を整えなくてはいけない。

風呂場から出て、二階に上がる。

井神先生の書斎にいた夜久君に声をかける。

「大丈夫ですか？」

「大丈夫です」

「買ってきた方がいいものとかあれば、学生に買いにいかせるので、言ってください」

「はい」夜久君は机の前に立っていて、手にはノートを持っている。

大学の生協で五冊束になって売っているような、よく見るタイプの水色のノートだ。

「それ、なんですか？」

「井神先生がずっと何かを書いていらっしゃったノートです」

「何が書いてあるんですか？」

「分かりません。見ていないので」

「そうですか」

日記帳みたいに鍵がついているわけじゃないのだから、誰にだって開ける。夜久君は掃除をするために、先生がいない時に書斎に入ることもある。ノートに何が書いてあるのか見られる機会は、いくらでもあったはずだ。でも、夜久君は絶対に見ない。井神先生が「見るな」と言ったものは見ないし、「触るな」と言ったものには触らない。本棚の上に「触るな！」とマジックで書かれた段ボール箱があるのだが、その中に何が入っているのかも、夜久君は知らないのだろう。

「一昨日の朝にこれを書き終えたみたいです。少し眠った後で、久しぶりに買い物に行こうと言われました。もう少し休まれた方がいいと思ったのですが、いつもよりお元気そうだったので」

「先生が倒れたのは、夜久君のせいではないですよ」

「でも僕は、先生が論文を書き終えた後は、元気そうに見えても疲れていらっしゃると分かっていたんです」

「研究者というのは、そういうもんです」

睡眠時間を削って何日も机に向かいつづけ、これが終わったら休もうと思っていても、終わってしばらくは気分が高揚していて、そのままいくらでも起きていられる気分になる。そんなはずはなくて、気分が落ち着くと、倒れるように眠りにつく。

井神先生もそれで眠っているだけだと思いたいが、そうではないだろう。

「このノート、病院に持っていった方がいいでしょうか？」

「今は生活に必要なものだけにしましょう。井神先生の大切なものを全て持っていくには、家ごと運ばなければいけなくなります」

「そうですね」

「気に入っていたパジャマとか、いつも使っている髭用のはさみとか、湯呑みやお茶の葉とか」

「あと、下着や靴下、クッションも持っていった方がいいですね。他のだと腰を痛めるので。それに、お箸やフォークも」

「考えると、荷物が増えちゃいそうですね」

この家には、井神先生が気に入って、愛用していたものばかりが揃っている。必要ないとしか思えないような、外国土産の仮面や魔除けの人形やマトリョーシカも、大切にしていた。いつも怒ってばかりいるように見えても井神先生は、この世界での人生を愛し、かけがえのないものだと感じていたんだ。

「どうしましょう？」困っているような顔をして、夜久君は少しだけ笑った。

「パジャマと下着と髭用のはさみは、持っていきましょう。クッションや湯呑みやお茶の葉やお箸やフォークは、必要になった時に学生達が取りにこられるように居間に置いておいてください」

「はい」

「台所まわりのものは、僕がやっておきます」

「お願いします。書斎を掃除してから、パジャマや下着を用意します」

「はい」書斎を出て、一階に下りて台所に行く。

ズボンのポケットから携帯電話を出す。

何かあったらすぐに連絡をくれるように、西村さんに頼んできた。着信もメールもないから、まだ井神先生の意識はないままということだ。鳴ったらすぐに分かるように、携帯電話をテーブルに置いておく。

このテーブルで、井神先生は朝ごはんを食べる。

こっちの世界に来たばかりでこの家に住んでいた頃、僕も毎日一緒に朝ごはんを食べた。研究に関することを喋りながらいちごジャムを塗ったトーストを食べる井神先生の顔も、話を聞きながら紅茶を淹れる夜久君の顔も、はっきりと思い出せる。

あれから十四年も経ってしまった。

食器棚や引き出しを開けて、井神先生がいつも使っていた食器を集め、テーブルに並べる。意識が戻った場合のことだけではなくて、もしもの場合のことも考えなくてはいけない。井神研究室に在籍していた学生達への連絡は遊佐君に任せればいい。大学関係者への連絡は大学側でやってもらえるだろう。アメリカや他の国にいる先生の友人には、僕がメールを送る。日本に来る場合のことも考えて、早めに送った方がいい。有名人なのだから、マスコミ関係にも知らせる必要があるが、これも大学に頼めばいい。よく行っていたぽっちゃり好き専門のキャバクラにも、電話をかけておいた方がいいかもしれない。

家族はいなくても、人生で関わってきた人はたくさんいる。

先生は意外と照れ屋だから、お葬式はひっそりやってほしいと思っているかもしれないけれど、関わってきた人達にちゃんと連絡をしなくてはいけない。

正月に会った時に、ガールフレンドが来ると話していた。彼女だと言っていたけれど、恋人ではないと思う。でも、気に入って大切にしていた女の子だ。その人にも、早めに伝えた方がいい。

「書斎の掃除、終わりました」夜久君が台所に入ってくる。

「こっちも、大丈夫そうです」

「冷蔵庫の中も確認しておきましょう。ジャムとか梅干しとか、分かりやすいところにまとめておいた方がいいですよね」

冷蔵庫を開けて、夜久君は井神先生がいつも食べていたものを一番下の段にまとめる。

「先生のガールフレンドって、誰なんですか？」

「えっ？」いちごジャムの瓶を持ったまま、振り返る。

「夜久君からメールか電話することってできますか？」

「それが、僕も誰か知らないんです」

「お正月にここに来たんですよね？」

「はい」ジャムの瓶を置き、冷蔵庫を閉める。

「会ってないんですか？」

「井神先生に言われて、僕は外に出ていたので」

「親しい女性は何人かいます。でも、そのうちの誰かということではないと思います。久しぶりに会うという話でした」

「そうですか」

「若い頃に付き合っていた人とか、そういうことでしょうか？」

結婚していなくても、恋人がいたことはあるだろう。井神先生が自分で話す若い頃はもてたんだという話は嘘としか思えないけれど、そういうことが全くなかったわけではないと思う。恋人ではないとしても、僕にとっての長谷川さんみたいな相手がいるのかもしれない。

「分からないんです。先生の交友関係は全て把握できているはずなのですが、そのガールフレンドが誰なのかだけは分かりません。僕も会ったことのある人だと思うんですけれど、そのうちの誰なのかは教えてもらえませんでした」

「うーん」夜久君が知らないのだったら、誰に聞いても分からないだろう。

あの「触るな！」と書かれた段ボール箱を開けたら、分かるものが入っているんじゃないかという気がするが、僕だって井神先生が「見るな」と言ったものは見ないし、「触るな」と言ったものには触らない。

井神先生の意識が戻った場合に、「持ってきて」と頼まれるだろうものを集めたら、居間にガラクタの山ができてしまったので、最低限のものと考えて減らした。必要なものだけを持ってすぐに病院に戻るつもりだったのに、思ったよりも時間がかかってしまった。

「少し休みましょうか？」ガラクタの山を整理し終えて、夜久君が言う。

「大丈夫ですか？」

「はい。おかげで気持ちが落ち着きました」

「お茶淹れますね」

「僕がやるので、平沼先生は座っていてください」

「じゃあ、お願いします」

僕がやるから休んでいてくださいと言っても、夜久君は引かない。無駄なやり取りはしない方がいい。

居間のテーブルの周りには荷物が置いてあるので、縁側に座る。

山の中だから、風が吹くと涼しい。

「冷たいのにしました」夜久君は、お盆に水出し緑茶のセットを載せて持ってくる。

「ありがとうございます」

「ちょっと時間かかりますけど」お盆を置いて、僕の隣に座る。

「何かあればすぐに連絡がありますから、今は休みましょう」

西村さんからはまだメールも届かないし、電話もかかってこない。井神先生の容態が変わるまで、こうして電話を気にする日がつづく。

「そうですね、これからの方が長いのだから」夜久君は、遠くを見つめて言う。

もしも意識が戻った場合でも、今まで通りというわけにはいかない。夜久君は看病のために病院に通う。亡くなった場合だって、お通夜と告別式をやって終わりというわけではない。残された人間には、やるべきことがある。

でも、夜久君が見つめている先にある未来は、一ヶ月後とか二ヶ月後とか、一年後ではなくて、もっとずっと先の百年後や二百年後なのだと思う。

「夜久君は、どこから来たのですか？」

「えっ？」僕を見る。

「ずっと気になっていました。でも、聞いてはいけないことだと思っていた」

「……えっと」

「タイムマシンで、この世界に来たんですよね？」

僕の目をしばらく黙って見た後で、夜久君は小さくうなずく。

「そうです」

「夜久君は、僕や井神先生みたいに今の世界とよく似た未来や過去から来たわけではない」

「どうして、そう思うのですか？」

「たとえば、夜久君がいた世界には、研究室以外にもタイムマシンがあるとする。でも、夜久君が井神先生と会ったということは、研究室のタイムマシンを使ったということです。何年先、何十年先にもしも日本という国がなくなっていたとしても、現在日本とされている土地から桜の木が一本もなくなることはない。桜どころか草木もなくなるような核戦争が起きた場合、人間も生きていられないでしょう。独裁者が現れて、桜の木を一本残らず切り倒せと命令するというのは童話みたいで、考えられません。夜久君は、去年の春に研究室に来た時、生まれたところに桜はありましたか？　と僕が聞いたら、ありませんと答えました。そう断言できるほどに桜がなくなってしまうのは、何百年も先のことだ」

「はい」

「その時に、美しいものはなかったとも言いました。夜久君がいた世界には、四季もない」

徹底的に計算して喋っているつもりなのだろうけれど、夜久君はたまに計算ミスをする。その計算ミスさえも、計算なのかもしれない。タイムマシンで来た世界で生きる辛さは、誰にも言えない。分かっていても、誰かに言いたくなる。何百年という時を超えてきてしまった夜久君は、僕と井神先生以上の辛さを胸の奥にしまいこんでいる。気づいてほしくて、時々計算ミスを犯す。

「この世界と似ていないわけじゃありません」庭の方を向いて、夜久君は話し出す。「僕がいた世界も、この世界の延長線上にあります」

「どんなところなんですか？」

「何もないところです」

「何も？」

「はい」僕を見てうなずき、また庭の方を向く。「何もかもがあると言うこともできます。僕も、子供の頃は、そう思っていました」

「どういうことですか？」

「全てがバーチャルでしかないんです」

「バーチャル？」

「今、世界中で進められている研究がより進化して、生活の中で使われています。そこに何もなくても、何かあるように見える」

「なるほど」

そこに動物はいないのに動物園があるように見えたり、そこには白い壁しかないのに家具が並んでいるように見えたり、そこには誰もいないのに人がたくさんいるように感じられたりするという研究が進められている。今はまだ、科学系の博物館で子供達が遊ぶとか、インテリアや住宅に関する会議で使うとか、こういう時にはこういう状況になるという想定に使うとかで、一般の生活では使われていない。それが実生活でも使われている世界ということだ。

「何もないのに何かがあるというのが僕にとっては、普通のことでした。でも、十代の後半になった頃に違和感を覚えるようになりました」

「どんな？」

「人間は、恋愛をする生き物です」

「はい」

「僕がいた世界では、学校に通いません。会社にも通いません。何もかもがパソコンで済むからです。そのパソコンも、存在しないものです。それぞれの家にマザーと呼ばれるコンピューターが一台だけあり、全てはそのマザーが僕達に見せている幻に過ぎない。そのマザーも、この世界の人が見たら、コンピューターとは思わないでしょう。サイコロくらいの大きさで、六面全て真っ白です。マザーに声をかけると、そこに詰まった情報を基に、幻を作りあげます」

「ちょっと待ってください。バーチャルな世界だとしても食事はしなきゃいけませんよね？冷蔵庫とかガス台のようなものとかは、必要なんじゃないですか？」

「食事はしません。生きるのに必要な栄養素を摂取するだけです。不要なものは身体に入れないので、僕がいた世界の人達はこの世界の人達よりずっと健康的で長生きで、老化も遅いです。ただ、そうですね。何もかもがバーチャルではないです。サプリメントや水は、あります。白い壁と天井しかなくても、家もあります。最低限の洋服もあります。洋服も白いだけで、かつてはそこに好きな柄を映し出していたみたいです。僕が生まれた頃には、その流行も廃れていました」

うまく想像できないけれど、その世界には必要最低限のものしかないということだ。毎日毎日、何を食べるか考えなくていいし、何を着るかも考えなくていい。バーチャルでなんでも出せる分、何も欲しくなくなる。手に入りにくいから欲しいというのは、人間心理の一つだと思う。でも、学生達がやっているゲーム内のアバターだって、着飾っている。たとえバーチャルであっても、かっこよくしたいとかかわいくしたいとか考えるのも、人間心理の一つだ。特別な洋服を映し出すには、お金がかかるとかあるだろう。

「バーチャルでも、良く見られたいとかはあるんじゃないですか？」

「見せる相手がいないんです」

「えっ？」

「友達とは、文字での交流しかありません」

「文字と一緒にアイコンを出したりしますよね？　今のSNSみたいに、自分の写真とか企業のロゴとか」

「出さないです。文字と数字以外の情報は余計なものでしかないので。他に必要なのは、図形やグラフぐらいですね」

「学校に通わないで、会うこともなくて、文字と数字のやり取りだけで、どうやって友達ができるんですか？」

幼稚園に入るよりも前、友達がどういうものか考えないうちから、斉藤とは友達だった。

幼稚園に通い、小学校に通い、中学校に通い、毎日みんなで過ごすうちに友達は増えていった。それが当たり前だったけれど、夜久君のいた世界でそういうことはできない。

技術としては今の延長線上にあると考えていいだろう。それなのに、全然違う世界のことに思える。バーチャルキーボードは既に存在しているし、白い壁があればモニター代わりになる。無線ＬＡＮやＧＰＳのように、僕達の周りには目に見えない様々なものが飛び交っている。しかし、そういうものではないのだろう。僕が子供の頃は、今のような小さな携帯電話だって、想像できないものだった。僕に考えられないようなものが夜久君のいた世界では使われているのだと思う。だが、うまく想像できないのは、そのせいではない。

江戸時代の人に今の日本について話しても通じないだろう。この世界と夜久君がいた世界は、それ以上に遠く離れていると感じる。技術を信じられたとしても、精神が違う。

「年の近い子供のコミュニティみたいなのがネット上にあって、そこでやり取りをするうちに、仲のいい友達ができます」

「みんなで誰かの家に集まって遊んだりしないんですか？　外でサッカーや野球をしたり」

「しません」

「そうですか」

「今の学生達も、ＳＮＳで友達を作りますよね。そこで知り合って、実際に会う人なんて、一部でしかない」

「そうですけど……」

そうなのだけれど、何かが違う。学生達がＳＮＳに書くことは、現実での出来事だ。誰とも会わず、家でバーチャルのパソコンに向かっているだけで、友達とどんなやり取りをするのだろう。

「僕だって、あの世界がおかしかったというのは、分かっています。でも、そこにいる時には、それが普通でした。何もないなりに交流することはありました。あの世界で生きるためには、何かの研究者にならなくてはいけない。娯楽というものはないんです。音楽も映画も小説もありません。だから、ミュージシャンになりたいと言って楽器を習う子供や、映画監督になりたいなんて夢を抱く子供や、文学的な想像力を持つ子供もいません。とにかく、より良い世界にするために勉強しなくてはいけない。マザーの省エネとか、サプリメントの縮小化とか、言語の統一とかについて、小学生ぐらいのうちから話していました」

より良い世界というのは、どういう世界なのだろう。

徹底的に無駄を省き、便利になった世界ということだろうか。

僕は、大人になってから小説を読むようになり、視野が広がるのを感じた。小説の中には、自分の知らない人の考えや行ったことがない国の習慣も書かれている。小説を読んで、映画を見て、音楽を聴いて、生活しているだけでは知ることができない感情や感覚を身に付けるのは大切なことで、娯楽は無駄ではない。

「家族以外の誰にも会わず、外に出ないのが普通なんです。サプリメントはロボットが配達してきますし、運動は家の中でもできます。一人で歩いてコンピューターを使えるようになった頃には、親とも会わなくなります。何かを知りたければ、パソコンで調べればいい」

「はい」

「僕はマザーをより進化させたいと思い、勉強していました。それだけが人生の全てでした。しかし、信じていた世界にどうしようもない違和感を覚えるようになりました。その違和感がなんなのかは、パソコンで調べても分かりませんでした。友達に聞いても、分かりません。違和感は胸を圧迫するような苦しさに変わっていきます。けれど、病気でもない。どうしたらいいか分からず、夜中に外へ出ました。真っ暗で、誰もいない。白くて四角い建物が並ぶ町の中を彷徨(さまよ)っても、どうして胸が苦しくなるのか分かりません。彷徨いつづけて、夜が明ける頃に辿りついたのが大学の研究室でした」

「研究室が残っていたんですか？」

「建物は崩れて廃墟になっていましたが、ありました。誰かは分かりませんけど、その時代でもまだあのタイムマシンを守っている人がいたんだと思います。人間じゃなくて、管理用のロボットかもしれません」

「はい」

「銀色の円筒を見て、これだ！　と、感じました。僕を待っていたかのように、ドアの鍵は開いていたんです。見たことがないタイプのコンピューターが置いてありました。今のパソコンとも違います。ドアを閉めただけで、この時代に来るようにセットされていました」

「そして、この世界に来た」

「そういうことです」僕の顔を見て、今度は大きくうなずく。

「うーん」

鍵を開けたのも、年や月日のセットをしたのも、ドアを閉めるだけで動くようにしたのも、井神先生じゃないかと思う。未来に行き、夜久君が来る日のために、準備しておいたのだろう。

「乗り物にも乗ったことがなかったので、円筒の揺れで気分が悪くなり、僕は意識を失ったんです。目が覚めた時には、この家にいました」

「未来に帰りたいとは思わなかったんですか？」

「最初は思いましたけど、すぐに思わなくなりました。僕がいなくなっても、誰も気がつかないでしょう」

「そんなことないんじゃないですか？　会ったことがなくても、友達はいたわけですから」

「ＳＮＳから会ったこともない誰かがいなくなっても、気がつきませんよ」

「僕は、そういうのはやらないから分かりませんけど、そうかもしれませんね」

研究室から逃げ出す学生がよくいると言っても、実際に誰かが逃げ出せば、それなりに騒ぎは起こる。でも、SNSから会ったこともない誰かがいなくなったところで、退会したんだと思うだけで、何かあったとは考えないだろう。学生の何人かは、飽きたからやめたとか、アカウントはあるけど放置しているとか、話していた。人間関係のある場所に対して使う言葉ではないように思えたが、そういうものなのだろう。

「それに、この世界に来てから、胸の苦しさがなくなっていくのを感じました」

「恋を、したんですか？」

「いいえ」夜久君は、首を横に振る。

「違うんですか？」

「残念ながら、僕には未だに恋愛感情が分かりません。でも、人間に感情があるというのが分かるようになりました。喜怒哀楽というのは、誰かと顔を合わせているから生まれるものです。この世界では電話に向かって頭を下げたり、パソコンに向かって怒ったりする人もいますが、それは人に対して感情を示す習慣があるからできることです。僕がいた世界では、喜怒哀楽が少しもないわけじゃないけれど、表情や態度で示す必要がありませんでした」

「ああ、そうなるんですね」

人間は、泣きながら生まれてくる。

泣く以外の感情は、生きて人と接していくうちに知る。目の前にいる相手にその感情をどうしたら伝えられるのかを考え、表情ができていく。

夜久君を見て、表情が合っていないと感じることがあるのは、だからなのだろう。十代の後半で、こっちの世界に来て初めて、泣く以外のことを知った。一人でパソコンに向かっているだけが日常ならば、声を上げて笑うこともないし、声を荒らげて怒ることもない。一人で動画を見ながら笑ってしまうような、虚しさも知らない。前の世界では、生まれた時に泣いていたことも知らずに生きていたのだと思う。

いや、その世界の子供達は、生まれた時にも泣かないのかもしれない。

無駄を省き、合理的に作られた世界で、母親がお腹を痛めて子供を産むとは思えない。体外受精の技術だって、上がっているはずだ。生物学の実験のように、子供を作る。シャーレの中で受精を行い、母親のお腹には入れずに、機材の中で育てる。そのやり方に最初は多くの人が反対の声を上げるだろう。しかし、長い年月が経つうちに、賛成派が増えていく。批判されつづけたやり方が、いつかは当たり前になる。機材の中から取り上げられた子供達が産声を上げることはない。

繁殖のための性欲は、人間の三大欲求の一つだ。睡眠欲や食欲がゼロにならないように、性欲がゼロになることもない。

十代後半の男の子達は、自分の中に芽生えた性欲が何かも知らず、顔を合わせたことがないような友達には正直に話せず、その欲が収まる時を待つしかない。恋愛をしなくては生きていけないのに、恋愛感情が何かも分からない。好きになるような相手もいないんだ。ある年齢になったら、通知が来て、そのどうしようもない性欲からはき出されたものをロボットに渡し、それを基に子供が作られるのだろう。夜久君が彷徨った町の中に誰もいなかったのならば、大人になったら外へ出て人と出会い、恋をするようになるとは思えない。娯楽を無駄と考えてなくしたように、恋愛も無駄と考えた。

「家族」と言っても、血の繋がった人間の集まりではなくて、ただ一緒に住んでいるだけだ。母親は、機材の中で作られた子供をある程度まで育てる研究者でしかない。

その母親は、人間なのだろうか。

夜久君が同じ家に住んで「家族」と思っていた相手は、ロボットだったんじゃないかと思う。

研究は、パソコンに向かっているだけではなくて、手を動かしてやるべきこともある。そういう時には、ロボットを遠隔操作していたのだろう。実験のためにどこかに集まる必要がある時には、ロボットが集まる。遠隔操作しなくてもオートメーションでロボットは動ける。操作する人間もプログラミングする人間も、いなくてよくなる。実験によって優秀な人間を作り出し、世界を進化させて、人類は淘汰されていく。性欲から吐き出されたものを渡すことを拒否する人も、多いだろう。クローンで作るほど、人間を必要としていない。合理化を進めるうちに、人口は急激に減っていく。友達だと夜久君が思っていた相手だって、そこにいたのかどうかは分からない。人工知能とやり取りをしていただけという可能性は高い。

その世界の人達が健康的で長生きで老化も遅いというのは、夜久君自身が証明している。しかし、夜久君はその世界にいた自分以外の人達とこの世界の人達を比較したわけではない。自分以外の人達に会ったことはないのだから、情報として知っているだけだ。人間の寿命が現代より長くなったとしても、限度がある。限度を超えようとしたことも、人口が減少した理由だろう。この世界に来て何年も経つのに老化しないほど強い薬を夜久君は飲んでいたのだと思う。

誰もいなくなった世界で、たった一人残された人間が夜久君だったのかもしれない。

前の世界にいた時、僕は研究に集中したくて、大学での人間関係をわずらわしいと感じていた。研究だけしていたいのに、食事をして眠らなくてはいけないことが面倒くさかった。長谷川さんのことを純粋に思っているはずだと思っても、どうしようもない性欲に悩まされることはあって、そういう自分を情けなく感じた。こっちの世界に来てからも、最近までは同じようなことを思い、悩んでいた。

実際に、研究だけしていればいい人生になったら、苦しみがなくなるのと同時に、喜びもなくなる。

合理的な世界なんて、何もおもしろくない。

わずらわしくて、自分だけではどうすることもできないことがあるから、人生は輝く。

「こっちの世界に来て良かったです」夜久君が言う。

「はい」

「井神先生がいてくれたおかげで、僕はこんなに美しいものが見られた」

太陽の光を浴びて、緑の葉がきらめく。

風が吹き、庭に咲いた赤やピンクの花が揺れる。

山の上を鳥が飛んでいく。

「夜久君、悲しい時に人は泣くんですよ」

「はい」どうしたらいいのか分からないという顔で、僕を見る。

涙は、流そうと思って溢れ出るものではない。夜久君が泣けるようになるのは、もう少し先のことだ。井神先生がいなくなって、一人になった時に初めて涙を流すのだろう。

夜久君は、僕も井神先生も想像できないような研究者になれる。それだけの技術と知識が当たり前の世界で生きていた。でも、夜久君がいた未来に人間は辿りついてはいけない。世界を進歩させながらも、人間が人間らしくいられる世界を残していくべきだ。井神先生は夜久君を人間に戻すために、そばにいさせた。夜久君の今後のことは、僕が一緒に考えよう。

僕達は、なんでも話せる友達になるんだ。

一週間後、意識が戻らないまま、井神先生は亡くなった。

☆

研究室にも井神先生の遺品がある。整理しようと思いながら、三ヶ月が経ってしまった。

まだ十月の終わりなのに、今日は雪が降りそうなくらい寒い。

窓の外では強い風が吹き、赤くなった桜の葉が舞っている。

「大掃除しましょうか？」

「はい？」

遊佐君の机を借りてネットを見ていた西村さんは、露骨に嫌そうな顔をする。

今日は博士の学生は研修で東京に行っている。午前中は西村さん以外にも、修士の学生と学部生が何人か来たが、お昼食べてきますと言って出ていき、戻ってこない。学園祭が近いため、大学中が開店休業状態になっている。準備期間で授業が休みになるのは今週末からだけれど、勉強する気なんて起きないだろう。

「大掃除しますよ」

「わたし、帰ります」西村さんは立ち上がり、カバンを持つ。

「手伝ってください」

「他の人もいる日にしましょう。みんなでやった方が早く終わりますよ」

「みんながいる時だと、困るものが出てくるかもしれないので」

　井神先生から研究室を引き継いだ時に、掃除をして棚の位置を変えたりしたが、何に使うのか分からなくてそのままになっているものがある。研究科棟に改築されてから井神先生が五十年以上使っていた研究室だ。棚の奥にはホコリのかたまりにしか見えないものもあり、見なかったことにしてきた。その中に、タイムマシンに関する何かがあるかもしれない。

　結局、タイムマシンをどうやって作ったのか、教えてもらえなかった。

「わたし、掃除って嫌いなんですけど」

「君は正直でいいですね」

「嫌みですか？」

「褒めているんです」

　最近の学生は、人の顔色をうかがってばかりいる。「サムい」とか「イタい」とか「キモい」とか言われるのが怖いのだろう。他人からどう見られるのか意識して、周りに合わせることだけを考えるうちに、表情が硬くなっていく。まだ若いのだから感情のコントロールができないのが当然なのに、空気を読んで黙ることを賢いと思っているようだ。西村さんみたいに、自分の感情を好き放題にさらけ出す学生は珍しい。

「褒められている気がしません」

「いいから、大掃除しますよ」椅子から立ち上がり、窓を開ける。

　強い風が吹き、僕の机の上や本棚の上にあった紙が飛ぶ。

窓を閉める。

「大掃除に向いてませんよ、今日」西村さんは僕の隣に来て、勝ち誇ったように笑う。

「そうですね」

学園祭前は、外で看板を作ったりダンスの練習をしたりする学生がいつもはいるが、今日はいない。風が強すぎるから、建物の中に入ったのだろう。

「なんか色々と飛んでますよ」

「はい、すいません」

「謝らなくてもいいです」まだ笑っている。

「すいません」飛んでいった紙を拾い集める。

「これ、なんだろう？」

西村さんはしゃがみこんで、僕の机の下に手を伸ばす。引き出しの下に僕の手は入らないような隙間がある。女の人の手ならば、どうにか入るだろう。

「何かありました？」

「古いお札ですね」拾ったものを僕に見えるようにかざす。

「ああっ！」お札を西村さんの手から奪い取る。

「なんですか？　何を焦っているんですか？」

「なんでもないです。見なかったことにしてください」

「見ちゃいましたよ。気になります」立ち上がり、僕に詰め寄ってくる。

「片づけは僕がやるんで、今日は帰っていいですよ」

「帰りませんよ。教えてください」

「教えられません」

去年の春、昭和三十七年に『美しい星』を買いにいった時に作った聖徳太子の千円札だ。使わなかった分は捨てようと思ったが、偽ものでもお札だから捨てにくくて、引き出しの奥に入れておいた。そのうちの一枚が落ちたのだろう。タイムマシンを使って買いにいったことも言えないし、偽札を作ったことも言えない。

「教えてもらえるまで、帰りません」

「西村さんが帰らなくても、僕は困りません。ごはんも食べられなくて、着替えもできなくて、お風呂にも入れなくて、困るのは西村さんです」

「何日も帰らないわけじゃないです」

「とにかく、これについては教えられません」

何か考えているような顔をして、西村さんは遊佐君の席に座る。

「タイムマシンについて知っている人は、他にいるんですか？」考えている顔のまま、言う。

「僕と西村さんと夜久君の三人です」

他にもいるのだと思うが、それも確かめられなかった。

「わたし、夜久さんのことは知っていますけど、それほど親しいわけではありません。平沼先生みたいに好きに何かを言える相手ではないです」

「そうですね」

西村さんも、誰にだって、感情をさらけ出すわけではない。

「もしも、平沼先生に何かあったら、わたしはどうすればいいのでしょうか？　井神先生が亡くなってから、ずっと考えているんです。平沼先生はまだ四十歳ですけど、事故に遭ったり、病気になったりする可能性はあるわけです」

「三十八歳です」

「三十九歳じゃないんですか？」

「早生まれなんで」

「ああ、そうですね。でも、変わりませんよ、三十八も三十九も四十も」

「変わります」

「はい、はい。でも、そこは今議論するべきことではないので」

「はい」

「不安なんですよ」

「何がですか？」

「先生がいなくなったら、わたしは一人でタイムマシンという秘密を抱えて生きていかなくてはいけない」

不安だと言われているのに、僕は胸の奥が明るくなっていくのを感じていた。

僕が教授になって三年が経った頃、井神先生に「鍵を引き継ぐ相手を探しなさい」と言われた。僕にもしものことがあった時のためだと先生は言っていたが、違ったんだ。先生は自分がいなくなった後のことを考えてくれていた。

「僕は、しばらくいなくなりませんよ」

「そんなの分からないじゃないですか」

「そうですね」

前の世界の長谷川さんは十六歳の時に、こっちの世界の僕は十五歳の時に死んでいる。人はある日突然に、死んでしまう。明日も生きていられる保証はない。

タイムマシンの秘密を夜久君と二人だけで共有していたら、どちらかがいなくなる日を考え、息苦しくなっていただろう。引き継ぐ相手を夜久君が探すことはできない。そういうことを井神先生は考えてくれていたのだと思う。西村さんを一人にするわけにはいかないけれど、何人もに広めていいことではない。どうするかは、夜久君にも相談して考えよう。でも、相談できるようになるまで、もうしばらく待った方がいい。

井神先生が亡くなってから、夜久君とは毎週末に会うようにしている。夜久君がいた世界のことや井神先生と会った頃の話を聞く。僕も父親に会った時のことを話した。元気そうに見えるのは、表面だけだろう。これからのことを話せる状態ではない。

「だから、隠しごとはやめてください」

「それ、だからで繋がりますか？」

「だって、そのお札、タイムマシンに関連してますよね？」僕が持っている千円札を指さす。

「はい」

「平沼先生が死んだ後に、そのお札に関する何かがあったら、どうしたらいいんですか？」

「ないと思いますけど」

「あるかもしれないじゃないですか」

「そうですね」

何もないとは思うが、このお札については僕もずっと引っかかっていた。犯罪を犯したことは、予想した以上に大きな痛みとして、胸の中に残っている。タイムマシンを使って買いにいった時には、自覚できないほどに感覚がおかしくなっていた。思い出に縋り、戻ってこられなくてもいいと考え、自分は正しいと思いこんだ。長谷川さんに『美しい星』を渡した後、痛みはどうしようもないほどに大きくなった。

「教えてください」

「分かりました」

自分の席に座り、このお札が何で何に使ったかを話す。前の世界のことや長谷川さんとの関係も話そうかと思ったが、それは僕が一人で抱えるべき秘密だ。

「犯罪ですね」僕が話し終わった後で、西村さんはなぜか嬉しそうにする。

「そうです」

「お金、返した方がいいんじゃないですか？」

「返せれば返しますけど」

タイムマシンで返しにいこうとも考えたけれど、そうしたら今度こそこの世界に帰ってこられなくなる気がした。僕が帰ってこられなかったら、西村さんや遊佐君や他の学生達を悲しませ、困らせる。これ以上誰にも辛い思いをさせたくない。僕は、彼らや彼女達がこの大学を離れる日までは、そばにいる。

「過去に戻らなくても、返すことはできますよ。その時のおばあちゃんは亡くなっているかもしれませんけど、お孫さんとかご家族の誰かは今も生きているはずです」

「でも、僕が僕のままではおかしいじゃないですか？」

「それは、こちらも孫ってことで。おじいちゃんの遺言なんですとか」

「嘘だらけですね」

「犯罪よりましです」

「まあ、そうですね」

「探してみましょうよ。ご家族を」

正しく思える理由を言っているけれど、西村さんは探偵ごっこがしたいだけなのだろう。このまま何もしないでいていいことではないし、探偵ごっこに乗るのは悪くないかもしれない。動いてみれば、気持ちも変わる。

「分かりました。探してみます」

「まずは、その本屋さんに行きましょう」

「ありませんよ」

おばあちゃんに会った時、店を閉めて国に帰ろうか悩んでいると話していた。国というのは、故郷のことだ。それがどこかは聞かなかった。

「迷宮入りですね」面倒くさいと感じたのか、西村さんは表情を曇らせる。

昭和三十七年に小さな書店があった場所は区画整理をされて、コンビニになっている。これ以上調べようがないと思ったが、西村さんが近くにある古そうな家に聞きこみにいきましょうと言い出した。ミステリー小説じゃないんだからそんな簡単に事情を知っている人は見つからないと思いつつ聞きこみにいってみたら、一軒目であっさり見つかった。

二十代後半か三十代になったばかりに見える女の人が玄関先に出てきて、この近所が昔はどうだったという話を子供の頃におばあちゃんから何度も聞かされたと話してくれた。おばあちゃんと書店を経営していたおばあちゃんの娘さんが同い年で、子供の頃によく遊んでいたらしい。しかし、彼女のおばあちゃんは去年の夏に亡くなったため、詳しくは分からないということだった。年賀状のやり取りをしていたはずだからそれを見れば住所が分かるけれど、何年も前のものだから探すのに時間がかかると言われた。それは悪いからいいですと断ったら、隣の隣の駅に書店を経営していたおばあちゃんの妹さんの家族が住んでいるから、そこに連絡したら何か分かるかもしれないと言い出した。知らない人が急に訪問したら迷惑がられると思ったのに、探偵ごっこを楽しんでくれたようだ。その家の住所も電話番号も知らないけど子供の頃に遊びにいったことがあるから場所は分かると言って、駅からの地図を描いてくれた。

「ここですね」地図を見て、西村さんが言う。

さっきの古い家とは違い、新興住宅街の建売住宅だ。インターフォンを押しにくい雰囲気がある。

「ここですけど、やめておきません?」

「なぜですか?」

「迷惑ですよ」

「迷惑そうにされたら、逃げればいいだけです」

「そういう考えはちょっと」

「帰るんですか？」そう言いながら、インターフォンを押してしまう。

「帰れません」

留守であることを願ったが、「はい」と女の人が応える声が聞こえた。

「二駅先にある大学の物理学研究室の者です」西村さんが返す。

「えっと、どういったご用件でしょうか？」

「話すと長くなるのですが、紹介を受けてきました」さっき古い家で聞いてきたことをそのまま話す。

「ちょっとお待ちください」

「はい」

西村さんは、インターフォンから離れて、僕を見る。また、勝ち誇ったような顔をしている。

「お待たせしました」玄関が開き、古い家で会った人よりも少し若く見える女の人が出てきた。

「すいません、急に来てしまって」僕が言う。

「ビックリしました」

「そうですよね」

「どうぞ、中に」

僕一人で来ていたら、もっと警戒されていただろう。西村さんに来てもらってよかった。

「ここで、いいです」

「そうですか？」

「はい、すぐに終わることなので」

「じゃあ、ここで」

家の前に三人で並んで立ったまま、話をする。どこかお店に入った方が話しやすいかと思ったが、駅前まで行かないと何もないようだ。

「二駅先でおばあさんのお姉さんが書店を経営していたんですよね？」

「えっと、わたしの曽祖母の姉ですね」

「曽祖母……」

さっきの古い家で会った女の人のおばあちゃんが、書店を経営していたおばあちゃんの娘さんと友達だったのだから、曽祖母で合っている。ここに来るまでに計算してきたのに、分からなくなるところだった。

「はい、ひいおばあちゃんです」

「それじゃ、何も知りませんよね？」

「どういったことでしょうか？」

「僕の祖父が僕くらいの年の頃に、その書店で買い物をしたことがあるんです」

「その頃って、偽札が多く流通していたみたいで、祖父は偶然その偽札を手にして書店で使ってしまいました。ニュースになっているのを見て、自分の財布も調べて気がついたようです。謝りにいこうと思った時には、書店はなくなっていて、そのままになってしまった。ずっと気にかかっていたみたいで、探し出してほしいと頼まれました。そんなこと無理だと思っていたのですけど、祖父が亡くなって、そしたら気になるようになりまして」

研究室で考えてきた嘘を憶えた通りに話す。

「今更、もういいんじゃないですか」

「僕もそう思っていたんですけど、犯罪ですから」

「そうですね」女の人は、小さく何度かうなずく。

「書店を経営していたおばあちゃんも亡くなっているでしょうし、誰に謝ったらいいのか」

「わたしじゃ、ちょっと遠すぎますよね」

「おばあちゃんの娘さんがいると思うんですけど、その方も亡くなっていますか？」

「生きてますよ。でも、入院しているらしいんですよ」

「そうですか」

「あっ！　その入院しているおばあちゃんのお孫さんだったら、すぐに連絡とれます。ＳＮＳで繋がってるんで。本屋のおばあちゃんのひ孫にあたります」

「はい」

「その方、紹介してもらえますか？」

「ちょっと待ってくださいね」

家の中に入り、タブレットを持って戻ってくる。タブレット上に指を滑らせて、操作する。

SNSからメッセージを送ってくれたようだ。

遠い親戚とも繋がりを持てるのだから、SNSは人の輪を広げるものだ。それを利用することが当たり前になり、夜久君がいた未来では人と人が顔を合わせず、言葉を交わさないのが普通になる。いつをきっかけに人の距離を遠くする寂しいものに変わってしまうのだろう。それとも、既にそうなっているのだろうか。

返信が届くまで時間がかかるかもしれないと思ったけれど、すぐに返信があった。

「一度お会いしましょうということです」タブレットから顔を上げる。

「ありがとうございます。その方は、どこに住んでいらっしゃるんですか？」西村さんが聞く。

「山形です」

「……山形」僕が言う。

頭の中で、何かが繋がる音が聞こえた気がした。

そこに行ったら誰と会えるのか、僕は分かっている。会わない方がいいと感じたが、行くしかない。

研究にも人生にも大事なのは、トライアル・アンド・エラーだ。

「もうすぐですよ。まっすぐに行った先です」タブレットで地図を確認しながら、西村さんは先に歩いていく。

「駅でタクシーに乗ればよかったですね」

田んぼの間の道を三十分くらい、歩きつづけている。稲刈りが終わった後だから、見渡すかぎり何もない。もうすぐ、もうすぐと西村さんはさっきから何度も言っている。しかし、一番近い家だって、遠くに小さく見えるだけだ。

今日はよく晴れていて、暖かい。

電車の本数が少ないため、約束の時間よりも早く駅に着いた。駅前にタクシー乗り場があり、運転手は暇そうに煙草(たばこ)を喫(す)っていた。バス停で時刻表を見てみたら、次は二時間後だった。どこかで少し時間を潰してからタクシーで行こうと思っても、一軒だけの喫茶店も開いていなかった。お店らしき建物が他に二軒あったけれど、看板がなくてシャッターも閉まっていた。あとは、どこまでも田んぼが広がっている。

少し遠いけれど歩ける距離ですと西村さんに言われ、タクシーに乗らないことにした。歩くのにちょうどいい気候だと思ったが、歩きつづけるうちに暑くなってきた。

「文句、言わないでください」西村さんが言う。

「文句ではないです」

「早く行きますよ。遅れちゃいます」

「その地図、合ってるんですか？」

「合ってます」

「少しだけ、休ませてください」

立ち止まり、深呼吸をする。カバンからハンカチを出して、汗を拭く。

町は、山に囲まれている。

僕が生まれ育った島には電車もなかった。バスは走っていても、本数は少ない。島の北の町まで行かないと、お店も病院もない。何もないと感じるのは同じなのに、この町の方が寂しく思える。

季節のせいだろうか。

田植えや稲刈りの時期は、活気があるのかもしれない。春や夏は、緑が美しいだろう。けれど、雪が降ったら、真っ白でより寂しくなりそうだ。

「先生、早く」

「分かってます」

先に歩く西村さんに、ついていく。

大学の二駅先にある家に行った翌日に、話をした女の人から電話がかかってきた。本屋のおばあちゃんのひ孫にあたる方と連絡を取り合い、いつならば訪問していいか決めてくれていた。家まで行くのは悪いから山形駅かどこかと言ったのだが、小さな子供がいるから家に来てほしいということだった。

子供がいると言われて、予想と違うと感じた。

相手の苗字を確かめたら、魚住ではなかった。

前の世界で、魚住さんは大学から二駅先のアパートに住んでいた。近所に親戚が住んでいて、おばさんにごはんを作ってもらっていると話していた。実家は、山形県の米農家だ。全てが一致した気がして、魚住さんと会えるんだと思った。偶然一致しただけで、違ったということだ。

でも、魚住さんが生まれ育った町とここは似ているんじゃないかと思う。

タイムマシンに乗る前に「どんな高校生でしたか？」と聞いたら、魚住さんは「何もない」と答えて、「勉強さえできればいいって思ってた」と言っていた。山に囲まれた町で彼女がどう感じて、どう考えて生きてきたのか、聞くことはもうできない。

「ほら、着きますよ」西村さんが言う。

遠くに見えていた家が近くに見えるようになってきた。

距離感が分からなくなるくらい大きな家だ。広い庭があり、農家の見本のような木造の家も平屋で広い。庭では、小学校二年生か三年生くらいの男の子と幼稚園児くらいの女の子が二匹の柴犬と走り回っている。

生垣に囲まれているだけで門はないので、庭に入らせてもらう。

「こんにちは」子供達に、西村さんが声をかける。

「こんにちは」

知らない人に驚いたり、警戒したりせず、子供達も犬も僕と西村さんに駆け寄ってくる。

女の子の顔や走り方が魚住さんとそっくりに見えるのだけれど、気のせいだろう。

「お母さんかお父さん、いる？」

「いる」男の子が答える。

「呼んできてもらってもいい？」

「うん、待ってて」

男の子が家に入っていき、女の子も追いかける。二匹の柴犬は、土間までついていって止まった。それより先には入らないように、しつけられているようだ。

「すいません」男の子と女の子に手を引かれ、男の人が出てくる。「ちょうど今、駅まで迎えにいこうと思っていたところなんです」

僕より年齢は少し下で、三十代半ばくらいだと思う。身長は僕より高いのに、物腰が柔らかくて大きい感じのしない人だ。

「いえ、大丈夫です」僕が言う。

「歩いてきたんですか？　遠かったでしょう」驚いた顔で言う。

「はい」

「話は、うかがっています。どうぞ、中に」

「ここで結構です。お金をお返しできればいいので」カバンから財布を出す。

「えっと、僕じゃなくて妻なんです。一番下の子が生まれたばかりなので、上がっていただいた方が助かります」

「そうですよね。小さなお子さんがいるって聞いています」

「先月、生まれたんです」

「そうなんですか？　大変な時にすいません」

「大丈夫です。四人目ですから」

「もう一人いらっしゃるんですか？」

「一番上のお姉ちゃんだけ、友達の家に遊びにいっています。友達の家も小学校もとにかく遠くて、車で送り迎えしないといけないので、駅に行くのが遅くなってしまいました。僕や妻が子供の頃は、近くに小学校があったんですけど、廃校になって」

「僕の地元も同じ感じです。南の方にある島なんで」

「どこも子供が減っていますから。もう一人くらい欲しいんですよ」

「楽しいでしょうね、五人きょうだい」

「お金はかかりますけど、仲良くやってくれれば」

「奥様とは、小学校から一緒だったんですか？」

「妻の方が年下なんですけどね。小さい頃から知っていて、妻が高校三年生で進路に悩んでいるのを相談に乗っているうちに、一番上の子ができちゃいまして」

「えっ？」

「妻が高校卒業するのを待って、すぐに結婚しました。向こうに見えるのが妻の実家です」遠くを指さすが、林があるだけで家は見えない。あの中か裏辺りにあるのだろう。「お義父さんには、殺されるかもしれないっていうくらい、怒られました。妻は勉強ができて、大学に行くことを期待されていたので」

「へえ」

不思議なくらい、喋りやすい人だ。このまま話しつづけたら、僕も何も躊躇わずに自分のことを話してしまうかもしれない。

「ちょっと、いつまで喋ってるの？」家の奥から赤ん坊を抱いた女の人が出てくる。遊びにいっているはずのお姉ちゃんかと思えるくらい、小さな女の人だ。ご主人の横に並ぶと、親子に見える。でも、喋り方や仕草はおばちゃんっぽい。

結婚すれば、苗字が変わることもある。

玄関の横に表札があり、家族の名前が並んでいた。ご主人と四人の子供達の名前に挟まれて、「舞」と書いてあった。前の世界でおにぎりをもらった時、名前の話になって「漢字、米じゃないからね」と言われた。どう書くのかやっと分かった。

赤ん坊を抱いているのは、魚住さんだった。

子供達が犬の散歩に行くと言い、ご主人と西村さんもついていった。西村さんには行かないでほしかったのだが、僕とご主人が喋っているほんの数秒の間に、子供達も犬も彼女に懐いていた。

家には、僕と魚住さんと生まれたばかりの赤ん坊だけが残された。

土間から上がり、長い廊下の先にある居間に通された。

僕の正面に魚住さんが座り、赤ん坊は縁側に敷いた座布団の上で眠っている。

「お茶、お出ししますね」魚住さんは、立ち上がる。

「いや、あの、お構いなく」

「歩いていらしたんでしょ？　喉渇いていませんか？」

「大丈夫です。渇いていますけど、大丈夫です」

「渇いているなら、出しますよ。少しお待ちください」

「すいません」

魚住さんは居間から出て、長い廊下を足音を立てずに歩いていく。

長谷川さんや父親と会った時以上に、どうしたらいいのか分からない。

見た目は、前の世界の魚住さんとほとんど変わらない。こっちの魚住さんの方がおばちゃんっぽさが増している。まだ三十一歳のはずだが、農家の立派なお母さんという感じだ。四人も子供を産んでいたら、立派にもなるだろう。お母さんになっていることよりも、結婚していることに違和感がある。明るい性格のご主人に支えられて、農家の奥さんになって、廊下を静かに歩いているなんて、僕の知っている魚住さんではない。

前の世界の魚住さんとこっちの世界の魚住さんは違う人だと分かっていても、受け入れられなかった。

「お待たせしました」魚住さんがお茶のセットを持って居間に戻ってきて、僕の正面に座る。

「あの、これ、良かったらご家族で」仙台駅で買ってきたお菓子を渡す。

「ありがとうございます。子供達、喜びます」お菓子の箱を自分の横に置き、後ろに置いてあるポットのお湯を急須に注ぐ。

何か喋った方がいいと思うが、何を喋ればいいのだろう。本題に入るのは、お茶を淹れてもらってからの方がいい。天気のこととか今朝のニュースとか、世間話みたいなことでいいのだけれど、魚住さんと世間話するなんておかしいとしか思えない。

「私、先生のファンだからビックリしちゃいました」

「えっ？」

「こう見えても、物理とか得意なんです」

「そうなんですか」

「高校生の時は、物理学者を目指して勉強していました。親からは東京の大学に行くように言われていたんですけど、この町から出たことも数えるほどしかないのにそんな遠いところへ行くのは怖くて、仙台の大学にしようかなとか悩んでいるうちに、子供ができて」

「さっき、ご主人からも聞きました」

「そんな話をしていたんですか？」

「相談しているうちにできちゃったと言っていました」

「恥ずかしいことをペラペラと」怒ったような顔になる。

「相談しているだけじゃ、子供はできませんからね」

「そうですよね」今度は、恥ずかしそうにする。

研究室にいた魚住さんも、雪を見てはしゃいだり、遊佐君と笑いながら大声で喋っていたり、研究者の顔でマジメに論文の発表をしていたり、表情を変えていたはずだ。それなのに、思い出せるのは、心配そうに僕を見ていた顔だけだ。いつも、僕を心配してくれていた。そのことに僕は気づけなかったくせに、胸の奥に焼きついている。

「お喋りなんですよね、子供の頃から」困っているような、それでも愛しい相手を想う顔でそう言いながら、湯呑みにお茶を注ぐ。

「子供の頃から、仲が良かったんですか？」

「仲が良かったというか、ずっと心配かけていました。私、友達がいなくて、勉強ばっかりしていました。両親は、うちの子は頭がいいから友達なんか作らなくていい、東京の大学に行けばいいって言っていて、学校でも特別扱いされていました。田舎だから、東京の大学に行くっていうのは、すごいことなんです」

「分かります。僕の地元もそうですから」

「そうですよね。南の方にある島のご出身ですもんね」

「はい」

「同級生とうまく話すこともできなくて、私は勉強に逃げていました。そのことに、彼だけが気がついていた。東京に行かない方がいいって言われて、最初は無視していたんですけど、いつの間にかそういうことになってしまって」また恥ずかしそうにする。「いつの間にかで、そんなことにはならないんですけど。近いところで親戚もいる仙台の大学がいいなんて両親に言えないからどうしようと悩んでいる時だったので、甘えてしまいました。って、こんな話、おもしろくないですよね？」

「おもしろいとは言いにくいですけど、おもしろいです。僕は、ずっと研究ばかりしていたので、恋愛の話をしたことってあまりないんです。たまに学生の相談に乗るくらいで」

「そうですか。あっ、お茶どうぞ」

「いただきます」お茶を一口飲む。

ああ、この人は、魚住さんなんだ。

お茶の味が同じだ。

忘れてしまったと思っても、感覚は憶えている。泣きたくなるような懐かしさが胸にこみ上げてきた。タイムマシンでこっちの世界に来てからずっと、このお茶を飲みながら魚住さんが握ったおにぎりを食べたいと思っていた。

「一人目の子ができた時には、私の人生を台無しにされたとか思ってしまったんですけど、結婚して良かったと今は思っています。大学に行っても、平沼先生みたいな研究者にはなれなかったでしょうし」

「そんなこと、ないと思いますよ」

「無理です、無理です」首を横に振る。

「でも、僕みたいな研究者になるよりも、今の方が幸せだと思います」

「そうですね」笑顔で、大きくうなずく。

結婚して子供を産むことが女性にとって一番の幸せとは思わないが、前の世界で研究室にいた魚住さんより、こっちの世界で子供達に囲まれている魚住さんの方が幸せそうだ。魚住さんはマジメで優しいから、研究者よりもお母さんの方が向いている。

「それで、お金なんですが」カバンから財布を出す。

「いいですよ。私がいただいても、なんかおかしくなるので」

「でも……」

「それより、おじい様が持っていた偽札って、もうないんですか？」

「あります」

「今日は、持ってないですよね？」

「持ってます」

机の引き出しに入れておくとまた落ちるかもしれないので、財布に入れてある。

「見せていただいて、いいですか？」

「いいですよ」財布から出して、テーブルに置く。

「きれいですね」

引き出しの下に落ちていた間に傷がついたが、五十五年も前に作られたと言うには無理があるくらい状態がいい。

「祖父が大切に持っていたみたいです」

「ちょっと待っていてくださいね」居間を出て、魚住さんは廊下を足音を立てて走っていく。

さっき静かに歩いていたのは、客の前だからと思って装っていただけなのかもしれない。本質は、前の世界の魚住さんと変わらないのだろう。

「お待たせしました」抱きかかえるほど大きなお菓子の缶を持って、戻ってくる。「ここに、ひいおばあちゃんのタンス預金を集めて入れてあるんですけど」

「はい」

「本屋さんをやっていた頃のお金とか、年金の一部とかをタンスや押入れに隠し持っていたんです。亡くなってしばらく経ってから見つかって、私がもらっちゃいました」

「へえ」

「その時、まだ中学生だったから古いお札なんてどうしようと思って、押入れにしまっていたんですけど、今思うと問題ありますよね。相続とか」

「そうですね」

「年代ごとのお金が揃っているんですよ」缶を開ける。「中学生の頃に使われていたお札もあるんですけど、もらった時は、これとは違う箱にグチャグチャに入っていて気づかなかったんです。結婚して引っ越してくる時に整理しました」

中には、日本で発行されたあらゆるタイプの硬貨とお札が入っている。夏目漱石の千円札や新渡戸稲造の五千円札、古い絵柄の福沢諭吉の一万円札もあった。タイムマシンに乗る前に、僕は魚住さんからお金を借りた。井神先生か夜久君から借りてきたものだと思っていたが、ここから貸してくれたのだろう。

「これ、金額以上の価値があるんじゃないですか？」

「はい。でも、相続税とかの話になると大変なので、内緒のお金です」

「確かに、大変そうですね」

「それでですね。私、ずっと気になっているお札があったんです」

「どれですか？」

「これ、です」

聖徳太子の千円札をテーブルに置く。

僕が作り、タイムマシンで行った昭和三十七年で使ったお札だ。

他のお札とは、紙の劣化具合が違う。色がくすんだり、折り目で破れてしまっているお札がほとんどなのに、一枚だけきれいだ。似た紙で作ったつもりだったが、質が良すぎたのだろう。

「同じですね」僕は、持ってきた千円札を指さす。

「そうです」

「おばあ様、ずっと持っていたんですね」

「ひいおばあちゃんです」

「ああ、はい」

「このお札、おかしいと思いませんか？」

魚住さんの口調が前の世界で研究発表をしていた時と同じになってくる。この口調になった魚住さんが繰り広げる理論に勝てる気がしないが、立ち向かうしかない。

「どこが、おかしいんですか？」

「紙質が良すぎます」

「先生のおじい様がこのお札を使ったのは、昭和三十七年ですよね？」

「はい」

「発売されたばかりの三島由紀夫の本を買ったと言っていました」

「『美しい星』ですね？　昭和三十七年十月に発売された」

「そうです」

「昭和三十七年は一九六二年なので、二〇一七年の今年から五十五年前になります」

「はい」

「ちょうどその頃に日本中で多数の偽千円札が出回っていたようです。私は、その話は知らなかったのですが、お札の整理をしている時に明らかに違う一枚があることに気がつき、調べました。よくできていても、触っただけで違いは分かります。これは、その頃に作られた偽札なんだと最初は思いました。ひいおばあちゃんが本屋を閉めて山形に来たのもその頃です。銀行や誰かの手に渡ることなく、タンス預金に入れて持っていたのでしょう。これらのお金について、いつまでも内緒にしていていいことではありませんので、うちの子供達が大人になるまでにはどうにかしようと思い、この缶に入れて押入れにしまいました。他のお札と交ざらないように、偽札は封筒に入れておきました」

「はい」

「子供を四人産んで、田んぼの仕事もあり、忙しくしているうちに毎日は過ぎていきます。古いお金のことを税理士さんに確認したり、新しいお札に換えたりしなくてはいけないと思っても、なかなか時間は取れませんでした。平沼先生がいらっしゃると聞いて、あの偽札のことだと思い、久しぶりに押入れからこの缶を出し、中を確かめました。押入れの湿度には気をつけていましたが、それでも劣化が進んでいます。しかし、偽札だけは他ほど劣化が進んでいない。封筒に入れておいたから、他のお札とは紙が違うからと考えましたが、何か引っかかります」

「何がですか?」

「この紙、昭和三十年代のものとは思えません」

「なぜ?」

「さっきも言いましたが、紙質が良すぎるんです。たとえ、これと同じ紙が存在したとしても、とても高価だったでしょう。偽札に使うには、コストパフォーマンスが悪い」

「なるほど」

「そこで私は考えました。このお札を昭和三十七年で使ったのは、平沼先生ご自身じゃないですか?」

「どういうことですか?」

「先生は時空間に関する研究をしていらっしゃいます。論文も読ませていただきました。あれ、もう少し進めれば、タイムマシンが作れますよね？」

「そうなんですか？」

冷静に話を聞こうと思っていたのに、ビックリして、大声を上げてしまった。

赤ん坊が起きるかと思ったが、大丈夫だった。

長谷川さんや父親と話している時も冷静さを崩される瞬間があったけれど、それとは種類が違う驚きだ。時空間を超える理論の先に僕は全く進めずにいるのに、魚住さんは分かっている。この人はやっぱり、農家のお母さんでいていい人ではない。どんなに大変な思いをして不幸になっても、研究者になるべきだ。

「あれ？　分かってないんですか？」

「恥ずかしながら」

「おかしいな。発表されていないだけでタイムマシンができていて、それを使って先生が五十五年前に行ったんだと思ったのに」

「タイムマシンなんて、できるはずないですよ」

「絶対に合っているって思ったのに」残念そうにして、偽札を見ている。

「おかしなこと言わないでください」笑って、ごまかす。

「そうですよね」

魚住さんもお母さんの顔に戻り、笑う。

西村さんや遊佐君や他の学生達と議論を交わしてほしいが、研究室に来てくださいなんて誘わない方がいい。影響された学生達が世界を変えるような何かを作ってしまうかもしれない。魚住さんには、おとなしくしてもらっておいた方がいい。

恥ずかしそうに笑いながら、魚住さんは偽札を缶に戻して、ふたを閉める。僕も偽札を財布に戻す。この話は済んだことにして、これ以上は触れないでおく。

「あの写真って、新婚旅行ですか？」話を逸らすために、テレビ台に飾ってある写真立てについて聞く。

「新婚旅行なんて、行ってませんよ。家族旅行で、去年の夏休みの写真です」写真立てを取り、テーブルに置く。

「ああ、そうなんですね」

夫婦二人が並んで立つ後ろには大きな橋が写っている。角度が違うからパッと見は分からなかったが、前の世界でタイムマシンを使った時に、モニターのデスクトップの背景になっていた写真と同じ橋だ。

「ここ、ずっと行きたかったところなんです。新婚旅行で行くって子供の頃から決めていたんですけど、行けなかったから」

旅行の時のことを思い出しているのか、魚住さんは嬉しそうに話す。

前の世界の魚住さんも、過去や未来よりも、好きな人と一緒にこの橋へ行きたいと願っていたのだろう。

子供達とご主人と西村さんが犬の散歩から帰ってきたみたいで、玄関が騒がしくなる。

「お母さん！　お母さん！」男の子が居間に駆けこんでくる。

「どうしたの？」

「これ、壊れちゃった」手には、黄色い星のキーホルダーを持っていた。星が真ん中で割れている。

「なんで、壊れたの？」

「知らないよ。ポケットに入れておいただけだもん」

「入れておいただけじゃ、割れないでしょ」

「だって……」

「お母さんがお父さんに初めてプレゼントしてもらったものなのに、大事にするって言うからあげたのに」

「ごめんなさい」

キーホルダーは、高校生がプレゼントするには子供っぽいデザインだ。恋人になる前、二人がまだ小学生や中学生の頃に、ご主人が魚住さんにプレゼントしたのだろう。

タイムマシンの鍵を前は研究室の机の引き出しに入れたままにしていた。西村さんが勝手に使うとは思えないが、学生があの円筒の鍵じゃないかと試す可能性がないとは言えない。置いたままにするのは危ない気がして、最近は持ち歩いている。今日も、カバンに入れて持ってきた。それには、目の前にあるのと同じキーホルダーがついている。ここで出したら、魚住さんが怪しんで新たな理論を展開するかもしれない。しかし、出すべきだろう。

持ち主に返す時が来たんだ。

「あの、これ」鍵から外して、キーホルダーをカバンから出す。

「ああっ、一緒だ」驚いた顔をして、男の子は言う。

「あげます」

「えっ、いいんですか?」魚住さんが言う。

「ご主人の初めてのプレゼントの代わりにはなりませんが、祖父が偽札を使ったお詫びということで」

「にせさつ?」男の子は、首を傾げる。

「ごめん、それは君が気にすることじゃない。とにかく、これはおじさんからのプレゼント」

黄色い星のキーホルダーを男の子の小さな手に渡す。

「ありがとうございます」

魚住さんと男の子の嬉しそうな声を聞き、丹羽光二だった僕がこの世界でやるべきことは終わったんだと感じた。

帰りは、ご主人に駅まで車で送ってもらった。家を出る時に、電車で食べてくださいと言われ、魚住さんからお弁当箱を渡された。ふたが山形になっている。おにぎりが入っているのだろう。子供達が西村さんとまた会いたいと言っていたため、冬休みに遊びにくる約束をした。

「かわいかったですね、子供達」正面に座る西村さんが言う。

「そうですね」

電車は、田んぼの中を走っていく。

一両編成の電車で、僕と西村さんの他には高校生のグループしか乗っていない。男の子二人と女の子二人でボックス席に座り、はしゃいでいる。制服を着ていても学校帰りではなくて、どこかで遊んできた帰りのようだ。

「先生、何かありました？」

「いえ、何もないですよ」

「わたしには話さなくてもいいですけど、話せる誰かには話してくださいね」

「そんな人、いませんよ」

「わたし、なんだかんだ言いながら先生には恋人がいるんだと思っていました」

「なぜですか？」

「一人で生きていくのって、辛いから」

「そうですね」

「恋人じゃなくても、先生の心を支えてくれる誰かがいればいいっていうわたしの願望です」

「心を支えてくれる誰か……」

「残念ながら、わたしは先生の恋人にはなれませんので」

「なってほしくないんで、いいですよ」

「わたし、人気あるんですよ！」

「見た目だけじゃないですか」

「酷い」

泣き真似をしながら、西村さんはおにぎりが入ったお弁当箱のふたを開ける。海苔の巻いていないおにぎりが三つ入っている。そのまま一つ食べる。

「それ、全部食べていいですよ」

「いいんですか？　すごくおいしいですよ」

「僕はいらないんで」

おにぎりを食べたら、泣いてしまうだろう。

「じゃあ、遠慮なくいただきます」

「普通は、遠慮しますけどね」

「どっちなんですか？」

「いいです。食べてください」

「普通はとか、言わなければいいのに」

「はい、すいません」

「謝らなくてもいいですけど」

陽が沈んでいき、窓の外は赤く染まる。

来た時は寂しく思えた景色が、今はとても美しく見える。

「支えられてますよ。西村さんに」

「えっ？」

「今日も来てくれて助かりました」

「はい」

「西村さんだけじゃなくて、遊佐君や他の学生達、井神先生や夜久君、みんなに支えられています」

「それでも、先生だけの特別な相手が必要だと思います」

「そうですね」

「やっぱり、おにぎり食べますか？」

「いいです。それよりも、これあげます」

カバンからタイムマシンの鍵を出して、西村さんに渡す。

「いいんですか？」

「大切にしてください」

「はい」鍵を握りしめる。

☆

今年の学園祭は、学生達がやっている飲食の出店や研究発表を見て回ろうと思っていたのだが、人の多さに負けた。桜並木沿いに並ぶ出店の間を通り抜けただけで、疲れた。

うちの大学の学園祭は、文学部が英語劇をやったり、農学部が作った野菜を売ったり、理学部が子供達でも分かるように最新型ロボットの研究発表をやったりするので、学生の家族や友達以外に近所の人達も多く来る。芸能人を呼ぶというような派手なことはせず、地域の人や受験生に大学を見てもらうことを目的としている。飲食の出店は特に人気があり、昼前から列ができる店もある。

学生の頃は、学園祭時期の大学にはなるべく近寄らないようにしていた。井神先生の助手だった頃は、大学にも来なかった。教授になってからは公開講座の他に事務的な仕事もあり、そうも言っていられなくなった。それでも、研究室からできるだけ出ないようにした。混雑しているのが嫌だし、大学中の浮かれた空気も苦手だった。苦手なことでも学生達のためにがんばってみようと思ったが、無理だ。

結局、研究室に来てしまった。

誰かいるだろうと思ったのに、誰もいない。

学生達は、ちゃんと学園祭を楽しんでいるようだ。

窓を開けて、桜並木の間を歩く人達を上から眺める。

どれだけ文明が発達しても、こういう景色は変わらないんじゃないかと思う。

学生の女の子達は、クレープを食べながら歩いている。法被を着た男の子達は、彼女達に声をかける。見学に来た高校生達は、はじめて都会に来たみたいな驚いた顔をして、校舎を見上げ何か話している。お母さんが止めても、子供達は自分の食べたいものを売っている出店に走っていってしまう。客引きの声と笑い声が響き渡る。

いつか、夜久君が話していたような未来に辿りついてしまうなんて、考えられない。でも、未来の片鱗は、ここにある。

一人で歩いている学生が多くなったように感じた。出店で買ったものを写真に撮っている。SNSにアップするのだろう。サイトの向こう側にも人がいるから悪いこととは思わないし、一人でいることも大事だと思うけれど、その自分を肯定して、寂しいことに慣れないでほしい。

「こんにちは」ノックの後に扉が開き、女の人が顔を出す。

長谷川さんだった。

「こんにちは。一人ですか？」

「またはぐれちゃいました」笑いながら言う。「ここで待たせてもらっても、いいですか？」

「どうぞ」

「おじゃまします」研究室に入ってきて、僕の隣に立つ。

「どこか、好きなところに座っていいですよ」

「ここがいいです。人の多さに酔ってしまったので、風に当たらせてください」

「どうぞ、お茶でも淹れましょうか？」

「お水あるから大丈夫です」カバンからペットボトルを出す。

並んで立ったまま、窓の外を眺める。

「田中君と結婚したんですよね？」僕が聞く。

「婚約です。まだ籍を入れてないので。年内には籍を入れる予定です」

「おめでとうございます」

「ありがとうございます」僕の顔を見て、長谷川さんは笑顔になる。

もともときれいな長谷川さんの顔が、眩しいくらいに輝いている。

魚住さんも、ご主人や子供達の話をする時の表情は、輝いて見えた。結婚や出産というのは、それだけ特別なことなのだろう。

「もう一緒に暮らしているんですか？」

「まだです」

「そうですか」

「田中君は、今日からでも一緒に暮らしたいってうるさいんですけど、お互いに仕事が忙しくて。まずは、家族のあいさつとか済まさないといけないこともありますし」

「島にも帰るんですよね？」

「あっ、丹羽君のお父さんが来たんですよね？」

「はい、夏に。その時、お墓参りのことを聞きました」

「私が丹羽君のお父さんに先生のことを話したせいでご迷惑かけてしまって、すみません」

頭を下げる。

「別に、迷惑なんて思っていませんよ」

「本当ですか？」顔を上げる。

「僕は丹羽君のことを知りませんし、不思議な話だなと思います。でも、それがあって、長谷川さんや丹羽君のお父さんと会えたのだから、良かったと思っています。良かったっていうのは、言い方が悪いですね。丹羽君は、亡くなっているのだから」

「大丈夫です。私も、先生と会えて良かったです」

心を支え合う相手は、恋人や家族だけじゃない。僕は、前の世界の長谷川さんに、ずっと支えられてきた。彼女を想うことで、僕は生きてこられた。でも、いつまでも過去に縋っていてはいけない。これからは、こっちの世界の長谷川さんと友人として、支え合えるようになればいい。

「結婚して住所が決まったら、教えてください。お祝いを送ります」

「そんな、悪いですよ」

「今日持ってきたかったんですけど、重いものなので」

「なんですか？」

「楽しみにしていてください。とってもいいものです」

「ロボットとか？」

「欲しいロボットがあるんですか？」

「家庭用のお手伝いさんロボット、買おうか迷っているんです」

「それより、いいものです」

結婚祝いには、魚住さんの家のお米を送る。魚住さんにお願いして、米のとぎ方やおにぎりの握り方も教えてもらおう。家事を全部やってくれるお手伝いさんロボットが人気らしいが、あのおにぎりは人の手でしか作れない。今度、魚住さんの家に遊びにいった時には、おにぎりを西村さんにあげず、僕も食べる。

「なんだろう。楽しみにしていますね」

扉をノックしてから、男の人が顔を出す。

田中君だった。

心配そうにしている田中君を見て、長谷川さんは「大丈夫」と言って笑う。

「お久しぶりです」僕から声をかける。

「お久しぶりです。おじゃまします」研究室に入ってきて、田中君は長谷川さんの隣に立つ。

どうやら田中君がロボットの研究発表に夢中になっている間に、はぐれたようだ。どこに行っていたのかを話し、長谷川さんは怒っているような口調になり、田中君はひたすら謝る。けんかしているみたいにも見えるが、二人とも楽しそうだ。

「今日、遊佐さんっていないんですか？」田中君が僕に聞く。

「遊佐君も彼女が来ているので、どこか見て回っているんだと思います」

「そうですか」

「約束していたんですか？」

「いや、お正月に聞いたワープの研究って、どうなっているのかと思って」

「進んでないみたいです」

研究がなかなか進まず、最近の遊佐君は学生の頃に戻ったように苦しんでいた。昨日の夜、秋田から彼女が来て気持ちが落ち着いたのか、今日の朝は元気そうだった。今日は一日ゆっくり休むと話していた。

「話、聞きたかったんですけど」

「お昼に限定販売のハチミツ買うって言っていたから、そこら辺にいると思いますよ」

農学部が作ったハチミツは桜並木の出店で、十二時ちょうどに発売される。人気があるので、時間までに並ばないと買えない。

「そうだ！　ハチミツ、私も買いたい」長谷川さんが言う。

「早く行かなきゃ間に合いませんよ」

あと十分で、十二時になる。

研究科棟の屋上で井神先生と「時間は、存在さえしていないかもしれない」と、話したことがあった。物理学として時間をどう扱うか、まだ謎は多い。それでも、人と人の間の約束として、時間は存在している。

「行こう！」田中君が言う。

「また来ます！」

長谷川さんと田中君は、研究室から出ていく。

長谷川さんと田中君、西村さんとあゆむ君、遊佐君と彼女、彼らや彼女達を見ていると、運命と言える相手がいるんじゃないかと思えてくる。

前の世界で、長谷川さんは十六歳の十一月に死んだ。

田中君の運命の相手が長谷川さんならば、前の世界の田中君には相手がいないということになる。前の世界でも、こっちの世界でも、死ぬべきは僕だったのだろう。死ぬべきである僕がいなくなったため、こっちの世界の田中君は一人にならないで済んだ。

僕は、自分の運命の相手が長谷川さんではないならば、魚住さんだと思っていた。

しかし、魚住さんの相手は、ご主人だ。島で事故が起きた日を境に、前の世界とこっちの世界の出来事がずれ始めた。魚住さんはこっちの世界では高校三年生で妊娠するが、前の世界ではしなかった。そのため、仙台の大学へ進んだ。

タイムマシンで過去や未来に行く実験をしていた時、二年先の未来はどんなだったか聞いたら、魚住さんは「私がここにいなかった」と話して何か言いたそうにしていた。僕がタイムマシンでこっちの世界に来た後、前の世界の魚住さんは博士論文も出さずに研究室を去ったのだと思う。博士課程を終えていたとしても二年後にはいないのだが、彼女は実家に帰ると言いながら、大学院に残るつもりだったんだ。そうではなかったら、二年後に研究室にいないことは当たり前であり、気にすることではない。行方不明になった僕について問い詰められるうちに疲れ、自分の考えの甘さも反省して、実家に帰った。一年後の研究室に行った時に僕の席はあったが、行方不明の学生の机をどうすることもできずに放置されていたのだろう。実家に帰った後で、魚住さんはご主人と再会して、結婚する。

どこをどう捜しても、行方不明になった僕は見つからない。そのことを魚住さんは分かっているから、全てを忘れて幸せになるのは無理だ。結婚後しばらく経ったら、僕を捜す研究をするために大学院に戻ろうとするかもしれない。

僕はこっちの世界でまあまあ幸せにやっているから、忘れてほしい。そう思っても、前の世界の誰かに伝えることはできない。

前の世界の魚住さんに関することは想像でしかないが、こっちの世界でも前の世界でも同じ女の子と付き合っている遊佐君を見ていると、間違っていないという気がしてくる。遊佐君と彼女のことだけではなくて、黄色い星のキーホルダーや『美しい星』という持ち物を見ても、持つべき人の手に渡ったと感じた。研究室には、前の世界とこっちの世界で違う相手と付き合い、違う進路の選択をした学生もいるけれど、最終的には同じところに辿りつくんじゃないかと思う。自分自身のことを考えても、会いたい人とは前の世界でもこっちの世界でも会えた。

人と人の出会いは奇跡のように見えて、最初から決められているのかもしれない。

運命と言える相手と出会うため、僕達は明日に向かって生きていく。

タイムマシンを使ってズルをした僕は、その誰かと出会えない。そもそも、死ぬべきだった僕には相手もいないということだ。

それとも、まだ出会っていないだけで、どこかにいるのだろうか。

三時を過ぎると、出店の片づけが始まって、人も減る。後夜祭もあるけれど、祭りの終わる寂しさが大学内に広がっていく。

ノックする音が聞こえて、扉が開く。

「こんにちは」夜久君が顔を出す。

井神先生の家では会っているが、英語劇を見てきました。夜久君が大学に来るのは久しぶりだった。

「はい。お昼すぎに来て、英語劇を見てきました。学生さん、いないんですね？」

「さっきまで出入りしていたんですけど、今は出店や研究発表の片づけに行っています」

「そうですか」使っていない机にカバンを置く。

「コーヒー、飲みますか？」

「僕、やりますよ」

「注ぐだけですから、大丈夫です。座っていてください」

「すいません」あいている席に座る。

コーヒーメーカーにセットされたポットから、マグカップにコーヒーを注ぐ。夜久君の前に置き、僕は隣の席に座る。

「家の片づけは、終わりましたか？」僕から聞く。

「まだです。寄付するように指示されていたものに関してはほとんど終わったんですが、書斎に残されたものをどうしたらいいのか迷っていまして。資料や本は送る先が決まっているんですけれど、論文を書いた時のメモとかも、研究に関することだから捨てられなくて」

「そのままにしておけばいいんじゃないですか？」

「あの家も来年の春には出ないといけませんから」

財産を全て寄付すると言っても、家としばらく生活できるお金くらい、先生は夜久君のために残しているのだろうと思っていた。しかし、家は売りに出され、夜久君に残されたお金は来年の春までの給料程度の額だった。

「春以降、自分自身のことをどうするかは決めましたか？」

「まだ決められません」コーヒーを一口飲む。

「大学に戻ってきませんか？　またここで事務員の仕事をやってほしいんです」

「えっと」マグカップを置き、戸惑っているような顔をする。

「井神先生は、そのために僕を教授にしたんだと思います」

この研究室に僕がいれば、タイムマシンの管理もできるし、夜久君の未来も保障される。教授になるというのは無責任にできることではないから、井神先生は僕のことをそれなりに評価してくれていたとは思うが、夜久君や他のタイムマシン利用者のことも考えていたのだろう。そして、夜久君が誰かを頼らなければ生きていけないようにするため、財産を残さないことにした。

「はい」少し考えた後で無表情になり、夜久君はうなずく。

無表情というのが夜久君が一番感情的になっている時の顔だ。井神先生のことを真剣に考えている時は、この顔になる。僕がお願いしただけでは、夜久君は遠慮して大学に戻ってきてくれない。誰かに甘えることを知らずに生きてきた。甘えていいと思える相手は、井神先生しかいなかった。先生の名前を出せば、戻ってきてくれる可能性はあると思えた。

「すぐに決めなくてもいいので、考えておいてください」

「でも、平沼先生のところには遊佐君もいますから、僕は必要ないですよね？」

「遊佐君には僕の手伝いもやってもらっていますけど、彼も研究者ですから、事務的な仕事ばかりやらせるわけにはいきません。いつまでも僕の研究室にいさせるわけにもいきません。遊佐君だけではなくて、学生達にはできるだけ広い世界を見てほしい」

「そうですね」

「夜久君も、家の片づけが終わったらどこかへ行きたいとかあれば、言ってください。事務員として契約してから行ってもらっても、かまいません。その間の給料も払います」

「考えておきます」

夜久君は、僕の顔を見て笑う。

考えもせず、断る気だ。今は、それでもいい。井神先生がいなくなった穴を僕が埋めることはできない。どこへ行っても、戻れる場所があることだけは伝えておきたかった。

「それより、今日はですね」机に置いていたカバンを開けて、夜久君はノートを出す。

井神先生がずっと何か書いていたノートだ。

「ノートに何が書いてあるか、分かったんですか？」

「分かりました。でも、僕がこのノートを開いて確かめたわけじゃありません。書斎に、触るな！　と書いた箱があるのは、ご存じですよね？」

「知ってます」

本棚の上に置いてあった段ボール箱だ。

「あの箱には、相続に関する手紙が入っていました。家やお金に関するもの以外で、資料はアメリカの大学に送ってほしいとか、世界中で買ってきたお土産はどこに送ってほしいとか、本はどこの施設に送ってほしいとか、形見分けというやつです」

「はい」

「そこに、このノートについても書かれていました」

「なんて書いてあったんですか？」

「これは、タイムマシンの説明書です」

「なるほど」

「タイムマシンの作り方でもあります」

「えっ？」

「これを平沼先生に渡すように、手紙に書いてありました」

「いいんですか？」

そんな大事なものを井神先生が僕に託すとは思えなかった。タイムマシンの管理を任せてくれたところで、作り方に関しては何も教えてもらえなかった。知りたいとずっと思っていたが、目の前のノートに書いてあるとしても、見てはいけない気がする。自分で考えなくては、研究者として先に進めない。

「中は見るな！　とも、書いてありました」

「どういうことですか？」

「平沼先生から、井神先生のガールフレンドに届けてほしいということです」

「そういうことですか」見るな！　と言われると、見たくなってきた。

「絶対に見ないで、彼女に届けろ！　以上が井神先生からのメッセージです」

「届けるの、僕じゃなくてもいいですよね？　郵便とか宅配便とかで送ればそれで済むじゃないですか」

「先生は、平沼先生がそういう反応をするって、分かっていたようです。どれだけ文句を言われても、行かせろ！　と、僕宛の指示もありました」

「行きます、行きます。文句も言いません」

「お願いします」

夜久君からノートを受け取る。ここで、うっかり手を滑らせたフリをして落としたら、ノートは開く。でも、見るな！　と、先生が言っているものを見てはいけない。

「それで、ガールフレンドは、どこにいるんですか？」

「島です」

「どこの？」

「宇宙開発研究所です」

井神先生が僕と一緒に島へ行きたがっていると、夜久君から聞いたことがあった。

いつどこで先生はガールフレンドと知り合い、いつからこのノートを僕に持っていかせようと考えていたのだろう。

—7—

二〇一七年十一月二十九日。

島で十五歳の僕が死んだ日から十四年が経った。

命日に合わせようと思ったわけではないのに、授業や会議や出張のスケジュールを考えると、十一月二十九日からの一泊二日しかあけられなかった。もっと後でもいいかと思ったが、十二月になれば修士論文の締切が近くなるし、年明けには試験や入試もあって忙しくなる。後回しにしているうちに、春になってしまう。

どうにかして違う日にできないか考えてみたが、考えている間に時間が経ってしまいそうだから、十一月二十九日に島へ渡ることにした。

飛行機を乗り継いで、仙台から島まで来た。

あの事故の日以来で十四年ぶりなのに、飛行機を降りて風に吹かれた瞬間に、帰ってきたと感じた。

懐かしさとは、違う。

全身が原子レベルで、目覚めていくような感じがした。

空港から出て、タクシーに乗る。

「宇宙開発研究所までお願いします」

「観光ですか？」

「仕事です」

「ロケット関係？」

「まあ、そんなところです」

「そうですか」

喋りつづける運転手さんかと思ったが、そこまで話すと黙った。

窓の外の景色を眺める。

僕が高校生だった頃から何も変わっていないように見えたけれど、新しくショッピングモールができたみたいだ。その分、個人商店が減っている。中学校や高校も廃校になったりしているし、変わっていないように見えて、変わってきているのだろう。

父親が勤めている研究所や斉藤の親戚がやっている民宿が遠くに見えた。実家や高校も見たくなったが、通り道ではない。

長谷川さんと田中君は仕事を休み、昨日から島に来ている。僕も行くとは言わないつもりだったのに、西村さんが長谷川さんに電話で言ってしまった。今日の夜に、僕が泊まるホテルで会う約束をした。そこには、長谷川さんと田中君だけではなくて、こっちの世界の母親と父親と斉藤まで来るらしい。丹羽君のお友達が先生に会いたがっていますと長谷川さんに言われて、断れなかった。

父親と斉藤はいいのだけれど、母親が来るのは困る。僕は、どうしたって母親に嘘をつけない。でも、会いたいと思う気持ちもあった。どうするかは、会ってから考えればいい。未来なんて分からないのだから、僕一人だけでどうしようか考えることではない。

「奥まで行きますか?」宇宙開発研究所の前に着き、運転手さんが言う。

「えっと、そこでいいです」

見学者用入口の前でタクシーを止めてもらい、お金を払う。

「忘れ物、ないですか?」

「大丈夫です。ありがとうございます」

タクシーを降りて、見学者用入口から施設に入る。

ロビーの右手に、受付がある。ロケットの発射台を見られる宇宙開発研究所ツアーの集合場所の看板が受付の前に立っていて、奥にはロケットや宇宙に関する博物館の入口があり、お土産屋さんもある。平日だし、もうすぐ閉館する時間だから見学者はほとんどいない。

ここからロケットの発射台まで、車でも十五分くらいかかる。

広い敷地内には建物が点在している。井神先生のガールフレンドが約束の時間にどこにいるのか分からないから、ここの受付を訪ねるように夜久君から言われた。

「すいません、研究者の方と約束をしているんですが」受付に行き、係員の女の人に声をかける。

「研究者の誰とですか？」

「この人なんですけど」夜久君から預かったメモを渡す。

「少々、お待ちください」係員の女の人は電話をかけて、しばらく話した後で切る。「今、発射台の方へ行っているので、こちらでお待ちいただけますか？」

「はい、大丈夫です」

受付から離れて、ロビーのベンチに座る。発射台の方にいるならば、戻ってくるまで時間がかかる。係員の女の人に、外にいますと声をかけて、見学者向け施設の裏口から外へ出る。

階段を下りると、すぐそこに砂浜がある。

ここは、島で一番美しい浜だと言われている。

宇宙開発研究所の敷地内なので、漁も海水浴も禁止されていて、誰も触れることができない。

波打ち際にしゃがみ、濡れないところにカバンを置き、海を眺める。

海岸沿いを行った先に、ロケットの発射台が見える。

十一月の終わりでも、仙台に比べると夏のようだ。

あと一時間もしないうちに陽が沈むはずなのに、まだ陽射しが強い。

太陽の光が反射して、水面が輝いている。

カバンから井神先生のノートを出す。何が書いてあるか見たいと思っても、今日まで耐えてきた。

「丹羽先生！」後ろから呼ばれたが、違う。

ここでの僕は、丹羽光二ではなくて、平沼昇一だ。

「丹羽先生！」もう一度呼ばれる。

ノートをカバンの上に置いて振り返ると、髪の長い女の人が立っていた。陽が当たって眩しいのか、目を細めている。年齢は僕と同じくらいだと思う。でも、女の子と呼んでしまいそうなほど、幼く見える。夜久君と似たような雰囲気があった。僕とも、似ている。ここで研究に没頭して、一人で生きてきたのだろう。

「あの、僕は平沼です」立ち上がる。

「村上です」彼女は、砂に足を取られながら僕に駆け寄ってくる。

メモに書いてあった名前と違う。

「……えっと」

「ごめんなさい。先生は、わたしのことを知らないんですよね。井神先生から聞いています。でも、わたしは丹羽先生のことを知っています」

前の世界でも、この世界でもない、どこか違う世界で僕と彼女は出会っている。

その世界では、前の世界と同じように、長谷川さんが死んで僕が生きつづけた。博士課程を終えた後も僕は、「先生」と呼ばれるまで研究室にいたのだろう。僕と彼女は知り合い、しばらく経った頃に気がつく。「村上」という名前に対して、その世界の僕がもしかしてと考えたことが合っていた。出会うべきではなかった、二人でいるためには過去を変えなくてはいけない。井神先生がタイムマシンを託したのは、僕ではなくて彼女だった。

彼女がこの世界に来たのは、事故よりも前だ。

これを変えれば事故は起きないという日があったのだと思う。しかし、それはうまくいかず、彼女は前にいた世界に戻れなくなった。井神先生に事情を話し、宇宙開発研究所に勤めて島にいた。だから、ロケットは指令破壊されなかった。

僕と会った時、井神先生は全てを知っていたんだ。

十四年以上の間、彼女はここで僕を待っていた。

「君は、どこから来たの?」僕が聞く。

「あなたは、どこから来たんですか?」彼女が僕に聞く。

「僕は……」

巻き戻すように人生を思い返していくと円になり、またここに辿りつく気がした。
世界の成り立ちは、僕にはまだ分からない。
けれど、どんな過去を辿ったとしても、どんな未来に進んだとしても、僕達は出会う。
強い風が吹き、カバンの上に置いたノートがめくれていく。
そこには、何も書かれていなかった。

本書のプロフィール

本書は、二〇一六年十一月に集英社より単行本として刊行された同名の作品を文庫化したものです。

小学館文庫

タイムマシンでは、行(い)けない明日(あした)

著者　畑野智美(はたのともみ)

二〇二三年二月十二日　初版第一刷発行

発行人　下山明子
発行所　株式会社 小学館
〒一〇一-八〇〇一
東京都千代田区一ツ橋二-三-一
電話　編集〇三-三二三〇-五四四六
　　　販売〇三-五二八一-三五五五
印刷所――――図書印刷株式会社

この文庫の詳しい内容はインターネットで24時間ご覧になれます。
小学館公式ホームページ　https://www.shogakukan.co.jp

ISBN978-4-09-407229-7